快乐读中外文学故事

KUAILEDUZHONGWAIWENXUEGUSHI

古代文学故事

世物语——伊甸园神话

chuangshiwuyuyidianyuanshenhua

范中华◎编著

湖南人民出版社

图书在版编目（CIP）数据

创世物语：伊甸园神话：东方古代文学故事 / 范中华编著 . —长沙：湖南人民出版社，2013.1（2024.09 重印）
（快乐读中外文学故事）
ISBN 978-7-5438-8657-5

I. ①创… Ⅱ . ①范… Ⅲ . ①故事－作品集－中国－当代 Ⅳ . ① I247.8

中国版本图书馆 CIP 数据核字（2012）第 186788 号

快乐读中外文学故事：创世物语——伊甸园神话（东方古代文学故事）

编 著 者　范中华
责任编辑　骆荣顺
装帧设计　君和设计

出版发行　湖南人民出版社［http://www.hnppp.com］
地　　址　长沙市营盘东路3号
邮　　编　410005
经　　销　湖南省新华书店

印　　刷　永清县晔盛亚胶印有限公司
版　　次　2013 年 1 月第 1 版
　　　　　2024 年 9 月第 4 次印刷
开　　本　710×1000　1/16
印　　张　15
字　　数　250千字
书　　号　ISBN 978-7-5438-8657-5
定　　价　25.00元

营销电话：0731-82683348　　（如发现印装质量问题请与出版社调换）

目录

1. 刻在泥板上的两河流域文明

kè zài ní bǎn shàng de liǎng hé liú yù wén míng

1872 年的一天，一件人类文化史上的重大事件在大英博物馆罗林逊工作室里发生了，英国排字工人、东方文化的爱好者乔治·史密斯，偶然在一些泥板文书的残片中译读出大洪水的故事轮廓，竟和他从小就稔熟的《圣经·旧约》中的大洪水故事有着惊人的相似！这些泥板出土于西亚两河流域，属于公元前 7 世纪亚述首都尼尼微城巴尼拔王王宫图书馆的馆藏，上面记载的是公元前 2000 年古代巴比伦人的传说，而《旧约》的编纂晚在公元前 5 世纪，因此他断定《圣经》的洪水神话来自巴比伦。同年年底，他把结论公布于世，震撼了西方，也受到教会的围攻。为了寻求更多的证据，史密斯两次来到尼尼微遗址进行实地考察，又从废墟中收集到几千块泥板文书的残片。经过细心的整理复原，他得出结论，认为这些泥板文书记载的是一部久已失传了的古代巴比伦史诗。泥板共有十二块，而他识读的大洪水故事只是其中第十一块泥板中的一段插话。继史密斯之后，考古学家云集两河流域原亚述王国地区，进行了大规模的发掘，使一大批埋没已久的古代城市、宫殿、神庙、墓葬、艺术品、数以万计的文字泥板重见天日。鉴于这些被誉为“19 世纪伟大的荣耀”的考古发现，自希罗多

古巴比伦泥板文书

德至黑格尔的传统历史观为之一变，一部世界史必须重新改写了。跨进20世纪后，人们也没有忘记在这块土地上寻宝淘金，1960年美国考古队在尼普尔又发现了公元前2600年左右的文学泥板《什尔帕克的教训》。相信随着新泥板的出土和破译，我们对两河流域古代文学的认识会更加充实的。

史密斯是一位承前启后的人物，在他之前已有学者默默无闻地进行着破译泥板上古老文字的工作，并取得了进展。然而他们的研究成果被认为是“欺诈”，他们也被认为是不务实际的“空想家”。直到1857年英国皇家亚洲协会举行的一次著名的测试才还给他们清白。四名被挑选出来的研究者分别破译一块刚出土的碑文，完成后译文被密封上交。经考核委员审核，四份译文答案基本一致。在确凿的事实面前，恶毒的非难从此平息，研究工作进展顺利。随后国际学术界诞生了一门崭新的学科——亚述学(研究两河流域及其附近地区使用楔形文字的各民族的语言文字、历史文化的学科)。这四个人中就有史密斯的老师罗林逊，十五年后史密斯正是站在这些先辈的肩膀上才得以一鸣惊人，发现了《吉尔伽美什》中的洪水神话。史诗《吉尔伽美什》的成功破译拉开了一个重新发现一个沉睡了五千年的伟大的古代文明的序幕，这就是两河流域的苏美尔—巴比伦文明。

两河流域地处交通要道，加之地势平坦，历来是兵家必夺之地。这里战事不断，充满了民族部落之间的纠纷与兼并，王朝更迭频繁。大约在公元前5000年后期，这里开始由氏族社会向奴隶社会过渡。从苏美尔城邦出现到统一的阿卡德王国兴起，在巴比伦尼亚地区先后出现过几十个城市国家（城邦)，其中主要有埃利都、乌尔、乌鲁克等。

这些城邦都是由几个农村公社围绕着一个中心城市组成。城市的中心建筑是神庙。城邦首脑叫做“帕达西”或“恩西”，平时是最高行政长官和最高祭司，战时是最高统帅。城邦还保存长老会和民众会两个民主机构。

公元前2371年，阿卡德城国王萨尔贡一世征服苏美尔各邦，第一次统一了巴比伦尼亚。公元前2230年，东北部的库提人侵入，消灭阿卡德王国，统治两河流域近一个世纪。趁着库提人统治力量比较薄弱，原苏美尔城邦的乌鲁克人、乌尔人重新崛起，乌鲁克人赶走了库提人，乌尔人又取代乌鲁克人，建立了统一两河流域南部的乌尔第三王朝。

公元前2006年，埃兰人和阿摩利人灭乌尔王朝。埃兰人退回原居住地，阿摩利人居留下来建立几个小国。公元前1894年，另一支阿摩利人占据巴比伦，建立古巴比伦第一王朝（公元前1894—前1595年），这就是古巴比伦王国的开端。与此同时，两河流域北部的另一国家亚述也逐渐强盛起来，形成了亚述文明。

公元前9世纪美索不达米亚人的石碑

公元前18世纪，古巴比伦王国第六代国王汉谟拉比重新统一苏美尔、阿卡德地区，制定了已知人类历史上第一部较为完备的成文法典《汉谟拉比法典》。它被雕在黑色的石碑上，上部是浮雕，太阳神沙马什端坐在宝座上，把象征着帝王权力的权标授予恭谨地站在面前的汉谟拉比；下部用楔形文字刻着法典全文。公元前7世纪亚述成为西亚第一个包括西亚北非在内的奴隶制大帝国。他们开发扩建了新都城尼尼微。公元前605年，迦勒底人（闪族）灭亚述帝国，建立新巴比伦王国（公元前605—前562年，又称迦勒底王国）。尼布甲尼撒二世是其中最强大的国王，他摧毁了犹太王国，把那里的人掳掠迁移至巴比伦，史称“巴比伦之囚”；他修建两河平原长城；建造高达二十五米的皇宫“空中花园”，被希腊人誉为世界七大奇迹之一。公元前538年，在伊朗高原上崛起的波斯人占领巴比伦，存在了八十八年的新巴比伦王国从此被并入波斯帝国版图。以后古老的苏美尔—巴比伦文明没能再独立延续发展下去，甚至一度非常流行的文字和泥板文书也被遗忘的黄沙所掩埋。

古代两河流域最伟大的文化成就就是楔形文字的发明。最初的苏美尔文字是刻在石头上的。大约在公元前3500年（一说公元前4000年末），苏美尔人开始用半干的泥板作书写材料，用削成三角形尖头的芦管、骨棒、木棒当笔，书写好后用火烘干或自然晾干。因在泥板上书写图形文字很不方便，所以便用笔在软泥板上压出竖、横、斜的各种符号，从象形文字向线形文字转化。由于落笔处印记较为宽深，提笔处较为狭细，形状像木楔，故得名“楔形文字”。以后它被两河流域的其他国家广泛地接受，公元前2000年中期成为国际外交使用的文字体系。腓尼基人（是外来的迦南人与当地的胡里特人的融合，其居住范围基本上是现今的黎巴嫩一带，希腊人称这里为腓尼基，闪族语称之为迦南）在创建他们的文字时也吸取了楔形文字的部分因素。到了公元前后，楔形文字渐渐被废弃遗忘。目前已知的最晚一块楔形文字泥板制作时间大约在公元75年。

正像一层层叠加的岩层组成坚固的岩石一样，两河流域的文化带有明显连贯的继承性和亲缘性。南部的苏美尔文明和在它的影响下产生的中南部巴比伦文明、北部亚述文明共同构成了两河流域文明的主体。毋庸置疑，承前启后的巴比伦文明是其翘楚，所以我们习惯用巴比伦文明来代表两河流域文明。不过作为源头的苏美尔文明是我们解读两河流域文明的一把钥匙，也是不能忽略的环节，这也许是“苏美尔—巴比伦文明”、“苏美尔—巴比伦文学”集合性术语出现的原因。亚述文明的意义现在看来可能主要在于对以上两种文明的保存，这种作用在文学方面尤为突出。

2. 色彩斑斓的古巴比伦神话

sè cǎi bān lán de gǔ bā bǐ lún shén huà

苏美尔—巴比伦神话以诗性的语言拓印下曾在美索不达米亚平原上存在过的人类的足迹。从公元前3000年的文献资料来看，苏美尔人从自然崇拜、祖先崇拜产生了原始的宗教意识。苏美尔神话对自然和社会现象作了初步的解释，生成了许多最早的神话原型母题。每个民族都有自己的宇宙空间观念，苏美尔人也不例外。他们认为宇宙分为三层：天上是神的世界，地上是人的世界，地下是鬼魂的世界。天地三界分别由大神主管。每个城邦都有它们的保护神，每个人也有自己的保护神。巴比伦人继承发展了苏美尔的多神教宗教信仰、时空观念和神话主体框架，所提及的神灵基本上是苏美尔神殿的成员，而且除个别神有所引申外，他们各自的职能属性变化不大。有的神依然沿用旧名，有的神被冠以新名，形成了血脉相连的苏美尔—巴比伦神统：天神安（阿努或安努），乌鲁克的保护神；大气之神恩利尔，尼普尔的保护神；水神、智慧之神恩基（埃阿），埃利都的保护神。

美索不达米亚女神像

展示苏美尔人王室军威的军旗

以上三位大神受到普遍的崇拜。此外比较重要的神还有月神南那辛（南纳或锡恩），太阳神乌图（舍马什），爱神、生育丰收女神伊南娜（伊什妲尔），畜牧神、种植丰收神杜牧济（坦木兹），冥界女神埃雷什基迦尔（又名伊尔卡鲁拉），母神宁胡尔萨格（宁图、宁玛赫、玛米、阿鲁鲁），南风神尼努尔塔，雷电雨之神、掌管气象之神阿达德或哈达德等。大部分神灵都居住在自己的“家”——他们所配享的神殿中。

巴比伦神话《阿古沙伊雅》就是描写伊什妲尔与萨尔图为争夺“家”——人间的庙宇而不和，为此阿古沙伊雅特意请来埃阿从中调解。神话以这三位女神在人间受到同样尊敬而结束。它曲折地反映了以母系社会为中心的氏族社会的发展、权利的再分配和各祭司集团之间的矛盾。

《鸟精“兹”的故事》为我们展示了一场作为人间王权之争缩影的神界大战。神殿的侍卫鸟精“兹”怀有篡位的野心。一天它趁恩利尔沐浴之际偷走了象征着主神权的王冠和天命塔布雷特，逃往深山。天神阿努兴兵讨伐，阿达尔、伊什妲尔、舍拉慑于“兹”的威力均不敢领命：“连插足都难的山，谁还有心马上去呢？你的儿辈诸神哪一位能敌过兹呢？出自它口中的话，违逆者就变成黏土一般的东西。”最后南风神尼努尔塔勇敢地出征，在埃阿等神的帮助下集中烈风吹断了“兹”的翅膀，将它击毙。

苏美尔—巴比伦神话传说除了创世与洪水神话、冥界神话、神界的生活与斗争几大类别外，还有一组重要的人类追求永生的神话。

苏美尔—巴比伦人是一个刻意追求永生的群体，生老病死的困扰自然就成为意识关注的中心、文学表现的永恒主题。在他们的笔下唯一获得永生的人，只有在灭世大洪水中乘船逃生、后得到神的恩赐的鸠什杜拉（乌特那庇什提牟，《圣经·创世纪》中挪亚的前身）。而其他的人，甚至包括最伟大的巴比伦文化英雄吉尔伽美什的永生追求，均以失败告终。《埃塔纳神话》中“鹫与蛇的故事”也记叙了埃塔纳国王——洪水灭世后再生的第一人——骑着一只被他从蛇口中所搭救的鹰，要飞到天界去取“生命草”，最后坠入尘埃，未抵天界。

巴比伦《阿达帕的故事》铭刻下人类与永生失之交臂的憾事。阿达帕是“埃里杜的智者”、“人中之首领”，但神赐给他无穷的智慧，却没有给他永恒的生命。他的职责是为埃阿的城邦埃里杜提供食物和饮水。一天他正在波斯湾上捕鱼，南风神尼努尔塔以其气息掀起滔天巨浪，阿达帕的船翻沉了，“使他到了鱼的家”。阿达帕怒不可遏地痛斥南风：“我要折断你的翅膀！”话音刚落，南风的翅膀真的折断了。大地上一连七日没有南风，天神阿努十分诧异，询问原因，他的侍从伊拉布拉特如实禀报。阿努闻言大怒，高声命令把阿达帕押来。通常作为人类的挚友而出现的埃阿神，这次也关切细致地嘱咐阿达帕如何愉悦众神，死里逃生：你要身穿丧服前往。在阿努的大门旁会遇到牧神坦木兹和天界守门神吉兹济达，他们问你为谁穿孝，你回答为了坦木兹和吉兹济达。他们俩一高兴就会向阿努说情，阿努的脸色会变得好看些：

那时，将给你拿出死的食品，
然而，你不可以吃。
他们将在你面前拿出死的水，
然而，你不可以喝。

然而，捉弄人的事发生了。当阿达帕一丝不差地按埃阿的指示行事时，心情极佳的阿努却意外地命人拿出了可以永生的生命之食和生命之水。阿达帕当然拒绝了：

阿努看见他这样，笑了，
“唉，阿达帕！你为什么不吃，不喝呢？
你不能永生了。啊，你这个乖僻的人哪！”

人类恩神善意的指导对人类来说却是无法逆转的灾难，痛失最为宝贵的永生；凡人急于求生不料却远离了永生，得到了永不能摆脱的死亡；毕恭毕敬地按神意行事，却没得好报；所有当事人和神都想把事情办好，却出现了最坏的结果。故事的结局实在出人意料，颇具荒诞悖论的性质。

人类的死亡往往是由于疾病，所以对病因的理解、对瘟神的敬畏也成为永生神话的组成部分，人们希望驾驭它们，由死向生。下面是一则非常别致有趣的关于牙痛的神话。在巴比伦人看来牙痛的原因是因为吸血虫隐藏在牙床内：

安努造天，
天又造地，
地造河流。
河流造沟渠，
沟渠造沼泽，
沼泽造蠕虫，
蠕虫痛哭不止，拜谒沙玛什，
它在埃阿面前哭诉：
“你们给我吃什么？
你们给我喝什么？”
“我给你无花果和杏。”
“为什么给我无花果和杏？
让我起来，让我生存，

在牙和牙床之中，
我将从牙中吸吮血浆，
我将啮食牙床的根基。”

结尾是牙医“将针刺人并穿透蠕虫足”（似为取出神经），并完成一种将次等酒与油脂拌和的仪式，其实它就是治牙病的咒语。

总之，苏美尔—巴比伦人在远古时代创造了丰富的神话传统，反映了两河流域的人们对自然现象与人类社会生活的朴素理解。在他们所描绘的神话世界中，既以丰富的想象力孕育了壮伟的自然神，也描写了作为人间社会缩影的神界的矛盾与斗争；还表现了神与人一样的七情六欲，记录了神界的婚丧嫁娶、生离死别、生杀予夺的生动斑斓的世俗生活。

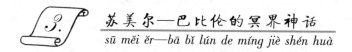

3. 苏美尔—巴比伦的冥界神话
sū měi ěr—bā bǐ lún de míng jiè shén huà

人类在追求永生的同时不得不承认一个残酷的自然规律：人终究会死的。人死以后将去何方？能否有第二次生命？先民们对这些问题的回答，就构成了冥界神话。苏美尔—巴比伦人认为下界是一个有去无回、充满了黑暗和尘土的地方，无论是人还是神灵要来此报到，就不能再离去。即使冥王开恩同意某人还阳，也必须以另外一个生命作为替身才行。如果神犯了错误，最严重的惩罚莫过于被罚到地府。下面就是苏美尔神话中主神、大气之神恩利尔被罚往冥界的故事，其中还包含了月神南那—辛（又译南纳、巴比伦神话中的锡恩）的诞生。

在天地分开以后，还没有人类，众神灵包括恩利尔都居住在地上景色优美的尼普尔。这里有一个老妇人名叫南巴尔什库努，她膝下有一个如花似玉的女儿宁利尔。老妇盼望着女儿能嫁给恩利尔，就暗示女儿主动去接触他（一说母亲告诫女儿不要外出游逛，否则将有灾祸。宁利尔置若罔闻，结果发生了下面的事情）。宁利尔听了母亲的话，在恩利尔经常出现的河边款款而行。目光炯炯的恩利尔一眼看到了美艳惊人的宁利尔，与她谈情说爱。但还不懂男女之事的宁利尔对他的话似懂非懂，没有应和，恩利尔扫兴离去。但他不能忘怀少女的倩影，召来辅佐他的努斯库，告知心事。努斯库驾一巨舟，将宁利尔骗上船来与恩利尔幽会，使她怀上了月神辛。

恩利尔肆无忌惮的行为激怒了天神，尽管他是神殿之主，五十位大神和七位命运之神的联合宣判仍然把他逐至地下："恩利尔十恶不赦，离开此城，下界在等着你。"恩利尔不敢触犯众怒，来到了冥界。过了一段时间后，怀有身孕的宁利尔也来到下界，并生下了一个男孩。恩利尔知道儿子就是明亮的月亮，他的归宿应在光明的天上，而不是在黑暗的地下。为了拯救儿子，恩利尔想出了一条妙计。他先后变形为三个幼辈神的形象——尼普尔城的守门人、冥河的卫士、苏美尔的卡戎（冥界船工，负责把死者的灵魂渡往冥界），与宁利尔生下三个冥界神。他们以身相赎，顶替了恩利尔一家三口的位置，使他们重新回到天界。

另外在以后的巴比伦神话中还提到另一个被罚到地府的天神奈尔迦尔。当冥王埃雷什基迦尔（又名伊尔卡鲁拉，伊南娜的姐姐）的使者"劫运"纳姆塔尔参加天神的宴会时，所有的神都起身迎接，唯独奈尔迦尔不肯以礼相待。冥王知道后坚决索要他的性命。奈尔迦尔前往下界时向埃阿求得十四名精魔，命他们每人把守一道冥府之门。一到冥府大殿，他就扑上去揪住冥王的长发，把她拉下宝座，并要杀死她。埃雷什基迦尔苦苦求饶，把宝座拱手相让，做了他的王后。他虽再也没有重返阳界，但他在冥界的成功谋反也算是一种补偿。从中我们不难看到母系社会衰落、父系社会崛起的历史转变，它铺天盖地，席卷而过，天上、人间、地府，没有留下任何死角。

以上是两位被罚到地府的神灵。在整个苏美尔—巴比伦神话体系中，除了爱神伊南娜（巴比伦神话中的伊什妲尔）外，再没有第二个神愿意贸然前往"有去无回的国度"。先不谈她前行的目的，单就勇气而言已是十分可嘉。

爱神伊南娜决定要去姐姐管辖的冥界（背景还为女冥王执政时期）。她口头上说是要参加被杀害的姐夫库卡拉纳的葬礼，但实际上另有隐情。这还要从姐俩的关系说起，有一类（巴比伦）神话说她们是情敌，埃雷什基迦尔看上了妹夫杜牧济，使他滞留在下界。因为他司掌万物的荣枯，所以草木凋零，大地一片凄凉。深爱着丈夫的伊南娜为救夫君甘下地狱。在众神的压力下，冥王只好放他们还阳，但没有交代谁做他们的替身。于是春回大地，生机盎然。不过更完整的（苏美尔）神话表述她们是政敌关系。伊南娜野心勃勃，觊觎冥界的权力，“我要让死者站起，吞食生者，让死者比生者还多”（巴比伦版）。伊南娜从贤德善良的妻子变成了一个狠心自私的女人，为了自己的还阳，她选择了对她的死漠不关心的丈夫做替身。看来爱神也不是万能的，没能处理好自己的爱情，她的家庭早已蕴涵着危机。惊恐万分的杜牧济向内兄太阳神乌图求救，乌图多次把他变成动物形象（有的说是蛇，也有的说是瞪羚或鹿），但都被随伊南娜来到人间抓捕替身的地狱差役所识破，最后受尽折磨的杜牧济被押往冥界。为了完成杜牧济的复活，这一体系的神话不得不引出了另一位伟大的女英雄——杜牧济的姐姐（一说是妹妹）格什廷安那（又译杰世梯娜娜），神话中姐弟亲情也代替了夫妻爱情。姐姐先是焦急地为弟弟释梦：被萤火虫包围是被围攻；芦苇垂首是母亲难过地低头；两根芦苇被折断一根是姐弟俩必有一死。后来她努力保护弟弟，被打得遍体鳞伤也不说出他的藏身之处。救弟不成，姐姐追到冥府，自愿做弟弟的替身。冥王判姐弟俩生死轮回，各活半年。它和上则神话一样也应和了夏冬交替、草木荣枯的规律，表达了苏美尔—巴比伦人对季节更替这一自然现象的朴素理解。另外从影响的角度来看，古埃及奥西里斯的故事、古希腊的农神得墨特尔到冥府寻女的传说都有以上神话的痕迹。

下面我们就来体味一下伊南娜的地狱之行吧。伊南娜“从最高天一心向往冥府”，要到那“有进无出的”、“被夺走光的黑暗的家”，踏上了“有去无回的路”。她悉心安排准备，告诉自己的从神宁舒布尔，如三天不见她返回如何相救。冥府大门的看守涅（尼）蒂通报了她的到来。冥王一听气得“拍打着腿，咬着唇”，命打开下界的七道门锁，依照冥府的规矩，“把她所有高贵的衣着全除掉”。伊南娜走过七道门后赤身露体地站在了姐姐面前。在七位冥府审判者“阿努纳基”的死亡目光的逼视下，她变成了僵尸。魔鬼立刻把她的尸体挂在了柱子上。三天过去了，宁舒布尔不见女神回来，他立即穿上破衣到大气之神恩利尔、月神南那—辛那里求救。他们都认为她是咎由自取，没有相救：“伊南娜谋求最高的天，也谋求最低的冥府，使冥府崇高的规矩威严扫地。”宁舒布尔又到智慧之神恩基那里求救，恩基从指甲缝中取出泥垢，捏成中性人库尔伽卢和伽拉图卢（巴比伦神话中只有前一个）。他们带着恩基给的生命之食和生命之水来到地府。冥王患病在身，两人好言相慰。冥王一高兴，给了他们冥府的河水和大麦，他们依照恩基的嘱咐拒绝食用，并趁机索要到伊南娜的尸体。他们对它喷洒了六十次生命之食和六十次生命之水后，爱神活了过来。按下界的规矩，她要升上阳界需有一个替身。伊南娜拒绝狱卒抓走三个为她的死而哀恸的忠心侍从。她看到丈夫杜牧济身穿华美的衣服，涂抹着香脂，悠然地用竹笛吹着欢快的乐曲，一副无动于衷的样子，气愤得发出了死亡的声音：“好吧，你们把他带走吧！”杜牧济终于成了伊南娜爱情和妒恨的牺牲品。

关于杜牧济死亡与复活的神话演变为中东各民族的三种风俗和宗教仪式。一是企盼庆祝他的复活：像痛哭他死去的姐姐格什廷安那（一说伊南娜后悔的哀哭）一样，在每年 4 月的早春祭祀时妇女们披发捶胸，哭祈他重返人间。这一场面在《圣经·以西结书》中也有记载。二是新年伊始庆祝他的神婚。这两种活动往往合二为一。三是每年夏季 7 月（杜牧济月）的 9、16、17 三日悼念他的死亡，人们高举火把，以一木偶代替杜牧济，将其殡葬。举行宗教仪式时妇女们也要大放悲声。

4. 苏美尔的创世神话和洪水神话

sū měi ěr de chuàng shì shén huà hé hóng shuǐ shén huà

时至今日，人们还尚未发现一则完整的苏美尔创世神话。有关的创世思想散见于许多叙事诗的起始段落，综合起来大致可以看出神的谱系。

苏美尔人认为最初的宇宙是一片汪洋，水是最早生出来的东西，它是万物的母亲。在它的浩渺无际的胸膛上渐渐生出山，山体内又萌生出天和地。天是男性，名字叫安（巴比伦神话中的阿努）；地是女性，名字叫启。安和启结合为天地之神安启，又名恩基（巴比伦神话中的埃阿）。苏美尔人赋予恩基不同的属性，成为创造神、水神、智慧之神。安与启生下了天与地的主宰、众神之父、大气之神恩利尔。恩利尔长大后，把父亲向上托起，最后使父母分开。他与女神宁利尔生下月神南那-辛。月神辛与女神南卡尔生下太阳神乌图、爱神伊南娜和冥界女王埃雷什基迦尔。

关于安排宇宙万物秩序的故事，涉及苏美尔神殿中无比重要的两位大神：恩利尔和恩基。恩利尔促使“田野的种子”从地下滋生，是树木与谷物的造化者，使一切有益者见之于世；他还是发明锄（一说是金斧）并赐予黑头发的人，以利于农耕与各种劳作。

恩基首先完成了对自然事物的界定：用清澈明净的河水注满底格里斯河和幼发拉底河，他幻作狂暴的牡牛，与河流蛮野的化身牝牛结合，并任命比卢卢为河渠监护者；他“唤出”沼泽和芦苇，赐之鱼类，并命爱鱼神司掌；他又造海中圣地，令南舍女神监管；最后“唤出”生命之水灌溉土地，命暴风雨神伊什库尔监管。随后他关注于土地文化，“唤出”耕地，发明犁耙及谷物，任命了农业神恩奇木都和谷物神阿什南。他以植物覆盖山区，开辟牧场，发明棚圈，使牲畜肉肥乳丰，任命了群山之王苏穆甘和（畜）牧神杜牧济。恩基还发明了制砖的模具，命砖神库拉掌管，把建筑业称为库坎；“恩利尔的巨匠”穆什达玛则负责按恩基规定好的方法打地基，以砖造“屋”。恩基还惦记着妇女的工作，派服饰女神乌特图负责纺织女红（一说太阳神乌图也是衣着之神，负责这类事）。

苏美尔神话对人类的诞生有不同的解释，最常见的是水神、智慧之神恩基母子以泥土造人的传说。天神安创造出安（阿）努纳基（部分大神的总称）等众神后，天地间顿时热闹起来。要得到丰盛的食物，神灵就要每日辛苦劳作。随着女神的出现，大地上的生命不断繁衍，神的负担更沉重了。久而久之，他们怨声载道，希望能免除劳役之苦。智慧之神恩基在沉睡中没有听到他们的呼唤，他的母亲南玛赫（原初瀛海的化身）焦急地唤醒儿子，“快快为众神造仆役”，恩基回答：“我们选用深不可测的海底泥土作材料，先让小神把泥土发酵，在生育女神的监护下，由母亲您制作肢体和头部，赋予众神形象，把它们连接起来，最后由我给他们吹进生命，决定命运，赐之以食物。”在开工仪式上，母子两人一高兴都喝了不少的葡萄酒。乘着酒性，南玛赫捏成的前四个泥人是完全正常的，可是后来却忘了给另外两个男女泥人按上生殖器，于是他们就成了不会生育的人，这样的男人其出路只有在王宫中当太监了。恩济目睹了母亲新奇的制作后十分兴奋，不甘袖手旁观，也拿起泥巴做了起来。可是因为没有掌握好正确的方法，他捏的泥人面目丑陋，肢体畸形，被母亲责备了一番。

还有些神话把缔造人类的荣耀归与大气之神恩利尔。一种说法是他斩杀两个做器具的木工神拉木伽，以他们的血造人。另一种说法是他将一直用“纽”捆在一起的天与地分开。当他把“天地之纽”切断时，大地出现了一个巨大的伤口。他正要包扎，却从那里长出肉来，人就出现了。苏美尔人认为天地之纽就是他们的宗教中心尼普尔，乌兹牟阿（生肉处）便是尼普尔的圣堂。

在苏美尔神话中还出现了世界文学中最早的乐园——迪尔蒙，据专家考证它很可能指现今的位于阿拉伯半岛东南端的巴林国。洁净、光明、永生的神域迪尔蒙是东方的一片净土、一个极乐世界。这个“生者的境域”，从来没有疾病和死亡，人们笑口常开，悲伤与他们无缘。动物之间也相安无事，没有弱肉强食的欺凌与杀戮。然而天堂也有不尽如人意的地方，那就是淡水十分匮乏。迪尔蒙的地方神南希卡祈求恩基赐予淡水，恩基命令太阳神乌图引来淡水，使这里变成田野富饶、草场丰美的神域。恩基与他的妻子宁胡尔萨格在此居住。宁胡尔萨格怀孕九天（一天相当于一月）后生下女儿南萨尔；南萨尔长大后受孕于父亲，又生女儿南库尔；南库尔长大后还是受孕于祖父，生下女儿乌图尔；乌图尔受孕于曾祖父，生下八种植物。

以上诸女神的生育都没受到分娩之苦的折磨。一天恩基到河边散步，看到许多不知名的新植物，他的侍从、双面神伊西穆德一一采来给他品尝。宁胡尔萨格闻之勃然大怒，她诅咒丈夫不得好死后愤然离去。恩基的身体果然不适，八个器官都有了毛病，病情不断恶化。众神哀痛不已，但就是恩利尔也无可奈何。这时一只雌狐自告奋勇地找到了宁胡尔萨格。宁胡尔萨格回来后坐在丈夫身边询问病情，针对他八个患病器官，造了相应的八个神，其中就有治疗肋骨病痛的宁提神。恩基终于转危为安。直到此时，他才知道那八种植物都是他的血脉，给他治病的八个神就是被他吃掉的八种植物的化身。他高兴地给予孙辈神美好的祝福，并主持了他们之间的婚配。

尽管苏美尔神话中的迪尔蒙还只是神灵乐土，并不是世人的天堂，但它在人类文化中的价值非同小可。因为有关天堂的园林意象最初源于苏美尔，并且很可能对《圣经》中的伊甸园的形成有直接的影响。伊甸园也被描述为位于东方的一座园林，是世界四大河流的发源地（其中两条就是底格里斯河和幼发拉底河）；太阳神以淡水灌溉迪尔蒙的情节与《旧约·创世纪》中“有雾气从大地腾起，滋润遍地”的叙述相似。恩基未被允许就吃了八种植物与亚当、夏娃偷吃了智慧之果相对应；他们最后均遭到诅咒的结局也是遥相呼应的；上帝对夏娃的诅咒“你生儿育女必多受苦楚”恰好是众女神没有经历任何生育之苦的反面。

另外还必须提到的一个重要的苏美尔神话是关于大洪水的传说，就其类型而言（如方舟救渡），影响到后世许多民族。记载大洪水的泥板出土于尼普尔，形成的时间大约是在公元前20世纪的前半期。非常可惜的是，泥板文书几近四分之三的部分破损，破译颇为困难。不过神话的大体框架还是比较完整的：某神向诸神谈论应该从洪水中拯救人类，“我要制止我的创造物遭到毁灭”；他们可以建造市镇和神殿；回顾人与动植物的创造和诸神在洪水前存在的五个市镇的配享，表现了王权自天而降的思想；有些神因不同意毁灭人类而悲伤，如恩基、宁胡尔萨格、伊南娜；谦虚顺从的凡人鸠什杜拉从侧壁听到诸神会议决定的要发灭世大洪水的消息；七天七夜的暴风雨使洪水泛滥而鸠什杜拉乘船得以幸免，他为雨过天晴出现的太阳神乌图献祭；“保存了动物和人类的根”的鸠什杜拉最终又得到了神的生命和灵气而永生，“他们让他在那迪尔蒙的山里，太阳升起的地方居住”。这则神话对巴比伦、《圣经》和《古兰经》中的大洪水神话的影响至关重要，它是已知的人类最早的大洪水神话。

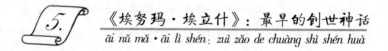

5.《埃努玛·埃立什》：最早的创世神话

āi nǔ mǎ · āi lì shén：zuì zǎo de chuàng shì shén huà

巴比伦阿卡德人著名的创世神话《埃努玛·埃立什》细腻生动地描述了宇宙万物的诞生、神的谱系和人类的起源，是人类文学中已知的最早的创世神话。

《埃努玛·埃立什》见诸迄今依然保存完好的七块泥板文书上，所以又名《七表诗》，约有一千行。诗歌首先描述了宇宙之初的一片洪荒、诸神的诞生：

上界，天尚未命名，
下界，地尚无称谓之名，此时，
只有他们原初之父阿普苏，
和生养他们全体之母蒂阿玛特，
他们的水（淡水和咸水）合为一体。
……
诸神在那混合之水中被创造出来。

男神拉赫木与女神拉哈姆从混合之水中现出身影，又创造了胜似他们的安舍尔和奇舍尔；安舍尔和奇舍尔又生下儿子阿努（苏美尔的天神安）；阿努又生下了长相酷似自己的智慧之神、水神埃阿（苏美尔的恩基）；埃阿善解事理，膂力过人，远胜于他的先辈。接下来神界爆发了两次大战。幼神们的喧嚣打破了以往的宁静，也激怒了阿普苏：

“他们的做法使我感到厌烦，
白天不得安宁，夜里不得安眠。
我一定要铲除他们，阻挠他们的为所欲为，
直到恢复宁静我们才能安睡。”

蒂阿玛特则不同意：“我们自己命名的东西为何要毁坏，我们要宽和一些。”可是阿普苏依然坚持己见。洞察一切的埃阿知道了阿普苏的阴谋，作了准备。他用精确而强大的咒语使阿普苏入睡，然后杀死了他。埃阿在阿普苏（淡水，苏美尔的阿布祖）之上建立起自己的庄严的住所。他的妻子达木奇娜在此生下了马尔杜克。马尔杜克具有双倍的神性，姿容超群：

四只眼睛，四只耳朵，
嘴唇一动，火就燃烧起来，
四只耳朵都很大，
眼睛同样也能看透万物。
他在诸神之中身材最高，他的姿容超群，
他的四肢出奇地长，身材出众地高。

阿努造的四重风和溪流又扰乱了蒂阿玛特（咸水）的安宁，一些坏神趁机鼓动她为死去的阿普苏报仇。蒂阿玛特造了毒蛇、火龙、蝎人、海怪等十一种怪物，提拔她的儿子金古（钦古）做前敌总指挥，授之象征着“众神之主”地位的天命，并定为自己的“唯一的老伴”。蒂阿玛特手牵着怪物们的缰绳，准备出动了。以上为第一块泥板的内容。

埃阿找到祖父安舍尔告之险情，安舍尔闻言又惊又气，鼓励埃阿前去劝降。埃阿没等接近蒂阿玛特，就心存恐惧地退了回来，他解释说：“她愤怒了，用咒语将我的手镇住。”其他的神灵都被召集来了，但他们“缄口不言，默默地坐着”。他们想：“神是谁也不会去战斗的，而且对抗蒂阿玛特怕不会生还！”这时安舍尔提到马尔杜克的名字。埃阿颇有心计地告诉儿子去向安舍尔讲条件：请安舍尔亲临镇压叛乱，自己协助。其实马尔杜克有得胜的信心，可以“马上踩住蒂阿玛特的脖子”，所以当他来到曾祖父的议政厅时讲的是另一种更为重要的条件：

“诸神之主，大神们的天命之主啊！
如果我为你们报了仇，
捉住了蒂阿玛特，保全了你们的性命，
就召集开会，提高我的地位，授予我天命吧！
……
我将像你们那样开口，将各种各样的天命定下，
我自身开创的事都不会被更改，
我开口所谈的事绝不会撤回，绝不会被曲解！”

以上为第二块泥板的内容。

安舍尔听了马尔杜克的发言以后，立即命令他的使者嘎嘎去通报诸位大神，并把他们带回商议要事。嘎嘎完成了使命，定天命的大神们陆续到来了，他们喝着蜜酒给为他们报仇的马尔杜克授予了天命，因为他们别无选择。以上为第三块泥板的内容。

接着大神们又授予了马尔杜克所要求的一切，改口称之为“主”。为了证实马尔杜克刚刚得到的非凡的威力，在大神的辅导下进行了一次现场演练：他一张口天上十二宫星座就消失了；再命令一次，它们又出现了。他的父祖辈神欢腾了，立即交给他“权杖、宝座、王服和打垮敌人的无敌武器”。马尔杜克带着弓、三叉矛、网。他浑身燃起火焰，将闪电放在自己的面前，携带无敌的风和洪水，乘上了恐惧无比的暴风雨的车子出发了；他的身体包在铠甲里，头罩在灵光中，手拿着解毒的草药，口含着强大的咒语，奔向了蒂阿玛特喷火的地方。

马尔杜克先看到了金古，他用目光一扫，金古的脑中就一片空白，步态失衡。这时蒂阿马特跳出来责骂马尔杜克，马尔杜克也谴责她的不义之举。他们之间先是进行了一场咒语大战，然后才打斗在一起。马尔杜克撒开大网套住了蒂阿玛特，放出恶风。蒂阿玛特原想张嘴吸进，不料狂风劲

吹，根本无法再闭上嘴，她的腹部越胀越大。马尔杜克趁机用枪刺破她的肚皮，用箭射穿她的心脏，捆绑起来杀死了她。蒂阿玛特一死，她的党羽四散，金古也被活捉。马尔杜克把金古戴的天命“塔布雷特”没收，加上自己的印，佩戴在胸前。他的父祖高兴得欢呼。

下面就进入了创造天地的阶段。马尔杜克毫不留情地用三叉矛敲碎蒂阿玛特的头盖骨，割断她的血管，北风将那血吹得不知去向。他望着尸体想：该做些什么东西呢？他开始分割尸体。

他像干鱼似的将其劈成两半，
将其一半扯起，作为天拉满四周。
将其加上门闩，部署看守，
命令他们不许其水分外流……
他测量了“阿普苏”的外形，
营造了与其大小相当的大神殿埃舍拉。

以上是第四块泥板的内容。

随后，马尔杜克把十二宫星座分配给与之形体相似的诸位大神，将一年确定为十二个月，每月又分配了三个旬日的星座，区分开一年的日子。他还规定了日月的行程及月的圆缺，并将每一天分配开，部署了夜与昼的看守。

在天的两边开了太阳的门，
左（东门）右（西门）加上了牢固的栓。
他在她尸体的内部安设了上界，
让天之光（月神）夜里放出光辉，
将其决定为告知白昼的夜的装饰。

马尔杜克完成了天的创造后，又着手于地的创造。他将蒂阿玛特嘴角的泡沫团成云撒向空中，将她的唾液化为雨雾：

将她的头固定，在上面筑了山，
开掘泉眼使水流成河。
她的两肋成为幼发拉底河和底格里斯河的源头。
他在她的乳房处建起了特别壮丽的山，
为涌出丰富的清水，他开掘巨大的水源。
……
这样他将她的半个尸体拉满四周巩固了地。
他将天地创造完成，
将它们的接头用力系紧。

马尔杜克又把金古戴的天命“塔布雷特”作为最高礼物献给了阿努；把蒂阿玛特创造的十一个怪物囚禁起来，并依照它们的形态造像，立于阿普苏门前作为永志不忘的证据。马尔杜克还决定为众神在地上建一神殿，为他们到大地聚会提供一个“过夜安眠的满意场所”，这个“伟大的诸神之家”就是“巴比伦”。神灵都亲吻他的脚，齐声赞颂“天地诸神之王”马尔杜克。以上为第五块泥板的内容。

马尔杜克的心中又浮现了一种想法：

我打算以血造骨，
造出最初的人，名字就是“人”。
我要造出最初的人，
诸神的劳役改由人来承担，他们会是快活的。

在诸神大会上，马尔杜克宣布杀掉“首先挑起战端、唆使蒂阿玛特叛乱”的金古，以他的血造人，使神免去劳役成为自由身。与此同时“圣所”巴比伦的建设也在展开，用一年的时间造砖，第二年在阿普苏正对面的埃·沙吉拉神殿、高入云霄的巴比伦高塔吉克拉特建造完毕。安舍尔宣布要用五十个称呼来呼唤马尔杜克，也就是说把一切主神的权力都授予他。诗歌随后阐述这些称谓的含义，实际上已是对马尔杜克连篇累牍的颂歌，文学价值不大。以上是第六、第七块泥板的内容。

《埃努玛·埃立什》反映了两河流域居民对天地万物形成的想象与理解，但经后人加工，“君权神授”的思想也极为突出。马尔杜克原本是巴比伦（城镇）的地方神，随其城邦地位的提高，他逐渐变为诸神之王。祭司集团极力宣扬巴比伦国王就是马尔杜克亲自任命的统治万民的人（《汉谟拉比法典·序言》），把《埃努玛·埃立什》立为经典，每年新年庆典的第四天必须全文诵读。尽管如此，它作为人类最早的创世神话对后世文学产生了很大的影响，为许多民族的创世神话——如希伯来的《圣经》、古希腊赫西俄德的《神谱》提供了原型范本。

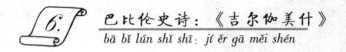

6. 巴比伦史诗：《吉尔伽美什》
bā bǐ lún shǐ shī：jí ěr gā měi shén

19 世纪 70 年代的一次重大的考古发现，把人们遗忘了近三千年的一部古老的巴比伦英雄史诗重新展现在世人的面前，它就是目前已知的世界最古老的史诗《吉尔伽美什》。代表着苏美尔—巴比伦文学最高成就的《吉尔伽美什》歌唱的是一位苏美尔英雄吉尔伽美什，关于他的故事早在公元前 3000 年的苏美尔时代就已在两河流域广泛流传。从史诗内容的丰富性和复杂性来看，显然不是一人一时之作，而是民间集体创作的结晶。经过了长期的口头流传，在巴比伦阿卡德时期，吸收兼容许多以吉尔伽美什为主角（有时恩启都作为配角出现）的单篇，逐渐集结定型。

现在已发现的影响到《吉尔伽美什》形成的诗篇和铭文有：史实性很强的苏美尔史诗《吉尔伽美什与阿迦》；记叙他远征杉树林、斩杀芬巴巴的《吉尔伽美什与生者之国》（或《吉尔伽美什与芬巴巴》）；讲述他拒绝爱神伊什妲尔的求爱、砍杀天牛的《吉尔伽美什与圣雄牛》；描述英雄与死亡主题的《吉尔伽美什、恩启都与冥府》等。至于已坏损不传或还掩埋在地下的篇目应该远远多于此数。可以说许多已知的和未知的苏美尔人的单个独立故事文本，共同汇成了描写吉尔伽美什的组诗，是史诗《吉尔伽

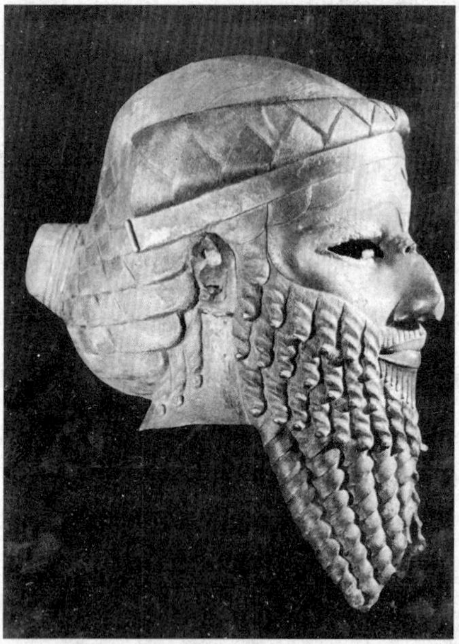

阿卡德国王萨尔贡青铜雕像

美什》的先声。当然，另外早已在两河流域成型的大洪水的传说也是史诗的重要组成部分。

20 世纪初在尼普尔发现的《吉尔伽美什与阿迦》可以算做其中的代表。它大约于公元前 2 世纪前期写定，反映的是公元前 3 世纪前期的苏美尔社会生活，共有十一块泥板，一百一十五行。诗歌描写基什国王阿迦派人到乌鲁克城，要求国王吉尔伽美什做些什么（有人推断为劳役）。吉尔伽美什不欲屈从，分别召开长老会和民众会商议。长老会主张投降，民众会主张战斗。吉尔伽美什采取了后者的意见决定迎战。当阿迦包围了乌鲁克时，吉尔伽美什的第一位使者出城说敌无效。恩启都便作为第二位使者再次来到敌人中间，向他们指认正站在城头威武夺人的吉尔伽美什国王。结果双方在根本没有交手的情况下，仅此一望就使战局发生了戏剧性的陡转，凸显了吉尔伽美什强大的威慑力，为原本朴实无华的文本增加了一丝流动的神话色彩：

人群就被镇服，人们就逃走了，
人群在尘土中打滚，
……
基什国王阿迦的士兵们的心被镇服了。

敌方统帅阿迦也顺理成章地做了吉尔伽美什俘虏。不过为报答昔日之恩，宽厚的吉尔伽美什又放了阿迦，双方重归于好。从阿迦臣服后对吉尔伽美什的赞词中，可以了解到史诗中大力褒扬的乌鲁克城垣已修建完毕：

乌鲁克，诸神的创造物
上可接天的高大的城墙，
阿努莫基的高贵住处。
你将它们守护，你是英勇的王，
阿努所垂爱的君侯……

史诗以纪实的笔法反映了苏美尔氏族社会军事民主制时期部落城邦之间的冲突。双方的主帅均是历史人物，在《苏美尔王名表》中都可以查到。吉尔伽美什为洪水后乌鲁克第一王朝的第五位君王。古城乌鲁克大约位于今天伊拉克的南部，大约在巴格达与巴士拉之间。

《吉尔伽美什》史诗残片

《吉尔伽美什与芬巴巴》写的是吉尔伽美什为了追求超越生死、永留青史的荣誉，与追随者恩启都一起远征（黎巴嫩的）杉树（又说是雪松）林，那里由可怕的怪物芬巴巴看守着。双方一交手，芬巴巴就凭借着魔光占据上风。后来吉尔伽美什以计谋成功地除去了怪物的魔光，降服了他。面对着芬巴巴的求饶，吉尔伽美什准备给他一条生路。然而恩启都却怀疑其中有诈，故意激怒了芬巴巴，借机杀死了他。虽然除掉芬巴巴不是吉尔伽美什的本意，但也惹恼了天神。智慧之神恩利尔认为芬巴巴忠于职守，不该成为诡计的牺牲品。在这个苏美尔故事中芬巴巴并不令人反感，反而让人同情。只是后来在史诗《吉尔伽美什》中他才变成了一个地地道道的恶魔。

《吉尔伽美什与圣雄牛》的故事也是用苏美尔语写成。爱神伊南娜向吉尔伽美什吐露芳心。吉尔伽美什认为这是对他的束缚，要杀自己的威风，断然加以拒绝。受辱的女神向天神父亲要来了一头巨大的天牛。天牛下凡后用鼻子拱、用脚踩，吸干了水渠里的水，使乌鲁克地区变成了不毛之地。为了全城居民的生存，吉尔伽美什和恩启都勇杀天牛，触犯了神威。

《吉尔伽美什、恩启都与冥府》涉及学术界的一场争议：有的学者认为它是史诗《吉尔伽美什》的一个组成部分，即结尾处的第十二块泥板；也有人认为它是另一个关于吉尔伽美什和恩启都故事的片断，或后人为史诗续写的伪作。它的情节大致如下：一棵生长在幼发拉底河畔的“弗鲁普树”，被南风吹倒后顺水漂走。爱神伊南娜来到了河边，把它从水中捞起运到乌鲁克神苑栽种，打算日后用它做床和椅子。树木长得很茂盛，但是蛇在它的根部做了窝；夏季能从阿拉伯刮起沙风的妖鹫兹鸟在树梢育雏；女妖丽丽特在树中间部位安了家。

爱神的愿望落空了，她悲伤的叹息声吸引来了吉尔伽美什。吉尔伽美什了解了情况，挥动大斧将蛇杀死，兹带着幼雏飞到山里，丽丽特吓得狼狈逃往沙漠。吉尔伽美什和随他一同前来的乌鲁克人将树伐倒，交给伊南娜做床和椅子。为了答谢吉尔伽美什，女神亲自用树根制作了“库普”，用树梢制作了“密库”，送给吉尔伽美什，有人认为这两件东西可能是鼓和鼓槌，不过也有人破译为球拍和木球（或木轮）。吉尔伽美什得到了新奇的玩物后，酷爱这种类似曲棍球的游戏，于是命令全城的青年男子整天玩耍，浪费了可贵的劳动力。怜悯妇女的母神大发慈悲，为了避免乌鲁克男子玩物丧志，把这些木制玩具都扔到地府中去了。

两件宝物掉进了冥府后，吉尔伽美什心急火燎地伸手伸脚，却怎么也够不着。这时恩启都主动表示愿意前往冥府，为主人取回宝物。在恩启都临行前吉尔伽美什不放心地叮嘱他不要穿洁净的衣服，不要涂抹橄榄油，手中不要拿树枝棍棒，绑紧鞋子不要在地狱发出声响，不要吻心爱的妻儿，不要打厌恶的妻儿，“否则冥府的哀号就要逮住你”。而恩启都一意孤行，偏要反其道而行之，做了每一件事。于是“在人类的战场上他没倒下，冥府却捉住了他”！吉尔伽美什伤心焦急地求助于大气之神恩利尔、月神辛、智慧之神恩基。前两个神没有理会他的要求，倒是恩基告诉他可以在地里凿一个洞，恩启都的灵魂就从这里跳出，这样他们得以相见。吉尔伽美什向久别的朋友询问阴间的情况。恩启都一一作了回答：

“你见到那个有七个儿子的人了吗？”
“是，我见到他了。”
“他近况如何？”
“他已与神为伍，坐庭听讼。”

“你看见那些没有出生就死了的小孩吗？”
“是，我看见他们了。”
“他们过得如何？”
“他们坐在金桌银座旁，在奶油和枣汁中玩耍。”

当然恩启都谈的最多的还是地府的阴暗面：“我的身体早已被害虫吃光，早已为灰尘所充斥。伤心啊！”诗歌以他们的对话结束，基调灰暗低沉。

我们不难看出，苏美尔人的吉尔伽美什组诗已经提供了史诗《吉尔伽美什》中的主干情节，而阿卡德人的伟大成就在于把独立成篇的苏美尔组诗变成一部内容连贯的史诗，并在这一过程中赋予诗歌新的光彩。

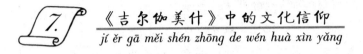

7. 《吉尔伽美什》中的文化信仰
jí ěr gā měi shén zhōng de wén huà xìn yǎng

巴比伦史诗《吉尔伽美什》中的主要人物是吉尔伽美什与恩启都，他们作为远古时代的英雄，既有相同的共性，也有独自的个性特征。两位主人公相互补充、互相作用的微妙关系，是推动史诗情节发展的重要动力。

而恩启都又是其中不可或缺的一方。

当天神阿努听见了下界对吉尔伽美什的抱怨申诉后，立刻宣召创造女神阿鲁鲁：

“阿鲁鲁啊，这人本是你所创造，
现在你再仿造一个，敌得过吉尔伽美什的英豪，
让他们去争斗，使乌鲁克安定，不受骚扰！”

恩启都被造出后来到了人间，在丛林中与野兽为伍，过着茹毛饮血的未开化生活。他虽然不具备人类的智慧，但却拥有兽类的体能：

他浑身是毛，头发像妇女，
跟尼沙巴一样鬈曲得如同波涛，
他不认人，没有家，一身苏母堪式的衣着。
他跟羚羊一同吃草，
他和野兽挨背擦肩，同聚在饮水池塘，
他和牲畜共处，见了水就眉开眼笑。

他有意无意地与猎人作对：填平了猎人挖好的陷阱，扯掉他设下的套索，使野兽都从猎人手下逃脱。猎人的父亲出主意请吉尔伽美什派一名神妓来降服野人。果然，恩启都一见到神妓就被深深地吸引了，与她共寝了六天七夜。他的命运就这样被改变了：

羚羊看见他转身就跑，
那些动物也都纷纷躲开了恩启都。
恩启都很惊讶，他觉得肢体僵板，
眼看着野兽走尽，他却双腿失灵，迈不开步。
恩启都变弱了，不再那么敏捷，
但是如今他却有了智慧，开阔了思路。

经过神妓的驯化，恩启都去掉了野蛮的兽性，成为文明的智人。如果

说吉尔伽美什是一位半神半人的形象，那么恩启都就是一位半兽半人的形象；吉尔伽美什从神到人的演变趋势代表了人类主体意识的觉醒，那么恩启都的转化则非常形象地再现了人类由兽进化而来的整个渐变过程。可以说它涵盖恩启都形象的主要文化内蕴。

最初，我们的狩猎祖先需要的是强壮敏健的体魄，去与野兽周旋。伴随着近万年的农耕定居生活及工具的使用，生存对人类体力的要求逐渐减少，对利用文化技术的智力要求迅速增加，人的“人性化”的过程大大加快了。那么为什么恩启都的人化始于与神妓交合呢？这无疑是理解史诗的难点。从人类社会发展史来看，男女两性的结合象征着家庭生活的肇始，象征着生物的人开始走向社会的人，所以人文之始往往与婚配联系在一起。这种特别的关联透露着原始的心理真实，反映了初民对自然与文化的区分标记；从古代巴比伦民族文化中的特殊性来看，这一故事情节的深层内涵与神妓在当时社会中崇高的社会地位密切相关。

古巴比伦人在神职人员中有专门传达神启和解释经文的高级祭司，有为歌颂神、安慰神而颂唱赞美歌和哀歌的音乐师，有为神制作食品的厨师，有为神洗澡者以及陪送神像去卧室睡觉的侍者。在神庙中还有女祭司，地位最高的叫做“恩”（En）。女祭司通常由有贵族血统的公主担任，她们被看做所侍奉之神的人间妻子，在神圣的婚礼仪式上充当新娘。此外还有女祭司献身于神圣的卖淫。在伊兰拉神庙，神娼是受到女神特别保护的。

由此看来，古代巴比伦的神妓与我们惯常所理解的妓女是不同的，她们并非靠出卖肉体取得钱财的人，而是宗教意义上的“献身于神的妇女”；她们并不是泛性交者，而是处于高级文化阶层的女祭司。她们与某些阶层的男人生下的孩子，长大后非但不会受到歧视，往往还会拥有较高的社会地位，如阿卡德王国的开国之君萨尔贡一世就是神妓的儿子。所以《吉尔伽美什》中降服恩启都的神妓所扮演的实际上是“人类文化指引者”的角色——她把自己所掌握的开化和文明带给了野人恩启都，并将半人半兽的他引导成为拥有并热爱人类文化的真正的人，使恩启都奇迹般地迅速完成了进化中的超升。

另外，巴比伦人对神妓的尊敬与肯定的态度也从恩启都临死前对她们的由衷赞美中体现出来。病入膏肓的恩启都一度后悔步入了人类文明社会，否则他还会浪迹群山，“在野地里盘桓度日”。烦躁中他开始恶毒地诅咒神妓。一向被认为主持正义的太阳神舍马什立即出面历数神妓的种种好处：是她使恩启都吃到人之所食，穿上人之所衣，结交了最好的朋友吉尔伽美什，并“躺在荣誉之床上”死去，得到人生最好的结局。恩启都思考后也同意了这种看法，他态度也随之来了个一百八十度的大转弯，热烈地祝福了引导自己走向文明的神妓：

“让王爷、公子、贵族都爱你，
一想到你就高兴得直拍大腿，
……
他们要送给你黄金和天青石，
让羞辱你的人得到报应，
让尊重你的人仓房满满蓄积，
让神官引导你到诸神的面前，
为了你，一个生有七个孩子的母亲，
也会被丈夫抛弃。”

在史诗中神妓不仅是恩启都的进化的导师，也是他与吉尔伽美什结识的中介人。是她把他引到乌鲁克城，激发了恩启都与吉尔伽美什决斗的欲望。两位英雄经过争斗与磨合，彼此都完成了自我的超越，从危害居民开始走向了为民造福的道路；不但得到了个体的新生，而且结合为崭新的英雄统一集合体。

吉尔伽美什与恩启都由敌为友的经历，反映了两河流域不同民族和文化的冲突与融合。一位文明的城邦英雄、一位尚处于野蛮或半开化状态下的牧野英雄之间的决斗与和解，正是苏美尔人的城市文化与阿卡德巴比伦人的游牧文化的冲突与融合的缩影。在历史上经常上演这样的一幕：不发达民族虽然征服了发达的民族，但最后终究要被发达的民族的文化所同化，苏美尔人与阿卡德巴比伦人也不例外。所以接下来的史诗情节就是他们轻而易举地得到了和解与友谊，互补与互助。恩启都来到吉尔伽美什的领地，置身于人类社会，真正地从蒙昧走向了文明；吉尔伽美什从恩启都古朴善良的原始美德中意识到了自己的残暴与不义，在根本上扭转了自我的行动方向，成长为建功立业的民族英雄。两位英雄同步地实现了人格的升华，共同走上为民造福的征途，从任性而动的生物的自我走向社会化的自我。

如果说恩启都的出现促成了吉尔伽美什人格转变的话，那么恩启都的死又强烈地激活了吉尔伽美什的死亡意识，这是史诗赋予恩启都的另一重要文化意蕴。恩启都的死带给吉尔伽美什剧烈的感情震撼：

他把他的朋友，像新嫁娘似的用薄布蒙罩。
他就像狮子一样高声吼叫，
就像被夺走幼狮的母狮不差分毫。
他在朋友跟前不停地徘徊，
一边把毛发拔弃散掉，
一边扯去、摔碎身上的各种珍宝。

不仅如此，恩启都的死也给吉尔伽美什，或者说是给整个人类提出了深层的理性的思考，进而引出吉尔伽美什对永生的追寻：

“我们曾一起踏遍群山，把一切征服，
……
但是现在，降在你身上的长眠究竟属何物？”

“我的死，也将和恩启都的一样。
悲痛浸入我的内心，
我怀着死的恐惧，在原野徜徉。
终于，奔向那乌巴拉·图图之子，乌特那庇什提牟，我上了路……”

吉尔伽美什正是从与自己一样伟大的英雄的死亡中，意识到自身生命的直线不可逆转的走势。这种死亡意识又促进了吉尔伽美什自我意识的觉醒，他从追求外在的武功转到强烈的内心反省，进而探求生命的限度，渴望超越死亡，获得永生的幸福。的确，在世间万物之中只有人类才具有死亡意识，知道了必然要死，才会知道如何去生，才会在有限的生命中追求无限的永生。未知死，焉知生？既然对死的关注是人生哲学的开端，那么人类最早的史诗《吉尔伽美什》就已有明显的思辨色彩。与恩启都的诞生与进化一样，他的不朽功业与英年弃世也富有人类文化意蕴，不过后者所代表的内涵更为深邃、更为丰富、更为普遍。

8. 太阳神天际泛舟的神话

tài yáng shén tiān jì fàn zhōu de shén huà

古埃及有许多开天辟地的神话，下面选取的是最普遍的一种。在那洪荒的一片混沌之中，出现了第一个神——努。她是远古的水，没有知觉和生命，却是一切生命的源泉。拉在努的体内孕育成形，以蛋形莲花花苞状升于水面，就像喷薄而出的太阳。拉脱离了水面升上天空，给大地带来了光和热。拉环顾四周，除了他自己的影子外一无所有。他拥抱了自己的影子，马上孕育了一对孪生兄妹，他把孩子从嘴中吐出，哥哥舒就成了头戴鸵鸟毛的人形的空气之神，妹妹泰芙奴忒则成为狮子模样的雨露云雾女神。一开始拉只为自己装备了一只眼睛，一天他派眼睛去找他的一双儿女，因视物不便，拉又装了第二只眼睛。当第一只眼睛完成任务回来时，却发现别的眼睛占据了自己的原来位置，十分生气。拉不得不安抚它，使它和第二只眼睛一样在自己的脸上占有同等重要的地位，并赋予它更大的权力，让它做太阳，另一只做月亮。以后的神与人都像拉一样长有两只并列的眼睛。拉又把太阳眼化为一条竖起的眼镜蛇，用它来保护自己免受敌人的侵害。从此眼镜蛇就成了保护神的化身，盘卧在日轮周围，也经常出现在神的头饰和国王的王冠上。

后来舒和泰芙奴忒结合又生下一对孪生兄妹：大地之神盖伯（他的动物图腾是一只名为“大卡克勒”的白鹅，常被描述为头顶白鹅的男子）、天空女神努特（或为人形的女子，或为承负太阳之舟的母牛）。这两位神在出世时紧紧抱在一起，父亲舒不得不把自己置身于他们中间将努特托起，这才使盖伯与努特、天与地分离。于是在绿色的大地和布满星辰的苍天之间形成了永久的自然空间，充盈于天地之间的空气为神和人类的生存提供了保障。舒在埃及神话中的作用犹如希腊神话中顶天立地的负天之神阿特拉斯。但是努特却是一位多情的女子，她被父亲强行分开后，依然眷恋着盖伯。拉见之大怒，诅咒她无论何年何月都不能生孩子。无奈的努特只好恳求智慧之神绍特帮忙。绍特把与月亮下棋赢来的五天加在原有的三百六十天之后，这样埃及的年历就变成了一年三百六十五天。他告诉努特在原先年历规定之外的五天中，拉的诅咒不起作用。努特就利用这几天与盖伯先后生下了两儿两女：奥西里斯（植物之神、冥界之神）、塞特（干旱与荒漠之神）和伊西斯（王位的化身）、乃芙苔丝（家族的女主宰），于是就有了九神一体的太阳神家族。

努特和盖伯的长子奥西里斯和长女伊西斯、次子塞特与次女乃芙苔丝结为夫妻。奥西里斯分别与伊西斯和乃芙苔丝生下儿子何鲁斯（鹰，世间之王）、阿比努斯（胡狼，木乃伊之神，死者与坟墓的监护人）。乃芙苔丝与塞特结婚数载不育，加上她又暗恋着奥西里斯，于是她用酒灌醉了奥西里斯，与他亲近生下了阿比努斯。因担心丈夫的报复，她把儿子弃置于原野。阿比努斯由胡狼喂养大，长成胡狼的模样。被伊西斯收养后，他学会尸体防腐处理技术，把被塞特谋害的奥西里斯的遗体制成第一具木乃伊。他还参与冥界的审判，引导善良者前往永远的福地。

有关太阳神家族的神话，反映出古埃及人对太阳、空气、水、大地的自然崇拜心理。在大多数民族的神话中，太阳神都是乘坐着交通工具驶过天空的，而具体使用哪种工具则因国而异，希腊罗马神话中太阳神阿波罗驾车而行，埃及神话中的主神、太阳神拉则是天际泛舟。

拉一昼夜几易其形。早晨他被称为克卜利，有着人的身体，头顶着象征再生的蜣螂，有时他的头就是一只大蜣螂。中午他是隼首人身，头顶着一个盘绕着眼镜蛇的日轮，一手持王笏，一手拿着生命的钥匙安赫架，它是一个顶部为圆环的十字架，把它放在死者的鼻孔前，死者就能复生。傍晚叫阿顿或阿蒙，是完全的人身或牡羊首人身。拉每天都要乘船在太空巡行，早晨从远古的水中升起的时候，他坐在晨舟“玛悌特（意为逐渐变强）号”上，从东到西沿着风平浪静的天河穿过苍穹。奥西里斯和伊西斯的儿子何鲁斯为船掌舵。智慧之神绍特和智慧女神玛阿特站在他的身边认可他的航向，记下一天的航行日记。神鱼阿布吐和安特在船首欢快地畅游引路。拉端坐在太阳船的中央俯视着大地，发出仁慈的光芒温暖着他的子民，给地上的生灵带来光和热。

傍晚拉换乘夜间航行的暮舟“赛姆基特（意为逐渐变弱）号”，从日落的玛努山进入冥界，冥界的东方还耸立着同样巍峨险峻的巴胡山，天穹就架在它们的峰顶上。拉随着太阳的西沉而死去，他没有生命的躯体躺在船中央，由众神守护着开始了由西向东、充满了艰辛与危险的夜航。分别掌管着夜间十二个小时的十二位夜女神为拉导航，指引着航船顺利通过冥界十二个黑暗王国。每一个王国的边界上都有一个城垣高耸、巨蛇把守的门楼，城头遍插锐利的尖矛，谁也无法通过。两条有翼的巨蛇用含有毒液的烈焰封锁了门楼甬道，只有拉到来时烈焰才会消失，门扇自动打开，暮舟平安通过。冥河的两岸蛰伏着许多拉的敌人，其中最危险的杀手是一条硕大无比、声如雷鸣的巨蛇阿比伯，它每天都盘卧在第六王国河中的沙滩上，吞尽河水中的一切。每当航船接近它时，忠诚的大蛇玛汉就围住拉的身体，伫立在船头的伊西斯高举双臂诵念能使阿比伯丧失活动能力的咒语。随后从船上跳下的两勇士沙勒克和达苏夫紧紧捆绑住阿比伯，并用尖刀刺杀它。航船终于逃过这一劫难划走了，不死的阿比伯也恢复了常态，准备着明晚的再一次袭击。冥界还居住着外形为蜣螂的复活之神克卜利，拉一到来他就展翅盘旋在暮舟的上方。冥界的最后一个王国存在于一条巨蛇的身体里，暮舟从蛇尾进入蛇的身体后由十二个随从拖着行进。复活之神克卜利在这里与拉合为一体，使拉复活。在蛇口等候着的十二位女神接过纤绳把太阳船引向东方日出之处。在喜庆的欢歌中天庭洞开，舟楫驶出，拉的光芒又照亮了巴胡山。拉再次换乘晨舟，在同一条航线上又开始了新的一天航行。

太阳神就这样运行了千百万年，渐渐体力不支步入了老年。孕育了拉的努劝他以天空之神努特为坐骑。努特此时的形象已不是人形的女子，而是一头巨大的母牛。破晓时分，天牛努特背负着拉的太阳船悠悠升起，化为天宇。拉顿时感到心旷神怡，命令在天界“栽培茵茵绿草”，形成死者的乐园“福乐之野”、“芦丛之域”、彼世的阡陌之野。升入浩渺的天空后，努特头晕目眩，身体也随之晃动起来。拉说应有神给予支撑帮助，话音刚落出现了八位神，他们两人一组把天牛努特的四足高高地擎扶起。最后拉又命令舒置身于牛体下，双手支撑牛腹并监视八位神。天牛的腹部飘浮着一条星带，那里是星星的家。还有一种说法认为星星是盖伯与努特的众多儿女，一场夫妻之间的争吵使得暴怒的努特吞噬了自己的孩子们，她遂有“吞食所生幼猪的牝猪”的别称。后来她把所吞噬的孩子从臀部生出，每天傍晚出现在东方的天空。

虽然太阳每天照样升起，但经过千万年的奔波，拉已衰老得两颚难以合拢，唾液从他闭不严的口中一直流到地上。这时有一个精通巫术和魔法的神想要趁机获得拉独有的摧天折地的威力，她就是拉的孙女伊西斯。要获得成功只有一个办法：知道拉的真名。这个在拉诞生时就被赋予的名字，只有拉本人知晓。它不但能控制宇宙，甚至能左右拉本人。所以拉为了维持自己至高无上的权力，坚决保守着这个秘密。伊西斯用一撮渗进了拉的口水的泥土捏成了一条带翅膀的眼镜蛇，因为浸染了拉的涎水，所以无须咒语它就活了起来，而且毒力无比。当拉的航船经过时，它猛然跃起咬伤了拉。拉顿感烧灼般的剧痛袭过全身，他痛苦的喊声引来众神。但因为毒液中有拉自己的神圣物质，他们都无能为力。在众神响成一片的哭喊声中，伊西斯上前假意关心地表示只有她才能祛病免灾，但条件是必须知道拉的真名，呼唤它拔毒，法术方可奏效。

万分痛苦的拉依然不愿泄露天机，告诉她许多假名。伊西斯恼怒地沉默着。拉的疼痛更加强烈，他意识到为了求得生存，已经到了该放弃一些东西的时候了。避开他人后，拉把伊西斯叫到身边，他们俩像在集市上一样开始讨价还价。伊西斯又要求拉日后把他的两只眼睛——太阳和月亮给她的儿子何鲁斯，无奈的拉只好答应。伊西斯也遵守诺言，驯服了毒液，拉终于康复了。不过聪明绝顶的伊西斯为了使儿子永远具有得天独厚的优势，再也没有对任何神提起过拉的真名，所以拉的秘密名字是什么，成了千古之谜。

何鲁斯在母亲的帮助下终于得到了拉的眼睛，代替曾祖父成为埃及最重要的神，至今埃及人依然习惯于把日月称为“何鲁斯的眼睛”。后来何鲁斯在与杀父仇人、他的叔父赛特的决斗中伤了其中的一只月亮眼睛，从此它丧失了保持永久一轮圆盘的能力，盈亏交替，月亮就有了圆缺的变化。拉把日月眼睛送给曾孙并体面地让位后，解除了日常繁重的事务，颐养天年。不过作为万物的创造者，拉依然受到众神和人类的崇拜。

拉的衰老还引出另一则非常著名的神话——人类的大劫难。早在拉拥抱自己的影子创造出舒和泰芙奴忒后，拉激动地哭了，纷纷的泪水化成人类的芸芸众生，他以自己温暖的光芒抚育着子民。然而受到拉巨大恩惠的人类，却在拉衰老之时肆无忌惮地嘲笑他。遭受羞辱的拉生气了，他秘密召来所有的神商议此事，在众神的鼓动下拉发出了严惩人类的命令，派自己的女儿哈特霍尔前去执行。爱和艺术的女神哈特霍尔通常是一只健壮温顺的母牛形象，有时是牛头女身，有时又是长着牛耳朵和牛犄角的女人，在两只犄角中间还托着一个日轮。

她在下界的入口处招呼死者，参与冥界的审判，是埃及人广泛崇拜的神。不过当她被称作苏赫默特时，就变成一头把饮血视为享受的最凶悍的母狮，人称孟菲斯母狮。苏赫默特得令后奋力扑杀忤逆不恭的人类。拉一开始看到女儿为他报仇，心情还比较舒畅，但眼见尸骨遍地的惨景又不禁心怀怜悯，于是呼唤女儿停止杀戮。然而苏赫默特一旦尝到血腥味，便没有任何力量能遏制她嗜血的天性，她依然为着血水追杀人类。睿智的主神马上让神的使者去尼罗河的菲莱岛采来曼德拉草所结的睡眠果。

拉立即把挤出的果汁送给了奥波利斯城的妇女，告诉她们把它掺入像人血一样鲜红的大麦酒中，然后把酒撒在苏赫默特必经的田野上，酒水有四棵椰枣树那么深。清晨苏赫默特一看到以为是人血的红酒，就俯身痛饮起来，很快陷入了沉沉的睡眠中，拉这才将她唤回。拉拯救了人类，使之免遭灭顶之灾，人类从此更加悉心崇拜他们的恩神拉。以后埃及每年都要举行哈特霍尔（苏赫默特）庆典，通宵达旦地畅饮美酒以庆祝人类的劫难重生。

以上神话包含着古埃及人对日出日落、月亮圆缺、星辰隐现等自然现象的拟人化的朴素理解，也记录下人类的诞生、神界的围绕着权力的争斗与交替以及早期人类痛苦灾难的回忆，并用富于诗意的丰富的想象、质朴的语言，生动地表现出来。

相信古埃及的那只万古永航的太阳船也会在我们现代人的心中永远航行下去的。

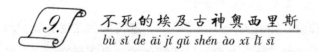

9. 不死的埃及古神奥西里斯

bù sǐ de āi jí gǔ shén ào xī lǐ sī

在埃及流传最广的神话是奥西里斯和伊西斯依靠坚贞不渝的爱情战胜了邪恶凶残的塞特，并获得了永恒的生命的故事。在古代埃及的绘画和雕塑作品中，奥西里斯的形象是身裹白布，头戴装饰着红白两色羽毛的埃及王冠，下颌戴着埃及国王特有的假胡须，双手拿着国王的弯柄权杖和连枷交叉在胸前。精于魔法的伊西斯美丽出众，头上长着一对托着日轮的牛犄角。他们既是兄妹，也是一对恩爱的夫妻。

在一个炎热夏日的清晨，底比斯神庙的雕像忽然开口说话了：人间之主奥西里斯已经诞生。一个亲耳听到神谕的穷苦青年把这个消息传遍了全国。不久，一对仪表俊美、神态威严、气质高贵的夫妻出现在神庙前，他们就是降临埃及大地的奥西里斯和伊西斯。从此他们二人忙碌不息地为民造福：奥西里斯教人们种植谷物与葡萄，酿酒，制作木犁和把水汲到高处的浇灌工具，传授文化，传播崇拜拉神的思想，因而被尊为种植丰收之神、水神（一说是尼罗河神，以尼罗河的定期泛滥指代他的死而复生）；伊西斯则利用法术为人们消灾祛病。后来，奥西里斯为了拯救正直无辜的侍卫长与国王产生激烈的冲突，暴怒的国王原想加害奥西里斯，不想自己反倒命丧黄泉。奥西里斯顺应人意做了一国之君，把国家治理得井井有条，欣欣向荣。每当他到域外传播文明时，伊西斯就替他执政，国家依然繁荣安宁。但这良好的氛围被他们的兄弟塞特的到来打破了。

荒漠的主宰塞特是邪恶的化身，他除了寻欢作乐、打架斗殴外，还怀着觊觎王位的不轨之心。一天他拿着一块闪着彩虹般光彩的布来到哥哥的王宫，表示要为他做一件无与伦比的王袍。奥西里斯毫无戒备地让他量了尺寸。然而这其中就包含着塞特的阴谋，他按这个尺寸定做了一只装饰着耀眼宝石的大箱子。邀请身穿新王袍的哥哥前来做客时，他命人抬出箱子，说谁能躺进去它就归谁。奥西里斯在众人的劝说下躺进了对别人都不合适的箱子，不料塞特“砰”地关上了箱盖，锁上了箱子，把它捆绑结实后抛入了尼罗河。奥西里斯在里面窒息身亡。

伊西斯从噩梦中惊醒，知道丈夫遭到了不测。塞特率兵进宫威逼伊西斯做他的王后，伊西斯拒绝了他，变做一只紫铜色的小鸟飞到空中，上穷碧落，下至人间，开始了万里寻夫的征程。她不时降落到地上，向河边汲水的妇女、玩耍的孩子打听消息。最后长着羊腿羊脚的“丛林精灵”巴斯告诉她那个箱子漂进地中海后，又冲挂在比布卢斯的树丛中，被迅速长大的树干包裹起来，现已被国王伐下做了王宫大殿的支柱。伊西斯立即赶到比布卢斯，凭着她的非凡技能治愈了小王子的重病，作为报答，国王送给了她那根大柱子。伊西斯取出箱子后又把柱子归还给国王，知晓真情的国王将其供奉于神庙中。这种柱子以后就被称为“吉德柱”，成为力量的象征，受到人们的普遍崇拜。伊西斯用船把装着丈夫遗体的箱子运到芦苇丛中。她急切地打开箱子，终于看到了奥西里斯依然栩栩如生的容颜。面对落日，伊西斯伸出双臂，念诵着威力强大的咒语，反复呼唤着拉的秘密名字。已落山的太阳奇迹般地再一次升起，死去的奥西里斯慢慢地睁开了眼睛，生命重新回到了他的身体，他终于复活了。

但是奥西里斯的劫难并没有到此结束。他与伊西斯在芦荡深处过了两年幸福安宁的隐居生活，儿子何鲁斯来到了人间（有的神话说奥西里斯这次并没复活，何鲁斯是伊西斯抚尸痛哭时感孕而生的遗腹子）。有一天奥西里斯外出狩猎再也没有回来，他再一次遭受到追踪而来的塞特的毒手。塞特害怕哥哥像上一次那样重新复活，竟残忍地把尸体肢解成十四块，抛撒在埃及各地。他还带走并软禁了伊西斯母子，再一次威逼伊西斯嫁给他，又遭到伊西斯愤怒的拒绝。后来伊西斯母子在智慧之神绍特和太阳神拉的七个巨蝎仆人的帮助下逃离魔掌。塞特依然紧紧地追杀，趁伊西斯外出时派出神蝎蜇死了何鲁斯。

伊西斯悲痛欲绝的哀鸣惊动了乘舟划过天空的拉，他立即派遣绍特下船救活了孩子。伊西斯格外小心地把年幼的儿子托付给她的挚友——魔岛的女主人阿荷拉，又一次开始了更加艰难的万里寻夫之路。好在这次她并不孤独，她的妹妹、塞特的妻子乃芙苔丝站在了正义的一边，带着她与奥西里斯所生的儿子阿比努斯一起参加了寻觅行动。每当找到一个尸块时，阿比努斯就仔细地涂上香料，包裹好掩埋，伊西斯就在上面树碑建庙。发现的尸块越来越多，奥西里斯的神庙几乎遍及整个埃及。最后伊西斯在找到丈夫头颅的地方建造了最雄伟的阿比杜斯神庙，并在庙顶安放了他们夫妻二人的纯金塑像，使它们每天都能迎接第一缕霞光，告别最后一缕金辉。功夫不负有心人，除了被尼罗河中的鱼所吞蚀的一块（生殖器）外，其余的尸体碎块全部都找到了。阿比努斯把它们拼成一个完整的身体，遗失的部分用蜡填充代替，再用麻布、香料、防腐剂精心处理，制成了双手交叉在胸前的第一具木乃伊。后世希望永生的人们纷纷仿制，形成埃及特有的木乃伊文化。阿比努斯也被尊奉为木乃伊之神——死者和坟墓的监护人、冥界审判的执行人。

伊西斯再一次以她的强大魔法咒语使奥西里斯复活（一说他是因吃了

被塞特挖下的何鲁斯的眼睛而复生，“何鲁斯的眼睛”也是永生的象征）。奥西里斯向已经长大成人的儿子讲述了不幸的往事，激起了孩子的复仇。随后他响应神谕暂时别妻离子做了冥界之王，主持对死者的冥界审判。凡是顺利通过审判的亡灵就会在冥界的“福乐之地”上获得一块土地，耕耘劳作，永远过着幸福的生活。奥西里斯离去后，伊西斯辅佐儿子何鲁斯继续在人间完成未竟的大业——向塞特讨还血债。何鲁斯与塞特一共打了九场战役，持续了八十年。最后决战时绍特将何鲁斯化为耀眼的日轮升上天空，他发出的强大咒语使敌人的军队互相残杀，死伤惨重。伊西斯也前来助阵，鼓舞了全军的士气。

塞特一看形势对自己不利，提出与何鲁斯单独决斗的要求。他们之间的激烈战斗持续了整整三天。在混战中塞特挖去了何鲁斯的左眼，何鲁斯又奋力把它夺回。绍特帮助他治愈了眼伤，但以后这只眼睛（月亮）有了盈亏变化。还有一种说法是何鲁斯把这只眼睛给亡父奥西里斯吞下，使他又一次获得了生命。最后年轻力壮的何鲁斯渐渐占了上风，在第三天的黄昏他终于用锋利的鱼叉戳死了塞特（还有另一种说法：何鲁斯戳伤了塞特的化身红河马取得了胜利。失败后的塞特被拉留在太阳船中充当暴风雨之神，利用他发出的令人恐怖的吼叫吓跑太阳神的敌人）。何鲁斯继承了被塞特篡夺了多年的上下埃及王位，并接受众神的召唤，做了太阳船的伟大舵手。以后他又在母亲伊西斯的帮助下，接替了众神之主拉的太阳神的地位，他的相貌也变得与曾祖父非常接近了：鹰首人身。每到他与妻子美神哈特霍尔相聚的日子（每年第十月的第十八天）及第二天战胜赛特的纪念日，埃及人都要以红色的牛羊作牺牲（塞特的颜色）来庆贺何鲁斯的胜利，这种庆典一直延续到今天。作为伟大的妻子和母亲，伊西斯也来到了天庭，在拉的暮舟中颂念咒语保护着他不受冥界巨蛇阿比伯伤害。从此奥西里斯和伊西斯恩恩爱爱地生活在一起，再也没有分离过。

在这则以爱情为框架的神话中，既表现出古代埃及人对四季更迭、植物荣枯的天真想象，又包含了对人类生死问题的密切关注和探寻，还折射出农耕定居的民族（以奥西里斯为代表）与游牧民族（以塞特为代表）的冲突与同化的史实。从文学史的发展流变的角度来看，古代埃及出现的有关奥西里斯的宗教戏剧对古希腊戏剧产生过显著的影响；奥西里斯、伊西斯和何鲁斯的“三位合一”的构想，又是基督教中耶和华、马利亚和耶稣故事的源头，对基督教的诞生也产生过重要的影响。

10. 古埃及故事中的大千世界

gǔ āi jí gù shì zhōng de dà qiān shì jiè

流传下来的古埃及故事涉及的题材非常广泛，从日常生活到对外交流，从财产诉讼到夺城之战，作品基本上以现实主义的笔法反映了时代的风貌，成为古埃及社会生活的小百科全书。

除了以王公贵族、祭司太祝为主角的故事外，古埃及还有一些反映中下层人民生活、“老百姓自己的故事”。第九王朝时期的《能说善道的农夫的故事》（又译《乡民与雇工》），就是其中最优秀的一部作品。它讲的是住在盐乡的一个赛克赫提（古埃及语，意为一般的农民）用驴驮着家乡的土特产去南方出售，在途中遭到了王室总管、专管地方治安的麦卢伊坦撒大人手下的亥木提（古埃及语，意为受大地主奴役和保护的雇工）的刁难。仗势欺人的亥木提看上了赛克赫提的毛驴和货物，萌生了抢劫的歹意。他在赛克赫提的必经之路——狭窄的堤岸上横铺了一条宽腰布，并警告赛克赫提不许踩着它。赛克赫提只好牵着驴绕道从水边麦田走过，不想驴咬了一口麦穗，亥木提以赔偿损失为借口趁机把赛克赫提洗劫一空，并用树枝抽打他，还不许赛克赫提高声叫喊。可赛克赫提偏要大哭大喊：除非你把我的货还我，不然我一定把你的暴行嚷嚷出去。从此他开始了艰难的诉讼之路。

他先向亥木提的主人、王室总管告状，接连九次的控诉都没有得到回应，有时还遭总管仆人短棒的殴打。但他顽强地据理力争，不达目的誓不罢休。赛克赫提在每次陈情时都要首先赞美总管无德不备，给他戴一顶高帽子，说他是“大人物中最大的人物，遇难者的引路人”，是“逼走荒年的丰年，遮蔽裸体的衣衫"，"待孤儿如其父，待寡妇如其夫"。然后祝颂他洪福高照：船不沉，帆不破，瞧不着恐怖的面孔，捕尽肥美的鱼虾。最后晓明大义，柔中有刚地提出恳求："您摧毁奸诈，鼓励人办事秉公"，"有人喊冤您会对他欢迎，有人陈情您会让他把话说清。许我把话讲，替我把账清，照顾我这被骗走财物的人"，"您抬起了脸，看看我的命运；莫贪赃，倒要包管满足我。行善莫行恶吧"。

总管折服于他的锦言妙语，并向国王谈及此事，国王吩咐先不要急于断案，让他多告几次状充分显示口才，责令文吏把他的话全部记录下来，于是就有了开头无数次的伸冤。看过辩词笔记后国王惊叹不已，"认为真比全地无论什么都更好"。总管投王所好，把亥木提的家产和职分都判给了赛克赫提，并预言他将"永永远远被人纪念"。就这样无权无势的赛克赫提完全凭借着自己的智慧艰难地取得了诉讼的胜利，战胜了豪强恶势。

在古埃及的故事中还有一些反映对外交流、海外历险的故事。《赛努西的故事》（又译《撒奈哈特历险记》）是根据发生在第十二王朝初年的历史事件而创作的一部写实作品。故事从阿曼买哈特一世驾崩的噩耗传出开始。当时由王储赛努西尔特统率的大军正在利比亚沙漠作战，赛努西是这支部队的将领之一，他曾任去世法老的侍从官，是法老的心腹。当他偷听到法老去世的消息后非常惊慌，害怕王族之间的矛盾会危及自己的生命，决定立即逃走。他向东到达阿里什沙漠，最后被巴勒斯坦一个部族的头人收为女婿，并分给他一片最好的土地。头人对他的钟爱引起了一些人的嫉妒，并以为他软弱可欺，"像一只挤在母牛堆中的小牛，被公牛一碰便倒"。一个青年竟逼他离开，于是两人展开了搏斗，赛努西愤然杀死了他并得到了他的财产。后来赛努西一直在那里过着尊贵充裕的生活。尽管如此，随着年纪的增长，他对故土的思念之情越来越强烈，每次祈祷末了总是暗暗自语：但愿我能活着回到家乡，死也要葬在出生的故土。赛努西向国王陈述了沦落异乡的思归之心，国王宽恕了他，并传旨让他回国。当赛努西踏上久违的故土时，国王热情地欢迎他，并恢复了他在宫廷中的职位。

这个故事真实地描写了埃及人在巴勒斯坦地区的生活，反映了当时的政治、经济、军事方面的状况，有较高的认识价值。国力强盛的埃及为了获得更多的奴隶、财富和土地，不断地向外开拓，赛努西的历险记就反映了与这种开拓相适应的冒险精神和异域情调，以及眷恋故土的爱国情操。

与这个主题相关的是中王朝时期另一个饶有风趣的故事《遭难水手的故事》（又译《沉舟记》）。故事的主人公是一名埃及的水手，他乘坐配有一百五十名水手的大船，前往法老的矿区。不幸途中遇到风暴，船只沉没后只有他漂泊到一个没有人烟的荒岛。当他吃饱了浆果为神献祭时，忽然听到一阵雷鸣般的声响，树枝嗖嗖地作声，大地也在震颤，原来一条巨蛇向他爬来。巨蛇身长三十肘、胡须长两肘，浑身像是包着黄金，眉毛又像真正的琉璃。幸好这是一条非常友善的蛇，它亲切地称水手为“小东西”，询问他为何来到这里，然后小心翼翼地把水手衔回住所，没有使他受到一点伤害。它一边劝慰他绝不会久留此地，一边向他介绍岛屿和自己家庭的情况。

果然不久有船经过此地，临别时巨蛇送给水手无数珍贵的礼品和美好的祝愿，预言水手两月内就可以平安回国，同自己的子女拥抱，日后要在自己的坟墓中长眠。

在古埃及的故事中比较著名的还有反映军事题材的作品《占领尤巴城》。它形成于新王朝第十八王朝时期，以平定尤巴城叛乱为背景，记叙了一场以智取胜的战役。大将塔胡提阿率兵来到尤巴城下，摆下鸿门宴，顺利地生擒了敌首及其二百名随从，把他们和许多镣铐都装入大口袋中，然后命六百壮士抬着口袋来到城门下，谎称来献塔胡提阿的妻儿及亲信。城中守敌高兴地放松了警惕，开门迎接。于是塔胡提阿的精兵强将内外配合，轻松地俘获了所有的居民，把镣铐加到他们的身上。尽管故事的讲述者强调是法老的那根暗藏于辎重中的“有神通的大杖”发挥了王的威能，最后还特意说明是“法老的威力夺取了那座城”，但战争的决胜因素主要还是将士的智慧和勇敢。神及其人间的代理人——法老的能量逐渐消弱，普通人的力量正在稳步上升，反映出埃及文学向现实生活演化的趋势。

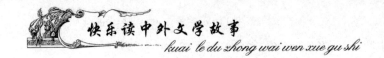

而且，故事中的诈降服输的手段、暗藏杀机的物品、里应外合的策略，与古希腊《荷马史诗·伊利亚特》中摧毁特洛亚的木马计也有着惊人的相似。

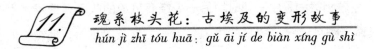

11. 魂系枝头花：古埃及的变形故事
hún jì zhī tóu huā：gǔ āi jí de biàn xíng gù shì

如果想要很好地了解古代埃及文学，就要知晓埃及人是怎样看待生命的。他们笃信人除了身体以外，名字、影子、巴魂、卡魂都是人的本质部分。巴魂、卡魂是人类灵魂的不同形态，巴魂似鸟能脱离人的躯体像鸟一样飞上天空，卡魂能离弃人的尸体寄宿于它所选择的任何坟墓里。另外，埃及人相信人的生命就像尼罗河周而复始地涨落一样，只要保存好躯体，人就有死而复生的机会。而这种失而复得的生命可以是人世间几种物质形态的转换，也可以是终极意义的冥界阡陌之野上的生活以及再生。产生于新国王时代第十九王朝的著名的《昂普、瓦塔两兄弟》就是以离体魂魄和生死变形为依托的曲折离奇的作品。

“从前有兄弟俩，是一父一母所生，哥哥叫昂普，弟弟叫瓦塔。昂普有一间房屋，还有一个妻子。”瓦塔是一个勤劳善良的小伙子，他敬兄长嫂子如父母，一心一意地为他们干好地里的一切活计。拂晓他最先起床，做好饭后，带着干粮去放牛；傍晚背着满筐的柴草回家。晚上侍奉完哥嫂后，就去牛圈伴牛而眠，一家人生活得平静和睦。但是昂普的妻子见瓦塔长得越来越俊美强壮，暗生思慕之心。一天瓦塔独自一人回家取麦种，正在梳妆的嫂子主动挑逗他，遭到瓦塔的严词拒绝。嫂子恼羞成怒，躺在床上装病。晚上昂普从地里回来，妻子马上诬告瓦塔在白天调戏并打伤了她。昂普听信谗言，一怒之下竟要持刀杀弟。幸亏朝夕相伴的老牛开口提醒，瓦塔夺路而逃。面对昂普的紧紧追杀，瓦塔情急之下呼吁拉的公正帮助。拉立即在哥俩之间造出一条布满鳄鱼的大河。瓦塔隔着河告诉哥哥真相，谴责了他的无情，并割下自己的一块肉喂鱼明志。伤心之余，瓦塔决定离开哥哥前往胶树谷生活。临行前告诉哥哥他要把自己的灵魂摄出，放在胶树枝头最高的一朵花上，当哥哥喝的麦酒突然变混的时候，就是他遇难身亡的征兆，那时务必请哥哥到胶树下寻找寄托着他的灵魂的花朵的种子，浸泡在冷水中，他喝下后就能复活。哥哥相信了弟弟的清白，回家后杀妻喂狗。

瓦塔孤独地在胶树谷生活，白天狩猎，晚上就在寄托着他的灵魂的树下睡眠。九位神仙怜悯瓦塔，特意为他造了一个绝色美女做妻子。瓦塔很爱她，告诉了她灵魂之花的秘密。一天，大海卷走了美女的一绺飘着异香的头发，它漂到埃及后熏香了法老（国王）在河水里洗过的衣服。法老命人寻香索人，发现了藏娇之处。美女不但非常愿意入宫为妃，享受荣华，而且狠心地要绝丈夫的性命，让人砍倒、劈碎了那棵胶树。树倒花残，瓦塔立刻气绝身亡。

在遥远的家乡，昂普一见手中的麦酒浑浊了，立即动身来到胶树谷，一见弟弟的尸首，便失声痛哭。为了找到那颗灵魂的种子，昂普一直忙碌了三年多，最后终于如愿以偿。在此期间，瓦塔的尸体死而不僵，一直没有腐烂。当昂普把种子浸泡在冷水中后，奇迹发生了：黑夜来临，灵魂在吸水，瓦塔的身体颤动起来，睁眼望着哥哥。昂普把这杯浸满弟弟灵魂的冷水给他灌下，“瓦塔的灵魂便又站在它原来的地方”，瓦塔又是原来的瓦塔。哥俩相拥，喜极而泣。

瓦塔开始了复仇行动。他首先幻形为一头壮硕健美的公牛，让哥哥呈献给法老。昂普拿着法老赐给的许多物品回家去了。一天被法老视为宝物的公牛突然对王妃说，我就是不死的瓦塔。王妃闻言大惊失色。她依仗着法老对自己的宠爱，先诱法老发誓：“无论你说什么话，我为了你都情愿依从。”然后她提出要吃公牛的肝脏。法老虽然不愿，但有誓在先，也只好应允，瓦塔又一次遭到她的暗害。公牛被宰杀时，愤然摇动头颅，在法老的大门前甩下了两滴鲜血，幻成了两棵高大的贝尔赛阿树。当法老和王妃出游在树下休息时，大树说出只有王妃能听懂的话：“你这奸诈的女人啊，我是瓦塔，我还活着呢！尽管我受尽了迫害。”王妃又一次故伎重演，以誓言逼迫法老伐树。她不放心，于是亲临现场督办，突然一片木屑飞进了她张开的嘴中，不久就孕生出一个男孩——库西王子。法老死后他以嗣君的身份继承了王位，审判了王妃，封哥哥为嗣君。他做了三十年的埃及王之后真正地去了冥界，哥哥接替了他的位置。

这个故事通过瓦塔多次变形起死回生的描写，影射瓦塔就是自然界死而复苏之神奥西里斯的化身，显示了劳动人民的机智和力量，并从侧面传达出他们希望摆脱受压迫受奴役的命运、伸张正义的热烈渴望，反映了古埃及人善恶是非的道德观念。但故事也带有明显的时代局限，这就是对妇女的极端厌恶鄙视的态度。作为瓦塔的对立面出现的反面人物，不是直接加害他的真正主事的昂普和法老，而是使他们做出不义之举的幕后挑唆者，即淫邪狡诈的女人。瓦塔的悲苦全部来自两个女人的陷害，而男性人物除了善良的牺牲者外，就是无辜的受骗者，看来“女祸论”在埃及父权文化中也有非常典型的表现。而那些绝色佳人，尤其是神造的美女则危害更大，古埃及的瓦塔之妻是这样，古希腊的潘多拉（意为“具有一切天赋的女人”）更是如此。

12. 《创世纪》中记载的伊甸园

chuàng shì jìzhōng jì zài de yī diàn yuán

永生乐园的神话对后世的文学想象影响极大，为一切乌托邦式或桃花源式的理想追求奠定了原型模式。《创世记》第二章记载的伊甸园神话是知名度最高的一个乐园神话，它以大量生动具体的细节表达了希伯来人对祖先发祥地的美好生活的追忆。

在这个神话里，上帝把亚当安排在尘世的乐园中：“耶和华上帝在东方的伊甸立了一个园子，把所造的人安置在那里。”由此，一幅风和日丽的人间乐园的画卷徐徐展开，唤起读者无限的遐想。“耶和华上帝使各样的树从地里长出来，可以悦人的眼目，其上的果子好作食物。”寥寥几笔，伊甸园就被勾画成一个绚丽多彩、赏心悦目的富乐胜地。它似乎是远离尘世的，让人觉得遥不可及，但它却又是真实存在的。接着，诗人对乐园的地理位置作了详细地描述：“有河从伊甸流出来滋润那园子，从那里分为四道：第一道名叫比逊，就是环绕哈腓拉全地的。在那里有金子，并且那地的金子是好的；在那里又有珍珠和玛瑙。第二道河名叫基训，就是环绕古实全地的。第三道河名叫底格里斯，流在亚述的东边。第四道河就是幼发拉底河。”伊甸园被具象化为一个美丽的大花园，其中水流充足、土地肥沃、植物繁茂，是人类世代所渴望的理想乐园。伊甸园里充满了安宁和快乐，人类与自然界的各种动植物关系和谐，淳朴而自在地生活着。

其实，许多民族都有自己的乐园神话，如古希腊神话中的黄金时代，巴比伦史诗《吉尔伽美什》描述的洪水之后幸存的一对夫妇所生活的乐土。作为古代两河流域文明的创始人的苏美尔人在神话《恩基与宁胡尔萨格》中也描绘了乐园意象，与伊甸园的叙述有许多相似之处。

在这个神话故事中，相当于伊甸的地方叫迪尔蒙。它是一处“洁净”、“无秽”和“光明”的境域，从不知有疾病和死亡。太阳神如何从地上将淡水引来灌溉迪尔蒙的细节，与《创世记》第二章所述十分相似。而且从伊甸园的地理位置，也可以看出它与迪尔蒙乐土的某种联系。以农耕文化为基本经验的苏美尔人所构想的乐园景象自然离不开土地、水、植物生命等要素。希伯来人起初并非从事农耕生产，但进入迦南地区后，他们弃牧务农。在当地居民的影响下，他们对农耕生活逐渐有所领悟。伊甸园的环境反映出的一些自然状况说明，它是以迦南地区的农耕文化为背景的。而迦南文化又深受苏美尔—巴比伦文明的影响，因此我们有理由推测：希伯来人是以苏美尔人的乐园神话为原型创造了伊甸园神话，展现了本民族祖先最初美好生活的图景。

希伯来人所描写的伊甸园除了具备乐园原型所有的传统特点外，还有一些独特之处。《创世记》中明确表示乐园是上帝建立的，显示了上帝的创造才能，他为所造之物，尤其是人类提供了一种生存环境。与异教的神话相比，伊甸园不是一块神灵乐土，不是一个不受任何约束的隐居地，而是一个考验人类的场所。也就是说，伊甸园虽然是一个人间乐园，但它不是永恒的，也存在变化的可能。

“泥土造人”的母题在许多民族的神话中普遍存在。古埃及神话说，神普塔和克诺姆用泥土在陶轮上造人。巴比伦造人神话有多种说法，据一则神话记载，玛米，即母神阿鲁鲁在埃阿神的帮助下，以众神所杀之神的血拌以泥土造人。希腊神话中，宙斯像制陶一样用黏土塑成了人，智慧女神雅典娜给人以活力和生命。希伯来神话中也有类似的说法：“耶和华上帝用地上的尘土造人，将生气吹进他鼻孔里，他就成了有灵的活人，名叫亚当。”人类始祖的名字叫亚当，在希伯来语中，“土地”与“人”属于同一词根，这种词源联系是人由泥土所出的明显证据。在此基础上，《圣经》又引申出“人源于土，死后归土”的观念：“你必汗流满面才得糊口，直到你归了土：因为你是从土而出的。”在《创世记》第二章中，人的创造被放在首位，上帝命人修理看守园子，并给各种飞鸟和野兽命名。这突出了人相对于其他所造之物的特殊地位，体现了上帝对人的恩宠。

上帝见人独居不好，便取下他的一根肋骨造成一个女人，名叫夏娃。亚当用诗表达了对她的态度：“这是我骨中的骨，肉中的肉，可以称她为女人，因为他是从男人身上取出来的。”当亚当发现一切动物都不适合做他的配偶以后，他便强调，只有女人才能分享他的统一性。这就确定了女人和男人平等的地位，他们有相同的本性和对于善与恶同等的接受能力。《圣经》的其他章节不止一次表明，女人在婚姻生活中处于从属地位，但这并不是由于男尊女卑，而是出于一种想要建立理想家庭关系的良好愿望。“因此，人要离开父母与妻子连合，二人成为一体。”它以朴素的言语解释了人类社会中家庭的起源。在希伯来人看来，婚姻是上帝允许的，是不能拆散的。这种婚姻既包含了两性间肉体的结合，也包含了夫妻间情感上的爱慕和依恋。上帝安排的这种婚姻关系使男人和女人各自的不完善性得到了相互补充。在上古时代，希伯来民族就确立了不可分割的一夫一妻的婚姻关系，显示了该民族道德观念的进步性。

上帝在伊甸园中安置分别善恶的智慧树是有目的的。树上的果子不能吃，吃了必被处死，这表明上帝所创造的宇宙是受律法制约的；宇宙的运行不但要遵守某种自然法则，还要遵守一定的道德律法。上帝安排禁果树，在完美无瑕的世界中为人类留下了一种潜在的犯错误的可能性，从而人类生活中最根本的事情就是对道德是非的选择、对道德律法的遵守，其实质即对上帝意志的顺从或违背。这种观念是希伯来人精神世界的根本原则。

《创世记》第三章中关于人类堕落的故事记述了人如何从乐园堕入悲苦的尘世的过程。蛇是故事的主要角色之一。从蛇与夏娃的对话看出蛇是狡猾的。它否定了上帝的禁令，诱骗夏娃吃禁果，破坏了上帝要与亚当和夏娃建立契约的美好愿望。在此，蛇反对上帝，将人类引入歧途，是一个邪恶的形象。后来蛇与撒旦的形象逐渐被人们联系在一起，成了恶的化身，并作为上帝的对立面出现在基督教文献和文学作品中。

夏娃受蛇的引诱，在欲望的驱使下违背上帝的禁令偷吃禁果，还给她的丈夫吃了。人类妄自尊大，想要超越自身的局限而成为像上帝一样能知善恶的神。这一行为违背了一条至高无上的是非标准——顺从上帝。从这里开始，希伯来民族的“原罪”观念开始形成。他们认为，人类始祖由于人性的弱点，经受不住各种诱惑而堕落，这种罪恶将延及他们的后代身上。凡肉身者，生而有罪。人在现世所遭受的种种苦难，都是由于原罪及自己在现世所犯的罪过而受到上帝的惩罚。这种“原罪说”被基督教加以引申，深刻地影响了西方人的人生观，成为西方“罪感”文化传统的根源。

亚当和夏娃吃了禁果后才知道自己赤身裸体，感到十分羞愧。这说明他们有了独立的意识，认识到自己与他人的存在以及相互之间的区别。亚当和夏娃见上帝来了，便躲藏起来，因为他们自知有罪，从而与上帝的关系疏远了。在同上帝的对话中，亚当把受引诱而吃禁果的责任完全推卸到夏娃身上，这种做法暴露了亚当的堕落本质。上帝对蛇、亚当和夏娃都分别作了诅咒，并把他们逐出了伊甸园。从此人类失去了理想的乐园生活，踏上了面对严酷的大自然，披荆斩棘，开拓新的人生之路的艰辛历程。这一情节表明一个重要主题：人类违背上帝意志必受惩罚，但最终上帝一定会拯救堕落的人类。

这则神话故事不仅描写了人间乐园的美好景象，也叙述了人类失去乐园的过程。故事优美生动，内涵丰富。后世的许多作家从中取材进行创作，写出了不少脍炙人口的佳作，如弥尔顿的诗剧《失乐园》、海明威的小说《伊甸园》等。

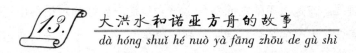

13. 大洪水和诺亚方舟的故事
dà hóng shuǐ hé nuò yà fāng zhōu de gù shì

《创世记》六至九章记载了希伯来人著名的洪水神话，反映了洪荒时代自然灾害对原始初民的严重危害，流露出希伯来人渴望战胜洪水的强烈愿望。

希伯来人的洪水神话包含了浓厚的道德色彩。它首先突出描写上帝的威严和正义："上帝见人在地上罪恶很大，终日所思想的尽都是恶。上帝就后悔造人在地上，心中忧伤。"于是，上帝"要使洪水泛滥在地上，毁灭天下。"然而，上帝在执行严酷的道德裁判的同时，也施行了仁慈。他拣选了诺亚，并与他立约，命他造方舟，使其全家在洪水中得以存活。上帝说："你和你的全家都要进入方舟，因为在这世界中，我见你在我面前是义人。"值得注意的是，至此，希伯来民族意识中又引入了一个道德观念——义。对于正义，古人有过许多教训，他们认为正义是所有基本德行中最重要的，是使人性完美的首要德行；而不义就是使人败坏的最大恶行。在希伯来人的心目中，上帝就是正义的化身，上帝对人的道德裁判是出于正义而行使权力；因而他在安排万物秩序的同时，也设定了道德观念的秩序。在他眼里，"义"是最重要的，为诸德之首。因此，义人在上帝面前蒙恩，邪恶将受到惩罚和毁灭。

挪亚按照上帝的吩咐造好方舟后，带着家人及各种动物都进去了。七天之后，突然天降暴雨，洪水泛滥一连四十天，地面上成了浩渺无垠的汪洋。洪水淹没大地共一百五十天，地上的所有生灵都被毁灭了，唯有诺亚的方舟漂在水面上安然无恙。上帝惦念诺亚和方舟里的一切动物，刮起了风，使水势下落。过了四十天，诺亚打开方舟的窗子，放出一只乌鸦。那只乌鸦飞来飞去根本无法着地。诺亚再次放出鸽子去试探水情，鸽子找不到落脚之处只好飞回方舟。又过了七天，诺亚又一次放出鸽子。傍晚鸽子衔着一片新的橄榄叶子飞回来。再过七天，诺亚又放出鸽子，这次它没有回来，因为地上的水已全部退尽。诺亚按照上帝的吩咐，带领全家及各种动物走出方舟。诺亚筑了一座祭坛，向上帝献燔祭，感谢拯救之恩。上帝决定今后不再使用洪水惩罚人类，并在天上升起了彩虹，作为与地上的一切生灵立约的标记。根据这个神话故事，后人常用“诺亚方舟”比喻避难之所，把鸽子和橄榄叶视为和平的象征。

考古发掘的材料证明，希伯来人的洪水神话是对洪荒时代原始初民遭受洪水灾害的追忆。英国考古学家列奥纳多·武利于 1922 年至 1934 年在底格里斯河畔的历史名城尼尼微的发掘结果表明，在公元前 1.5 万年至前 1 万年的某个时间，那里确实发生过罕见的大洪水。

世界上的许多民族都有关于大洪水的神话故事。苏美尔人的洪水神话是迄今为止发现的用文字记录下来的最早的洪水故事，大约产生在公元前 3000 年之前。在巴比伦史诗《吉尔伽美什》的第十一块泥板上也有关于洪水的故事。将苏美尔—巴比伦洪水神话与希伯来洪水神话相对照，发现有许多共同之处。它们按完全相同的顺序排列了如下相似的情节：天神怒，欲发洪水毁灭人类；神怜悯某一仁慈之人而暗告其事，命其建造巨船；洪水泛滥；洪水消退，幸存者献祭谢神。以上简单的比较足以说明，它们之间具有某种传承关系。

经《圣经》研究者的分析和考古资料的证明，一般认为希伯来洪水神话源于巴比伦洪水神话，而二者又同出于最古老的源头——苏美尔洪水神话。对希伯来人在什么时间以及如何接受苏美尔—巴比伦洪水神话的影响，则有多种看法。一些学者认为，这可能发生在公元前 2000 年希伯来人从两河流域迁徙迦南之际。希伯来人生活于两河流域期间，接受了苏美尔—巴比伦洪水神话的影响。也有人认为可能是希伯来人在定居迦南后，间接地从迦南人那里借鉴了巴比伦洪水神话，而迦南人一直深受巴比伦文化的影响。

希伯来人借鉴了苏美尔—巴比伦洪水神话的情节，对其进行了加工改造，注入了自己的神学理念。因而，希伯来洪水神话与之又有许多不同之处。

从发洪水、毁灭人类的原因来看，几个洪水神话的描述是不同的。苏美尔—巴比伦神话中没有明确说明发洪水的动机，而在希伯来洪水神话中则明确指出神毁灭世界是因为人类自身的罪恶。在前两个神话中，神要毁灭人类时还没有一个明确的是非观念和道德标准，不像希伯来洪水神话那样从善恶的角度提出问题。诺亚方舟的神话是紧承“始祖犯罪”和“该隐诛弟”神话而来的，先前的两则神话已讲述了人类所犯的“原罪”。在这个神话的开头接着描述道：“人世间充满着强暴、仇恨与嫉妒，深深陷入罪恶之中。”人类的堕落完全违背了上帝造人的本意，因此上帝要毁灭世界。这里又进一步深化了希伯来人的“原罪”观念，人类自身罪恶的扩展招致上帝的严厉惩罚。透过这种惩罚可以看到希伯来神话的道德观念十分浓重。

从被救者来看，苏美尔神话中的鸠什杜拉、巴比伦神话中的乌特那庇什提牟与希伯来神话中的诺亚相对应。但希伯来神话中更加突出了诺亚是个义人的观念。他正直善良，完全按上帝所说的做，因此得到上帝的拯救。通过上帝拯救诺亚的情节，又进一步宣扬了希伯来人的“救赎观”，即人只有信仰上帝才能得以拯救，上帝就是救世主。

对洪水到来时的景况描写，几个神话所用的笔墨和感情不同。苏美尔—巴比伦洪水神话对洪水泛滥时的情景的描述简单笼统、含混不清。诺亚方舟神话以较多的篇幅记述了发洪水的可怕景象：“大渊的泉源都裂开了，天上的窗户也敞开了。”“洪水泛滥在地上四十天，水往上长，把方舟从地上漂起。水势浩大，在地上大大地往上长，方舟在水面上漂来漂去。水势在地上极其浩大，天下的高山都淹没了。凡在地上的有血肉的动物，就是飞鸟、牲畜、走兽和爬在地上的昆虫，以及所有的人都死了……”这里把洪水描写得如此凶猛无情，实际上反映了人类对大自然的畏惧心理；从更深层来看，也反映了人们对上帝降水毁灭人类的残暴惩罚的痛恨。从写作技巧上看，挪亚方舟神话比苏美尔—巴比伦洪水神话更加成熟、完善。

14. 希伯来民族的原始祖先
xī bó lái mín zú de yuán shǐ zǔ xiān

约在公元前20世纪前后的几百年，希伯来人由原始社会进入了氏族社会。历史从叙述希伯来人的社会史前史转到叙述民族起源发展史，描绘世界和人类起源的神话也逐渐让位于讲述氏族英雄事迹的传说。希伯来史前时期，舞台上的主角开始由神向人过渡，人的地位日益突出，神成为与人生舞台有密切关系的背景，现实的因素在传说中的比重增大。

希伯来传说在《圣经》中主要是从亚伯拉罕的故事开始的。亚伯拉罕被认为是希伯来民族的始祖，是氏族时期的第一代族长。亚伯拉罕的传说以编年体的结构原则叙述，它从亚伯拉罕祖先的家谱开始，到他去世结束。根据他一生的经历来看，反映了三个重要主题。

第一是迁徙主题。亚伯拉罕的整个人生是不断从一个地方迁徙到另一个地方的漫长过程。亚伯拉罕最初生活在幼发拉底河下游的吾珥城，然后随父亲游牧到上游的哈兰地区居住。父亲死后，上帝对亚伯拉罕说："你要离开本地、本族、父家，往我所要指示你的地方去。"于是亚伯拉罕就照着上帝的吩咐，带着妻子撒莱和侄儿罗得，离开了哈兰，往西去了迦南。迦南虽是个好地方，但那里已经住满了本地人，容不下亚伯拉罕的部落，他们只好继续南迁。有一年遭遇饥荒，亚伯拉罕不得不带领家人迁到埃及避难。后来他们又返回了迦南，从一个地方游牧到另一个地方。由于亚伯拉罕家族很大，他便与罗得分开居住，各奔东西。

第二是寻求主题。伴随着迁徙生活，亚伯拉罕也在始终不懈地探索。亚伯拉罕的迁徙一方面是为部族寻求一块适合生存的土地，另一方面也是他寻求精神信仰的过程。寻求的目标是不明确的，只能靠信心来进行。亚伯拉罕按照上帝的吩咐，离开故乡，踏上了寻找新归宿的征程，他虽然在信与不信之间摇摆不定，但他从没停止对上帝的追求。在这个过程中，希伯来民族的祖先把个人命运与精神信仰紧密地结合起来。

第三是选择主题。在寻求人生价值和意义的过程中亚伯拉罕面临着不断的选择。在与上帝的关系上，他必须在信与不信之间作出抉择。在家庭关系中，为了维系家族的生存，他与罗得要挑选不同的地域分开居住，罗得选择了罪恶的道路，亚伯拉罕选择了正确的道路。每个人对自己的命运都有一定的决断性，因为他已从神与人的被动关系中摆脱出来了，于是选择就成为人生的重要主题。

这个传说是以上帝不断显示与亚伯拉罕所立的契约为主线的。在洪水神话中已经提到“约”是希伯来人的一个重要观念，在此“约”的观念进一步深化。故事一开始，上帝对亚伯拉罕的指示和祝福便意味着他们之间契约关系的订立。这种关系包括上帝的允许，并要求他的子民以顺从的形式承担一种责任。上帝许诺亚伯拉罕，不但要让他个人兴旺发达，而且要他在别人面前成为被上帝祝福的人类代表。此后，每次对契约的重申，都发生在故事的关键时刻。

当亚伯拉罕九十九岁时，上帝对亚伯拉罕说：“我与你立约，你要做多国的父。从此以后，你的名不再叫亚伯兰，要叫亚伯拉罕，因为我已立你做多国的父。我必使你的后裔极其繁多，国度从你而立，君王从你而出。……你们所有的男子都要受割礼，这就是我与你，并你的后裔所立的约，是你们所当遵守的。你们都要受割礼，这是我与你们立约的证据。……你的妻子撒莱，不可再叫撒莱，她的名要叫撒拉。我必赐福给她，也要使你从她那得一个儿子。我要赐福给她，她也要做多国之母，必有君王从她而出。”

在第十八章中亚伯拉罕款待了三位上帝的使者，他们都重申了上帝要使他得子的诺言。上帝向亚伯拉罕显示契约中祝福的最后一个情节是整个故事的高潮。上帝要求亚伯拉罕将儿子以撒献祭给他，亚伯拉罕遂在摩利亚山上把儿子作为祭品奉献给上帝。这时上帝不仅没要他杀子以祭，而且还赐福与他，因为他履行了契约的责任。上帝又一次重申和揭示了他与亚伯拉罕建立的契约关系，这表明该主题是故事的重点和主要结构线索。

亚伯拉罕的性格主要是通过两个方面表现的，一是他与上帝的关系，二是他在家庭中所充当的各种角色。作为一个精神上的追寻者，亚伯拉罕主要是个信奉上帝，遵从上帝旨意的人。故事向我们展示了亚伯拉罕这一性格的形成过程，在他的内心交织着是坚信上帝还是采取权宜之计的斗争。最初，他相信上帝的诺言而离开了哈兰，但在后来的一些事件中，他对上帝显得信心不足。第一件事是因饥荒被迫寄居于埃及时，亚伯拉罕出于对生命的忧虑，叫他美丽的妻子撒莱冒充自己的妹妹，做出了只顾利害关系而不信上帝的行为。当法老把撒莱带进他的寝宫后，上帝便把灾祸降到法老的王宫中。第二件事则是亚伯拉罕通过与女仆的不正当的关系而图谋子嗣。他的妻子撒莱不能生育，虽然上帝已经许诺亚伯拉罕一定让他子孙繁多，但他还是听从了撒莱的建议，与撒莱的使女同房使之怀孕，违背了上帝的旨意。这导致主仆不和，亚伯拉罕与妾夏甲所生的儿子以实玛利的后裔成为希伯来民族的敌人。第三件事是同基拉耳王亚比米勒的接触。亚伯拉罕又一次叫他的妻子与他兄妹相称，上帝也只好又一次出面干涉，在梦中向亚比米勒显圣，晓之以利害，因此把他从困境中解救出来。

在上帝对亚伯拉罕信心的严峻考验中，他表现了绝对的顺从。上帝要亚伯拉罕杀子献祭，他就不惜牺牲自己的儿子侍奉上帝，因此证明了他对上帝的信心。在这一情节中除了上帝对英雄的考验以外，还包含“替罪羊”的原型。在异教中用儿童作为祭品取悦于神是很常见的做法，但此处上帝明确指出不许用人做祭品，人可以借助上帝所赏赐的替代物——羊羔作为祭品向上帝赎罪，表示感激之情。基督教借此发挥，声称上帝派自己的儿子耶稣代替世人赎罪，耶稣被看做是上帝的羔羊。

在家庭关系中，亚伯拉罕充当了一个复杂的角色。作为丈夫，他对妻子和妾处于支配地位。出于为自己性命的考虑，他两次指妻为妹，忽视了这样做给撒莱带来的后果。妻子不能生育，主动将使女夏甲给他做妾。夏甲发现自己怀孕了，就骄傲起来，瞧不起撒莱。撒莱向亚伯拉罕抱怨，他允许撒莱可以随意待她。夏甲受不了撒莱的虐待就逃走了。这反映了在父系氏族社会中男子处于统治地位的现实状况。

作为叔叔，亚伯拉罕很爱他的侄儿罗得。离开迦南时，他不仅带上了妻子，而且还带上了年幼的侄儿。罗得的牲畜日见增多，牧场容不下两个家族，牧人们经常发生争吵。亚伯拉罕就对罗得说："你我不可相争，你的牧人和我的牧人也不可相争，因为我们是骨肉。请你离开我。你向左，我就向右；你向右，我就向左。"罗得见约旦河谷到琐珥之间的一片平原水源充足，于是就向东迁去。但当罗得被敌人俘虏去时，亚伯拉罕又出于一种家族责任的观念，使用军事武力把他救了回来。同样，上帝因人类的罪恶要毁灭所多玛城和蛾摩拉城时，亚伯拉罕为了解救在城中居住的罗得一家，向上帝苦苦祈求，饶恕其中的义人。上帝记念亚伯拉罕的"义"，在倾覆平原诸城时，让罗得一家从毁灭之中逃出来。但罗得的妻子不听从上帝的警告而回头看，变成了一根盐柱。由此，所多玛城和蛾摩拉城成为罪恶的渊薮的象征。罗得的故事不仅衬托了亚伯拉罕对上帝的虔诚，也表现了他十分重视家族关系。

作为父亲，亚伯拉罕极其疼爱他与撒莱所生的儿子以撒，把自己的一切都传承给了以撒，而且要为他娶一个本族的女子为妻。但他对与妾所生的儿子则没有这样的厚待。这反映了氏族社会中，家长重视正宗的财产继承人，希望子嗣传宗接代的观念。

以上这些情节说明，作者是按照现实主义和理想主义相结合的原则收集素材，塑造亚伯拉罕这个人物形象的。亚伯拉罕有凡人的弱点，他以现实利益为据，两次指妻为妹；在子嗣问题上，对上帝信心不足。但他也有超凡脱俗的一面。当上帝叫他离开故土时，亚伯拉罕毫不犹豫地相信并服从了；当他与侄儿由于居住地狭小而发生冲突时，他允许罗得选择好的土地居住和放牧，并两次解救他脱离危险；当上帝考验他时，他毫不犹豫地杀子献祭。总的来看，亚伯拉罕是个被理想化了的英雄，他的性格表现为顺从上帝，品德完美，忠于家族，不愧为希伯来民族的始祖。

15. “与神角力的人”雅各的传说
yǔ shén jiǎo lì de rén yǎ gè de chuán shuō

希伯来传说中的另一位主要人物是雅各。他因与神的使者摔跤获胜而得“以色列”的名字，“以色列”在希伯来语中有“与神角力”之意。这位“与神角力的人”和亚伯拉罕、以撒有一脉相承的血缘关系，上帝继续与他立约，因此雅各就成为希伯来人的第三代族长。

雅各的传说包含着一个三部曲式的循环结构，即在父母身边的幼年生活、在哈兰的二十年流亡生活以及返回出生地迦南的经历。故事第一阶段的主要冲突体现在兄弟之争上，而这种冲突在他们出生前就开始了。在母亲利百加怀孕期间，“孩子们在她的母腹中彼此相争”，上帝告诉她：“两国在你腹内，两族要从你身上出来，这族必强于那族，将来大的要服侍小的。”到生产时，第一个生下来的，身体略带红色，浑身有毛，所以名叫以扫。随后又生了以扫的兄弟，手抓住以扫的脚跟，所以名叫雅各。两兄弟长大后，以扫擅长打猎，常在田里；雅各好静，常留在帐篷里。两兄弟之间的性格差异扩展成为父母之间的矛盾冲突：以撒爱以扫，因为喜欢吃他打来的野味，利百加却偏爱雅各。

兄弟之间的矛盾越来越尖锐化。有一天，雅各在煮红豆汤，以扫打猎回来，肚子饥饿，向雅各讨红豆汤。雅各让以扫拿长子的名分来换取汤和食物。这表现了雅各是工于心计的人。以扫应该受到谴责，因为他轻视长子的名分。在氏族社会中宗族系统是通过长子的名分传给后代的。

兄弟之间的冲突在骗取祝福的故事中达到了高潮。这段精彩的场面充满悬念，气氛紧张。以撒年老，眼睛几乎瞎了。他叫以扫出去打些野味，按他的喜好烧好了给他吃，好在死前给以扫祝福，因为他是长子。利百加知道后，便与雅各精心谋划。她给雅各穿上以扫的衣服，在他手上和脖子上裹上羊皮，又把所做的美味和饼交给他。雅各到父亲面前求祝福。当以撒一再怀疑这个儿子是不是以扫时，悬念增加了。经过多次询问求证，双目失明的以撒还是被雅各的伪装蒙骗，给了他祝福。当以扫回来，烧好吃的捧到父亲面前求祝福时，以撒才知道雅各欺骗了他，全身发抖。以扫也放声痛哭，因为他的福分都被雅各夺去了。以扫怀恨于雅各，决心在父亲死后杀死他。至此兄弟之争达到了白热化的程度。有人把这个计划告诉了利百加，她就叫雅各前往哈兰舅舅拉班那儿避难。雅各两次欺骗了以扫，剥夺了他的名分和权利，这反映了在古代社会中长子继承制和幼子继承制之间的斗争，长子继承权在父系氏族社会中受到挑战，幼子争取兄弟平等，也应有继承财产的权利。

雅各故事的第二阶段叙述了雅各为了活命而流亡的历程。随着主人公流亡生活的开始，故事也展开了创业的主题。当雅各离家出走到一个地方过夜时梦见了一个梯子，天使们在通天的梯子上不停上下。上帝在梯子顶端和雅各说话，重申他与亚伯拉罕、以撒立约的许诺，保证“我也与你同在，你无论往哪里去，我必保佑你”。这里，上帝再次显现为一个慈爱的、履行契约的形象。雅各被确定为与上帝立约世袭的继承人，从此他接受上帝为自己的神，在宗教信仰方面进入了成熟时期。雅各梦见天梯的情节反映了人想与神交往的心理。天使登着梯子升天和降落，象征雅各与上帝之间心灵上的相通，人可以通过天使这个媒介与上帝沟通。

关于雅各在哈兰的经历，故事主要叙述了他的家庭生活，表现了他与拉班之间的斗争。雅各来到幼发拉底河外的哈兰地区，在水井边上遇到了自己的表妹拉结，她正带着羊群朝井边走来，雅各见她和母亲年轻时一样美丽温柔，就立刻把井口的大石头滚开，让她的羊群饮水，和她亲吻，并流下了眼泪。拉结红着脸赶紧跑回家，告诉父亲他的外甥来了。拉班连忙出门迎接。

换新娘事件是雅各当年欺骗父亲应得的报应。拉班问雅各要什么做劳动的报酬。拉班有两个女儿，大的叫利亚，眼睛没有神气；小的叫拉结，生得美貌俊秀。雅各爱拉结，因此愿意为拉结服侍拉班七年。日期满了，可是拉班没有践约，却把利亚嫁给了雅各。雅各责问拉班，拉班答应七天后再把拉结嫁给他，条件是雅各继续为他工作七年。

十四年后，雅各又服侍拉班的羊群六年。这时雅各主要是为自己兴家立业。在这件事情上，雅各和拉班各自盘算，互施诡计。雅各向拉班要求：凡有点的、有斑的和黑色的羊都归他，今后生下来的这样的羊算他的工价。于是拉班不讲情面地把原来有斑点的羊挑出来，让儿子带到三天路程以外的地方放养，把余下的纯白的羊给了雅各。不料雅各巧妙地在山羊和绵羊交配的水井旁，把杨树、杏树、枫树的嫩枝的皮剥去一部分使之变成斑驳的杂色，插在水槽边，羊对着杂色的树枝交配，结果便生出有点的、有斑的羊来。雅各见健壮的羊交配时就插树枝，见瘦弱的羊交配时就不插。这样肥壮的羊就归雅各，瘦弱的羊就归拉班。于是雅各有了很大的产业。雅各和拉班的关系反映了同一宗族成员之间，既互相依赖，又互相冲突矛盾，这种矛盾是以争夺财产为目的的。

雅各带领家眷和财产逃离拉班家时，拉结偷走了家中的神像。拉班一怒之下带领众人去追查。拉结将神像藏在骆驼的驮篓里，自己坐在上面，谎说自己身体不便，不能起来，躲过了父亲的搜查。雅各不知此事，便控诉拉班。拉班无奈，只好与他立一石堆，以示互不侵犯。拉结为何偷走神像呢？按当时的风俗，神像是家族保护神的象征，有着重要的作用。女婿如果得到岳父家的神像，就可和子孙们同分家产。

第三阶段详细叙述了雅各重归故里的情形。雅各与以扫之间存在着很深的矛盾，现在要相见，会有什么结果呢？这里悬念丛生。以扫对弟弟的返回持怀疑态度，便带领四百人的军队来迎接雅各。雅各立即做好了两手准备。一方面，他把家眷和牲畜分成两队，以备一队被击杀后，另一队还可以逃跑。一方面他选了几百头牲畜作为礼品进贡给哥哥，化解以扫的仇恨。兄弟二人相见和好的场景具有很强的戏剧性。当以扫带领着四百人走近时，雅各已把家人安排好，让两个使女和她们的孩子在前头，利亚和她的孩子在后头，拉结和约瑟在最后。雅各一见到哥哥以扫，七次俯伏在地，负荆请罪。结果兄弟二人捐弃前嫌，抱头痛哭。兄弟之间的仇恨最终以喜剧性场面结局，从而使雅各的故事达到了高潮。在此雅各与生俱来的好斗和贪婪的个性已不复存在，他的形象变得可爱了。但雅各还是存有戒心，当以扫邀请他一家到以东做客时，雅各以子女幼小，牲畜需要照顾为由，请哥哥先走一步。结果，他不往以东地去，却回到迦南定居。这些举动又反映出雅各的精明和诡诈。

雅各带领众人到迦南的示剑后，当地酋长的儿子示剑见雅各的女儿底拿很美丽，要求父亲为他娶亲，他的父亲便到雅各家里要求通婚。雅各的儿子们得知示剑已经玷污了他们的妹妹，非常恼怒，决心报复。于是他们佯称，如果示剑想娶他们的妹妹，全城的人都必须接受割礼。过了三天，当地的男子因受割礼还在疼痛之际，雅各的两个儿子趁人不备，进城杀死了所有男子，抢走了牲畜，俘虏了所有妇女儿童。随后，他们到了伯特利，设立祭坛，奉祀上帝，并把所有外邦人的神像和耳环埋在示剑的橡树底下。这一事件生动地反映了希伯来人在氏族社会时期与异族的关系。他们不允许族人与外族通婚，也不允许偶像崇拜，只准信奉上帝。他们极力维护本族的尊严和荣誉，一旦遭到侮辱，就会不择手段地进行报复。希伯来人之所以在迦南地区由弱变强，靠的就是这种共同的信仰和与异族的不懈的斗争。

综观雅各的传说，我们不难发现，三代族长从亚伯拉罕、以撒到雅各，人物的理想化色彩逐渐减弱，现实主义成分逐渐增强。故事并没有有意拔高雅各的超凡性，而是通过许多细节对其性格的缺陷进行了揭露。因此雅各更像个平常人，性格复杂多变。他既有虔诚信奉上帝的一面，又有争强好斗、机智诡诈的一面。在希伯来文学的人物长廊中，个性刻画如此栩栩如生的形象实属罕见。

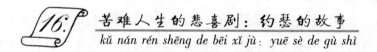

16. 苦难人生的悲喜剧：约瑟的故事

kǔ nán rén shēng de bēi xǐ jù: yuē sè de gù shì

《创世记》第三十七章到卷末叙述了约瑟的故事。与前面的族长传说不同，它不是平铺直叙地记事，而是讲究结构布局，情节起伏跌宕，完整地再现了约瑟一生的悲欢离合。

约瑟的故事包括两条平行的线索，一条是约瑟同他家庭的关系，另一条是约瑟在埃及生活的经历。两条线索交叉进行，最后联合起来，达到故事的高潮。

在早期生活方面，约瑟与他的父亲雅各有些相似，他与兄弟之间的关系不和睦。约瑟是雅各在垂暮之年生的儿子，他聪明、清秀，所以深得雅各的偏爱。约瑟的哥哥们见父亲爱约瑟胜过爱他们，就怀恨于他。有一次，约瑟做了个梦，告诉哥哥们说："我做了一个梦，我们在田里捆禾稼，我的捆站着，你们的捆围着我的捆下拜。"哥哥们回答说："难道你要做我们的王吗?"于是从心里憎恨他。后来约瑟又告诉他们另一个梦："我梦见太阳、月亮与十一个星星向我下拜。"他还把这个梦告诉了父亲，父亲也骂他："难道我和你母亲、你兄弟都要向你下拜吗?"在此，约瑟的两个梦并非是骄傲自诩的表现，而是借以暴露家里人对他的敌意和嫉妒。另外，这些梦还表明约瑟代表上帝发布预言和启示的英雄身份。后来故事中的其他梦都说明了这点。

当约瑟被卖到埃及时，兄弟们对他的仇恨达到了顶点。哥哥们在外牧羊，雅各叫约瑟去看看他们。他们远远看见约瑟，就定计要杀他，说："那做梦的来了，我们不如杀了他，把他的尸体丢在枯井里，让野兽把他吃掉，看他的梦能否实现!"但流便想救他，建议不要杀他。那时有一群去往埃及的商队路过，犹太等人便将约瑟卖给他们。然后兄弟们杀了一只山羊，用血染红了约瑟的彩衣，带给父亲看，说约瑟被野兽吃了，只留下彩衣。雅各为儿子披麻哀哭。约瑟被卖的情节再现了那个为人熟知的原型模式——英雄从幼稚无知进入心理上的成熟时期，必须经过一系列艰难磨砺。从此约瑟开始了在埃及的苦难历程。

约瑟被卖给法老的护卫长波提乏做奴隶。波提乏喜欢约瑟，让他做自己的侍从，管理家务和他的一切。约瑟英俊潇洒，主人的妻子向他频送秋波，要与他同寝，被他多次拒绝。有一天，约瑟进屋里办事，家仆都不在。女主人就拉住他的外衣说："你与我同寝吧!"约瑟把衣裳丢在她手中跑了出去。她恼羞成怒，反诬约瑟要强奸她。主人很生气，把约瑟关进了监牢。

上帝眷顾约瑟，使他在司狱眼前蒙恩。司狱派他管理其他囚犯，负责监牢里的一切事物。当时与约瑟关在一起的有埃及的司酒长和膳务长。他们各做了个怪梦，约瑟凭着上帝赋予他的圆梦天才，给他们解梦，而且应验了。两年后法老也做了个奇异的梦：他站在尼罗河畔看见有七头肥壮的母牛从河里上来，在岸上吃草。接着有七头瘦弱的母牛也上来站在七头肥牛旁，七头瘦牛把七头肥牛都吃掉了。这时他醒了，不久又做一梦：他看见一棵麦子长了七枝饱满的麦穗，接着长出七枝枯瘦的麦穗，七枝枯瘦的吞下七枝饱满的。他又醒了。到了早晨，法老召集埃及的巫师来解梦，却没人能解。这时司酒长想起狱中的约瑟，就告诉法老立即召约瑟来解梦。约瑟说："陛下，这两个梦是一个意思。那七头肥牛和七头瘦牛各代表七年，饱满和枯瘦的麦穗也是如此。前七年是丰年，后七年是荒年。这是上帝指示陛下：埃及马上要有七个空前的丰年，接着是七个罕见的荒年。荒年吞食了丰年，因此我建议陛下要起用有智慧有远见的人来管理国政，在七个丰年期间征收全国谷物的五分之一，在各城存储，荒年到来时这些囤粮可以供应全国，不致饿死人。"

法老和臣仆觉得约瑟的解释有道理，并认为他是最理想的人选，于是封他做宰相管理国政。约瑟在七个丰年里广征粮食，大量囤积；荒年到来时，开放谷仓卖粮给埃及人和周围各国人。饥荒迫使约瑟的哥哥们到埃及买粮，约瑟和哥哥们在异国他乡相遇。在这里，故事成功地运用了戏剧性的反讽手法。哥哥们没有认出约瑟来，约瑟也假装不认识他们，而读者知道全部实情，从高处俯视全局的发展。约瑟想借机考察哥哥们在这些年里心地是否变好，就故意说他们是奸细，执意要扣留一个人做人质，让其余的人回去将他们的小弟弟带来，以证明他们是诚实的。兄弟们认不出约瑟，在那里议论纷纷，说当初不该陷害约瑟，现在得了报应，如今又要交出父亲的宠儿。约瑟懂他们的话，知道他们已经认识到出卖自己的罪过。他吩咐管家给哥哥们装满粮食，把买粮的钱放回他们的袋子里，并给了他们路上的食物。

回到迦南，约瑟的哥哥们跟父亲说明情况，雅各却不让便雅悯随他们去。可是饥荒严重，他们还得去埃及买粮。雅各无奈，只好让便雅悯去了。约瑟见到自己的弟弟，心里非常激动，几乎当众放声大哭。在招待兄弟的筵席上，约瑟按年龄大小安排座位，便雅悯受到了特殊款待。约瑟为了留下便雅悯，又设下计谋。当晚，约瑟叫管家装满粮袋，放还银钱，并在便雅悯的袋子里塞进他用的银杯。第二天一早，约瑟派人追赶他们，讨还银杯。管家说谁偷了就留下谁做奴隶，其余的自由回去。搜查发现银杯在便雅悯的袋子里。兄弟们悲痛欲绝，回到约瑟家，见到他就跪拜叩头。约瑟向他们兴师问罪，要便雅悯留下来做奴隶。当年出卖约瑟的犹太请求替小弟弟做奴隶。这时约瑟再也抑制不住感情，叫侍从出去，自己向哥哥们表明身份，兄弟相认，拥抱痛哭。

约瑟按照法老的吩咐派他的兄弟们回去接父亲。雅各听说约瑟还活着，并做了埃及的宰相，又惊又喜。他带领全家七十人去了埃及，与约瑟团聚。后来雅各全家在埃及最富饶的地区歌珊居住，家业兴旺。约瑟的故事以喜剧结尾，达到高潮。从整体上看，故事的情节呈现为“U”形结构，即经过一系列低落的灾难事件，最后得到幸福的结局，可说是一场苦难人生的悲喜剧。

约瑟的传说产生的历史背景在公元前十六七世纪。那时埃及国内爆发了奴隶反抗运动，社会动荡不安。东方的喜克索斯人趁埃及衰落之际，越过西奈半岛大批侵入埃及，占领了尼罗河下游三角地带，势力扩展到埃及全境，统治埃及达一百五十年之久。按《圣经》的说法可以推算出约瑟被卖到埃及的时间与喜克索斯人入侵埃及的时间大致吻合。喜克索斯人同希伯来人都属闪族人，在喜克索斯人主宰埃及时，约瑟凭借聪明才干很可能登上宰相的高位。而且在历史上迦南和埃及确实发生过饥荒。因而，约瑟的传说是以一定的历史史实为根据的，反映了埃及人在外族人统治下的情景，也反映了希伯来人迁徙到埃及的生活。

约瑟的故事让我们相信：人类忍受苦难是有意义的，因为上帝借邪恶和苦难给人类带来好处。约瑟的一生遭受两次无辜的苦难，在他忍受折磨之后，他都颂扬上帝的恩德。在兄弟相认时，约瑟对哥哥们说：“现在不要因为把我卖到这里自忧自恨，这是上帝差我比你们先来，为要保全生命。……又要大施拯救，保全你们的生命。”雅各死后，哥哥们害怕约瑟会对他们过去的恶行加以报复，但约瑟再次阐述了他遭受苦难的积极意义：“从前你们的意思是要害我，但上帝的意思原是好的，要保全许多人的性命，成就今日的光景。”从这种有目的地遭受苦难的主题来看，约瑟的生活遭遇是命中注定的，大难之后必有洪福。这也体现了上帝的绝对意志，约瑟按照上帝救赎人类的目的度过了他的一生。

约瑟的传说结构紧凑，情节曲折，富于戏剧性。兄弟相认的过程充满悬念，跌宕起伏，最后达到高潮。随着约瑟的号啕大哭，读者也被深深地感染，为他们兄弟相逢、父子团聚而高兴。俄国伟大的作家列夫·托尔斯泰十分推崇这部作品，称它为“世界性艺术的典范”。

17. 摩西率众出埃及的远征故事
mó xī shuài zhòng chū āi jí de yuǎn zhēng gù shì

史诗是氏族社会解体、阶级社会发端时期产生的一种民间文学形式。它以一个民族在特定历史阶段上的重大事件为题材，围绕一位英雄或英雄群体展开情节，反映整个时代的风貌。史诗通常把战争作为主要内容，并展现一个神人混同的世界。在文体上，史诗一般采用诗体，具有崇高、典雅的风格。

以史诗的上述传统特征为衡量标准，许多学者认为希伯来人没有史诗。荷马史诗和中古英雄史诗是西方史诗的典范，但我们不能以西方史诗的定义和形式为标准对待东方民族中的这类文学样式。通过全面考察，希伯来圣经中也有一个故事可以看作史诗性的，被称为“出埃及史诗”。它记载了以色列民族形成发展的过程，描述了这段历史上的重大事件，突出了强烈的民族主义精神。出埃及史诗不属于刻画群体英雄的史诗，它是围绕一位民族领袖——摩西展开叙述。它也与战争相联系，在摩西率众出埃及的过程中，他们摆脱追兵、强渡红海、平定叛乱、作好征服迦南的准备，这些都是战争行为的体现。出埃及史诗中同样也有一个神人混同的世界，上帝不断显现，摩西作为神的代言人做奇异的事情。出埃及史诗主要采用的是散文体，其中镶嵌了一些诗歌。但诗体仅是史诗的外部形式特征，不是其根本要素。

史诗开始时，雅各的子孙在埃及已生活了四百多年，约瑟和他的兄弟，连那一代人都死了，但希伯来人生养众多，极其强盛。有一个新王起来治理埃及，他因害怕希伯来人日后联合外邦人攻击他的国家，便下令把他们降为奴隶，在田间劳动，建造积货城。而且他还下令溺死希伯来妇女生下的所有男婴。有一个利未族的妇女生了个男婴，健康俊美。他被隐藏了三个月，不能再藏下去，母亲就编了个蒲草箱，涂上沥青，将孩子放在里面，把箱子搁在河边的芦苇中。法老的女儿到河边洗澡，发现婴儿，甚为怜悯，便收养在宫中，取名“摩西”，并请摩西的生母来做奶妈。摩西长大后，得知自己是希伯来人，十分关心自己的同胞。他打死了一个殴打希伯来人的埃及监工，因怕法老惩罚，便逃到米甸。在那里他解救了受虐待的牧羊女，并与其中一个结婚。可见，少年时期的摩西是个富有正义感、勇于帮助受压迫者的人。

摩西在米甸被上帝呼召是他人生的重大转折点。有一天，摩西在何烈山放羊时看见一丛荆棘着火，却没有烧毁。上帝向摩西显现，声明自己是亚伯拉罕、以撒和雅各的上帝。他看见希伯来人在埃及遭受奴役，便指示摩西把他们从埃及带到“一个流奶与蜜之地”。摩西对自己信心不足，声称是个“拙口笨舌的人”，不愿担负起领袖的重任，但上帝一再使他具有行使神迹的本事，并让摩西的哥哥亚伦充当他的代言人，摩西同意了。事实上，学者们发现当地的荆棘的确在秋天红如火焰。

摩西回到埃及，与亚伦一起面谒法老，请求让希伯来人离去。法老的心刚硬，不容他们离去。紧接着史诗强调了上帝的神性与埃及的强大势力和神奇巫术之间的对比，埃及人在上帝超人的神性面前显得苍白无力。首先，上帝通过亚伦的拐杖使全国遍地的水都变成血，这灾难持续七天，埃及人无法饮水；然后又用蛙灾、虱灾、蝇灾、畜疫、疮灾、雹灾、蝗灾、黑暗之灾来惩罚法老，结果他还是不许希伯来人离去。于是上帝让摩西对百姓说："你们每家要按人口选一只山羊，把它宰了，拿一把牛膝草，蘸血涂在门框上和门楣上。你们谁也不许出来，直到第二天早晨。上帝走过埃及时，看到门框、门楣上的血，就不进你们的屋杀你们。这样，他杀了埃及人，却保留你们的性命。"到了半夜，上帝杀了所有埃及人的头生子，整个埃及一片哀鸣。法老终于答应让希伯来人离去。上帝在埃及人中间行的这件神迹成为希伯来人过"逾越节"的重要依据。

希伯来人在上帝的指引下日夜兼程，但前进的道路被红海阻隔，埃及军队从后面追杀上来。在危难之际希伯来人向摩西抱怨，于是摩西向海伸杖，上帝用东风把海水吹退，海底变成干地，海水像两堵墙一样分开，希伯来人从中走过去。埃及人追赶他们，一切车辆、马匹和骑兵都下到海中。上帝使他们混乱，并让摩西向海伸杖，海水复原，把埃及军队全部淹没。摩西与希伯来人高唱，赞美上帝的大能。经学者考证，摩西当初逾越的并非红海，而是红海与地中海交界的某个浅水湖泊。

此后，他们开始了在旷野沙漠中的行军旅程。这个旅程展示了希伯来人经历的恶劣的自然境遇，他们抱怨上帝为何让他们遭受苦难，但上帝一次次拯救他们。遭受危机—发怨言—上帝拯救的叙述模式在文中反复出现。当他们在玛拉发现苦水向摩西抱怨时，上帝使苦水变甜；当他们缺少肉类时，向摩西发怨言，渴望得到"埃及的肉锅"，上帝使鹌鹑漫天飞来，并满地"吗哪"，俯拾即是。当他们在利非汀没水喝时，与摩西争闹，上帝使摩西用杖击打磐石出水。这一系列事件揭露了希伯来人的弱点——对上帝不忠不信，却赞颂了上帝的伟大。而这里出现的神迹，事实上都是当时人十分熟稔的本地物产。

希伯来人到达西奈山后，史诗对原有"旅程"的叙述中断了，改为描写宗教律法、伦理规范等。上帝在西奈山与希伯来人立约，向摩西颁布"十诫"是至关重大的事件。上帝的降临伴随着可怕的自然现象的发生：雷电交加、乌云密布、大地震动，整个山被笼罩在烟雾之中，民众都很惊惶，远远站在山脚下，只有摩西独自上山，接受上帝的启示，在那里停留了四十昼夜。希伯来人见摩西迟迟不归，便要求亚伦为他们铸造一个金牛犊来跪拜。摩西下山后当众摔碎写满上帝诫命的石板，痛斥百姓崇拜偶像的罪恶，并杀死叛徒。后来，摩西再次上山与上帝订立了“十诫”和各种道德戒律、宗教仪礼。“十诫”的核心内容是只能敬拜上帝一神，不可仿造和敬拜偶像，不可妄称上帝的名。它成为希伯来人法律的雏形。摩西借助这些律法，使缺乏纪律性的希伯来各支派联合起来成为有组织的集团。

离开西奈，希伯来人重又回到去迦南的旅程。向迦南派遣十二名侦探是又一次信仰危机。侦探在那地窥探四十天，带回许多葡萄、石榴和无花果，向摩西报告说那地果然是流奶与蜜之地，然而那地的居民强壮，城邑坚固宽大，因此不要去占领那地。但约书亚和迦勒对上帝怀有信心，说有上帝与希伯来人同在，不要怕他们。所以上帝惩罚那些缺乏信心的人，让他们在旷野中漂流四十年。

四十年过去了，摩西认为时机成熟，便率领民众北征，抵进迦南。他们经过奋力厮杀，终于征服了约旦河东岸的各国。这时摩西已一百二十岁，自知将不久于尘世，不能领导希伯来人渡河征服迦南，就宣布能干的约书亚为继承人。遥望上帝应许的“流奶与蜜的希望之乡”，摩西却不能亲自踏上这块土地。他发表演说，回顾了旷野的四十年经历，劝诫民众严守诫命，忠于上帝。最后他又唱了一首长歌为希伯来各族祝福，在约旦河东岸的毗斯迦山上停止了呼吸。

18. 可歌可泣的民族英雄：参孙

kě gē kě qì de mín zú yīng xióng：cān sūn

在《圣经·士师记》中参孙是一个刻画得最细致、最鲜活的士师形象。英国著名作家弥尔顿根据他的故事写成了悲剧诗《斗士参孙》，从而使参孙的伟大形象广为人知。

参孙是一个具有传奇色彩的民族英雄形象。他的出生是上帝的安排，他生为拿细耳人，不许饮酒，不许剃头，不许吃不洁之物。他被上帝选作士师，任务就是解救被非利士人压迫了四十年的希伯来人。参孙力大无比，曾赤手空拳撕裂狮子，用一块驴腮骨击杀了一千非利士人。这股力量源于他自出母胎以来从未剪过的头发。所有这些情节都使参孙的形象带有一种神话色彩。与其他士师不同，参孙英勇善战，常常独来独往，以个人的力量对抗非利士人，拯救自己的民族于危难之中。在他身上凝聚着希伯来人对其民族英雄的幻想，带有浓厚的传奇色彩。

但是，这个伟大的民族英雄也是一个悲剧形象。作为上帝所选的拿细耳人，参孙本应严守神的戒律，但他却好色任性，两度娶非利士女子为妻，结果都被妻子出卖，吃了不少苦头。

第一次参孙要娶一个亭拿的非利士女子，他父母本来不同意，他却说自己喜欢她。此处暴露出他悲剧性格的弱点，即贪图肉欲，置上帝的旨意于不顾。参孙跟父母去亭拿，听见一只少壮狮子向他吼叫，就赤手空拳撕裂了那只狮子，好像撕一只山羊羔。他和那女子说话，情投意合，订下婚约。过了些日子，参孙去迎娶她，途中又去看那只死狮，见有一群蜜蜂和蜜在狮尸内，就用手取蜜，边走边吃。在婚筵上参孙给三十个伴郎出了个谜语：吃的从吃者来，甜的从强者出。若是猜着了，参孙就给他们每人一套里衣和衣裳；若是猜不着，他们就给参孙三十套里衣和衣裳。他们猜了三天都猜不出，就威逼他的妻子去哄骗参孙说出谜底。最后参孙迫于妻子的泪水，将谜底告诉了她。为此参孙杀了三十个非利士人，将夺来的衣裳给了猜出谜语的人。参孙轻信他人，缺乏必要的防范意识，正是这个弱点最终毁了他的一生。

到了收割的季节，参孙去看他的妻子，但她竟被其父另嫁他人。为了报复非利士人，他捉了三百只狐狸，把它们的尾巴一对一对地捆起来，插上一只火把，然后点火，把狐狸放进非利士人的地里，烧光了地上的一切。非利士人知道祸是由参孙的岳父闯出来的，就放火烧了他岳父的家。参孙一气之下杀死数人报仇雪恨。后来非利士人攻击犹太人，声称要捉拿参孙。犹太人把参孙捆起来交给非利士人，参孙将绳子挣断，拾起一块驴腮骨杀了一千人。这些事件表现了参孙有仇必报的性格特点。但若将其放在希伯来人与非利士人之间的部族冲突中加以考虑，他又成了一个民族英雄，是他以武力拯救了自己的民族。

参孙悲剧的核心事件是他对另一个非利士女子——大利拉的爱以及大利拉泄露了他力大无比的秘密。大利拉是非利士人的探子，她一再追问参孙为什么力大无穷。这段情节由四个段落叙述，每个段落的结构都是相似的：大利拉恳求参孙；参孙的回答；大利拉出卖参孙；参孙显示无比的神力。大利拉第一次问参孙因何有这么大的力气，用什么方法可以捆绑他，参孙回答说："若用七条未干的青绳子捆绑我，我就软弱地像别人了。"大利拉就照办了，但参孙一挣扎，绳索像麻线碰到火，一下子就断了。大利拉说："你欺哄我，向我说谎言。现在求你告诉我该用何法捆绑你。"参孙告诉她用没有使过的新绳捆绑他。于是大利拉用新绳捆他，叫埋伏在房内的非利士人来捉时，绳子又挣断了。大利拉对他说："你仍然欺骗我，到底人们怎么才能绑你?"参孙回答说："你若把我头上的七条发绺与纬线同织就可以了。"于是大利拉将他的发绺与纬线同织，用橛子钉住，又叫非利士人来捉。参孙醒来，将机上的橛子和纬线一起拔了出来。大利拉对他说："你不与我同心，怎么说爱我呢? 你三次欺哄我。"她天天催逼他，参孙被纠缠得烦闷极了，终于把秘密告诉了她："我的头发从来没有剃过，因为我生来就归神作拿细耳人；如果我的头发剃了，就会失去力量。"于是她把这个秘密告诉了非利士人的首领，叫他们带银子来捉人。大利拉使参孙睡在她腿上，叫人剃除了他的七条发绺。这一次他醒来后要像从前那样挣扎，但上帝已经离开了他。参孙被抓住，双眼被剜掉，沦为推磨的奴隶。

参孙的死十分悲壮，给人的心灵以强烈的震撼。在苦役和侮辱中，参孙的头发渐渐长起来，恢复了原来的力气。一天，非利士人祭祀海神大衮，特召参孙来供他们戏弄。参孙被领去站在神庙的两根柱子之间，在各种冷言热讽中，对他的侮辱达到了顶点。参孙做了最后一次祈祷，请求上帝给他力量复仇。他一手撑住一根柱子，用力往外推，并大声喊道："让我跟非利士人同归于尽吧!”紧接着，庙宇倒塌了，压在五个首领和所有的人身上。参孙壮烈牺牲虽然是个悲剧，但他在精神上却获得了胜利。作为个人，他被击败了，同敌人一起葬身于瓦砾之中；但作为一位民族英雄，他取得了最大的胜利，因为参孙“死时所杀的人，比活时所杀的人更多”。他不仅用武力报了仇，同时与上帝的关系也得到了更新。

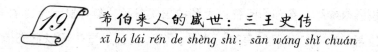

19. 希伯来人的盛世：三王史传

xī bó lái rén de shèng shì：sān wáng shǐ chuán

希伯来民族统一兴旺的时期始于扫罗被封为王，终于所罗门达到繁荣昌盛的顶点，中间经历了大卫建立的以色列—犹太联合王国。这一时期，武功文治堪称盛世，后代的希伯来人不知多少次激起过对这段黄金时代的追忆，所以这段历史也就成为历史学家大书特书的对象，其中三王（扫罗、大卫、所罗门）的事迹是史传文学书写的中心。

扫罗被先知撒母耳膏立为王。他是以色列最小的部落便雅悯支派中一个叫基士的农民的儿子，“又健壮，又俊美，在以色列人中没有一个能比得上他，他的身体比众民高过一头”。扫罗作王以后，首先把全部精力投入到反击非利士人的战斗中，在最初八年里，他组建了一支战斗力很强的精锐部队，把非利士人赶出迦南，紧接着又向邻族摩押人、亚扪人、亚兰人和亚玛力人出击，并一再取得胜利。这些军事上的胜利大大提高了希伯来人的民族觉悟，推动了统一的进程。

扫罗的后半生与一位犹太农民耶西的儿子大卫有着紧密的联系。大卫原是扫罗军中的少年英雄，曾用弹弓和石子战胜不可一世的非利士巨人歌利亚。百姓欢唱“扫罗杀死千千，大卫杀死万万”的凯歌，激起了扫罗对大卫的嫉恨。但大卫表现出宽宏仁义的高尚品质。扫罗不但明火执仗的当面行刺，还阴谋借刀杀人，欲使他丧生在非利士人手中。对待这样一个阴险凶残的暴君，大卫没有冤冤相报，而是一再容忍退让，甚至以德报怨。有一次，扫罗追捕大卫的途中到一个山洞大便，恰逢大卫藏在洞的深处。

大卫的部下说："这是杀死扫罗的好机会。"大卫却克制住自己，只割下扫罗所穿袍子的一角。扫罗出洞后，大卫随后追出，诚挚地向他表露心迹，扫罗感动得放声大哭，说："我以恶待你，你却以善待我。……人若见仇敌，岂肯放他平安无事的过去呢?"大卫不记恨扫罗，在扫罗与他的儿子约拿单战死沙场时，还作哀歌追悼他们。

大卫的优秀品质注定他将成为以色列—犹太联合王国的开国元勋。他的功绩主要表现在两个方面，首先是征服外邦，实现统一。他先后击败了非利士人、亚扪人、摩押人、亚玛力人，同腓尼基人订立了盟约，使东地中海沿岸成为藩属，巩固了他的统治地位。其次是建都耶路撒冷，并将上帝的约柜安放在耶路撒冷，使这座城市成为整个国家的中心和民族文化的象征。但是大卫并非尽善尽美的英雄，他也有七情六欲，也犯下令人发指的罪行。他称王之后，看上一位名叫拔示巴的妇女，便与她同房，致使其怀孕。为掩盖丑行，大卫先是施展移花接木之计，将拔示巴之夫乌利亚从前线召回，让他回家与妻子亲热；阴谋破产后，又密令元帅约押把乌利亚

所罗门的审判

派到阵地前沿，使他死在敌人的刀剑之下。乌利亚死后，大卫将拔示巴纳入宫中。可见，大卫既英勇无畏、仁慈宽厚，又阴险狡猾，具有复杂的性格特征。关于大卫的史传是希伯来史书的典范，取得了极高的文学成就。

大卫死后，所罗门即位。所罗门一生的主要事迹可以用两个成语概括，即“所罗门的荣华”和“所罗门的智慧”。所罗门当政时期，国土扩张到空前的范围，直至地中海以东，幼发拉底河以西，北至黎巴嫩，南至犹太旷野。周围各国都来修好，埃及也来和亲，远至示巴（也门）的女王送来大批财物，以示敬仰。所罗门时代国富民强，达到了希伯来民族的鼎盛时期。他大兴土木，建造了耶路撒冷京城、圣殿、王宫和要塞等。这些建筑规模宏大，富丽堂皇，令人叹为观止。

所罗门的智慧表现为多个方面。他善断疑难案件。有一次，两个女人在他面前争说死婴是对方的，而活婴是自己的。所罗门见双方争执不休，便下令拿刀将活婴劈成两半，分给她们。那活婴的生母忙说：“陛下，千万不要杀孩子！求你把他给那女人吧！”而另一位妇女却说：“不要给我，也不要给她，把孩子劈成两半吧！”所罗门听后，接着说：“不要杀这孩子！把他交给第一个女人，因为她才是孩子的母亲。”这种极为聪明的判决为他赢得了国际声誉。所罗门具有非凡的艺术天才。他喜欢谈论草木鱼虫，飞禽走兽，据说他曾做诗一千零五首，箴言三千句。虽然这不太确切，但可以看出所罗门对文学艺术的重视，并且身体力行。

20. 犹太巾帼英雄以斯帖和犹滴

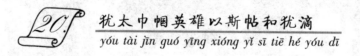

yóu tài jīn guó yīng xióng yǐ sī tiē hé yóu dī

犹太国家灭亡后，希伯来人遭受了一系列异族的奴役和蹂躏。这一时期的祭司文士写了大量作品借以抒发亡国遗恨，表达爱国思想，教诲民众反抗异族压迫。《圣经》中的《以斯帖记》和《次经》中的《犹滴传》就是其中的代表。它们都描写了巾帼英雄的传奇故事，并称为希伯来文学的双璧。

《以斯帖记》第一章和第二章叙述国王如何废掉瓦实提王后以及如何封以斯帖为新后，为哈曼与犹太人之间的矛盾冲突的产生提供了必要的背景情况。以斯帖的故事以宫廷中的贵族生活为背景。在开篇处作者用很长的篇幅描写了波斯王亚哈随鲁在王宫中设摆豪华显赫的筵席。国王还要王后瓦实提盛装出宫，在众人面前展示她的美貌，她却不肯遵从王命。这种对权势的抗拒构成了国王与王后之间的冲突。众大臣将王后的反抗看成是对整个夫权的威胁，因此立即废黜了她，接着在各省物色美女入宫，最后，女主人公以斯帖以超群的美貌压倒所有竞争者，成为新后。以斯帖早孤，由堂兄末底改抚养长大。这次她被选为王后之后，听末底改的话，隐瞒了犹太人的身份。那时末底改在宫门供职，得知两个内侍阴谋弑君，便通过以斯帖转告国王，调查属实，绞死了逆臣。国王因此给末底改记了大功。这一事件为后面情节的发展埋下了伏笔。

第三章至第七章描述了波斯宰相哈曼与末底改之间的一系列斗争。宰相哈曼气焰嚣张，出入时臣仆无不跪拜，唯独末底改不肯屈服，引起哈曼的不满。个人之间的矛盾迅速扩大，变成了民族矛盾：哈曼“以为下手害末底改一人是小事，就要灭绝……通国所有的犹太人”。哈曼通过宫廷中的阴谋活动，下达了灭绝犹太人的谕旨。末底改向以斯帖求助，把哈曼的毒计告诉了她，力促以斯帖冒死进见国王。以斯帖最初犹豫，后来末底改使她相信，她若不去恳求国王，她也不能得免灾祸。以斯帖虽然知道违例擅自前去见国王会有杀身之祸，还是在危急时刻毅然前去见国王。以斯帖请国王与哈曼赴自己准备的筵席。酒席筵前，国王问她要什么，就是江山的一半也给她。以斯帖却邀请国王和哈曼明日再赴筵席。这天晚上国王难以入睡，令人念诵王朝实录。当念到末底改报案立功时，他决定嘉奖他。次日，国王让末底改身穿王服，骑上御马，同时要哈曼在前面为末底改牵马、喝道。在第二次筵席上，以斯帖恳求国王饶恕自己的性命并救她的族人，国王很奇怪。于是以斯帖揭露了哈曼欲屠杀犹太人的阴谋。哈曼不知所措，哑口无言。国王发怒，拂袖而去。返回时，国王见哈曼正伏在王后坐榻前求饶，更加火冒三丈，下令将哈曼处死。

这一部分是故事的高潮，由于表现了善恶报应，更富感染力。第六章写国王读历史记录，记起末底改的救命之恩，这时哈曼来见国王，国王问他：“王所喜悦尊荣的人，当如何待他呢？”哈曼由于极度自负，误以为国王所喜悦尊荣的人就是他自己，因此就建议举行盛大的仪式，使这人得到荣誉。然而出乎意料的是，他却为敌人末底改牵马游街，自己得到羞辱。哈曼建了一个高高的木架，原打算将末底改绞死在上面，但被绞死在上面的恰恰是哈曼自己。

第八章至第十章描写了这场斗争的结果。末底改取代了哈曼的宰相职务，并在哈曼抽签决定消灭犹太人的日子里除灭他们的敌人七万五千人。末底改向全体犹太人宣告，每年亚达月的第十四、十五天为普珥节，以纪念本民族命运转危为安的喜庆日子。

《犹滴传》分为两部分：一至七章描写亚述的大将何乐弗尼对希伯来人的进攻；八至十六章写犹滴奋起杀敌，转败为胜。

作品一开始介绍了故事发生的背景情况，希伯来人正面临灭顶之灾。亚述国王派大将何乐弗尼率重兵征伐异族，大军所到之处，势如破竹，各城都投降了。唯独希伯来人公然反对何乐弗尼，准备阻拦亚述人从北面进入耶路撒冷。何乐弗尼十分气恼，当即派兵围困希伯来人的山城彼土利亚，截断水源，城中居民多死于干渴。围城三十四天后，城中居民灰心丧志，主张妥协。首领乌西雅劝慰他们再坚持五天，五天内如果没有上帝的神迹发生就投降。

在民族危亡之时，女主人公犹滴出场，使局势开始发生转变。犹滴是个年轻美丽的寡妇，虔信宗教，丈夫已死去三年，她仍守寡，身着丧服。她听说要投降，心如刀割。她觉得事关重大，决心要为国效力，就去对长老说，她要闯入敌营与敌人周旋，四天之内一定取得胜利回来。长老只好让她试一试。

犹滴在屋顶祷祝以后，脱去丧服，穿上最迷人的艳装盛饰，带了一个婢女深入敌人的阵地，要求拜见主帅何乐弗尼，说有机密相商。何乐弗尼和军兵们都被犹滴的绝世容貌所倾倒，保证决不伤害愿意投降的人。犹滴假意恭维亚述王，说希伯来人犯了罪，上帝要惩罚他们，他们非失败不可。她愿意亲自为向导，亚述可以不死一兵一卒而取得全胜。不过她要求夜间要到峡谷中祈祷，求上帝指示何时要惩罚希伯来人，一得到消息便来禀告。主帅何乐弗尼见犹滴容貌艳丽、语言敏捷，便相信了她，让她和婢女独居一个帐篷，每日半夜三更放她们出去到峡谷中祈祷。其实犹滴每次祷告都是请求上帝指导她振兴民族的方法。

到了第四天，何乐弗尼欲火中烧，要请犹滴来饮酒作乐。她盛装去见主帅。何乐弗尼见她美貌绝伦，神魂颠倒，在她的劝诱之下狂饮不羁。到深夜时，众客散去，只留犹滴陪着主帅过夜。犹滴叫婢女等在门外，闩了门，看何乐弗尼烂醉如泥，便从墙上抽出军刀，揪住他的头发，求上帝赐予她力量，一刀砍下他的头颅，笨重的身躯滚落在地上。她急忙卷起主帅的帐子和头颅，放在粮食袋里，和前几夜一样，走出敌营，沿着山路回城报捷。

第二天破晓，全城欢声雷动，拿起武器向敌营反攻。敌人还蒙在鼓里，看到希伯来人反攻，便不知所措，去叫主帅却毫无声息，破门而入，只见无头的尸体躺在地上。全军大乱，一败涂地。于是希伯来人乘胜追击，大获全胜。犹滴声名鹊起，终生受到人民的尊重和颂扬。《犹滴传》借用亚述侵略的历史，反映了希腊化时期希伯来人对异族压迫者的顽强抵抗，充满了爱国热忱。与《以斯帖记》不同的是，《犹滴传》带有强烈的宗教色彩，自始至终宣扬上帝的伟大。作品简洁畅达，感情凄切哀婉，一直在浓郁的悲剧气氛中发展它的情节，最后“柳暗花明”地出现转败为胜的喜剧结局。

《以斯帖记》和《犹滴传》都以反对异族压迫、宣扬爱国主义为主题，情节曲折多变，引人入胜。从创作方法上看，二者都以写实主义为主，具有一种朴素的艺术美；但作品中的夸张、想象以及喜剧式的结尾又使其富于浪漫主义色彩。它们还都以高超的艺术手法塑造了巾帼英雄的形象，以斯帖和犹滴都以自己的美貌、勇敢、智慧挽救了民族危亡。她们的光辉形象被后世的诗人、戏剧家和画家们所传扬，激起人们的爱国热情，鼓舞斗争士气，顽强反对民族压迫。

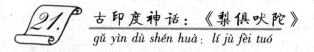

21. 古印度神话：《梨俱吠陀》
gǔ yìn dù shén huà：lí jù fèi tuó

印度神话以其丰富繁杂、体系众多著称于世。印度的神灵大体可分为两大类：一类是吠陀神，一类是后来印度教的大神。吠陀本集中的神诞生得较早，是自然力量的人化，是对上古英雄的模糊记忆。吠陀神是一些长生不死、自由自在的个体，享乐、饮酒、作战是他们的日常活动。日后很多吠陀神都随着原始社会的衰落而消失了，保留下来的虽然还有原来的名称和性格，但地位远不如后来印度教中的神。这些天神的敌人后来总称为阿修罗。天神与阿修罗之间的常年战争，显然是古代氏族部落冲突的反映。

吠陀神话主要集中在《梨俱吠陀》中，诗歌提到了许多神话人物以及零碎的神话片段。尽管含有非常丰富的神话内容，但《梨俱吠陀》还不是单纯的神话集。另外，后来的一些吠陀神话故事，还出现在对编订本的注释说明中。

《梨俱吠陀》中歌唱得最多的是天神因陀罗，献给他的颂歌约二百五十首，占了全书的四分之一；其次是火神阿耆尼，约二百首；再次是可以榨取苏摩酒的植物苏摩，约一百二十首；处在第四位的是双马童，有五十多首，被提到一百多次。

因陀罗是吠陀时代最重要的神，号称天神之王或天帝，高居于天上。实际上他对别的神并无统治权力，不过是部落酋长的化身而已。他又是火的创造者，用两块石头摩擦生出了火。因此火神是他的亲密伴侣。他是一个有胡须、能够变化形状的天神，乘坐马拉的战车遨游天空。他手执金刚杵（雷杵），也使用弓箭、钩、罗网作战。他并不孤立，有成群的小风神摩录多帮助他，一群群地消灭敌人。他嗜饮苏摩酒，刚一出生，母亲就给他饮苏摩酒。一次竟饮用了三池苏摩酒。他的酒量很大，但也有酩酊大醉生病的时候。饮酒加强了他的战斗力。他的食量也很大，能吃下不止一头由火神烤熟的金牛，也吃拌了牛奶和蜜的粮食。因陀罗手持雷杵，成群的风神是他的部队，又有解放水的功绩，后来也把他算做雷雨之神。看来他是人间英雄与自然威力的结合，社会意义是他形象的主体，自然现象则是对他的威力的艺术加工。

他是诸神（实为先民）的保护者，他的最重要功绩是杀死巨龙（蛇）弗栗多（意为阻碍者），劈山引水，得到“杀弗栗多者”和“水中取胜者”的称号；他的另一个著名称号是“破坏城堡者”，他攻克敌人的无数城堡，其中属于弗栗多的就有九十九座。征战的胜利使他获得了财富的载体：牛。《梨俱吠陀》的一节诗概括地总结了他的功绩：

杀死弗栗多；斧劈森林般的城堡；
又掘开了许许多多河流；
劈开大山像新造的瓦罐；
因陀罗和他的队伍带来了群牛。

因陀罗是雅利安人的保护神，在他们与达沙（意为奴隶）人的激烈战斗中，因陀罗总是在雅利安人这一边。他帮助雅利安人征服了达沙人，毁坏了他们的城堡，杀死三万人，夺取了水和牛。因陀罗宣称：我给了雅利安人以土地。因陀罗的形象不会是一时一地的创造，这形象虽有矛盾，却相当完整，是由氏族首长转变为第一位奴隶主统治者的典型概括。

《梨俱吠陀》神话传说的主角是因陀罗，但他也有些协同作战的盟友。有的神的功绩与他一样，不过地位没有他显著。因陀罗常和火神等并提，成为对偶神。因陀罗的另一个盟友是后来上升到宇宙最高神位的毗湿奴。不过他在《梨俱吠陀》中还没有什么显赫的地位。他的特殊本事是跨了三大步，两步跨过了大地，第三步就高不可见了。它是以后毗湿奴下凡神话中一个故事的胚胎。

地上有了统治者，神中也有了统治者的形象。伐楼拿带有这种特征。他被称为大王（因陀罗和火神也有这个称号），有四次称为刹帝利，被歌颂的次数并不多。他像地上统治者一样有了宫廷，他的天宫有千门千柱。他跟别的神不同，有束缚人的三重或七重的网罗。他是那些小风神摩录多的父亲，却并没有直接参与帮助因陀罗的战役。他制裁违反秩序的人，是秩序的守护者。他有许多暗探，因而有一千只眼睛，能预见一切。他仿佛是海水之神，又是河流的主人，主管水的流动，还能够降雨。他是一个主持水利灌溉、又有权惩罚罪人的统治者的形象。伐楼拿是具有两重性的神，一方面他是统治者；另一方面他又擅长治病，有一千种药草。

活人中有了统治者，死人中也出现了王，这就是阎摩。阎摩的名字经佛教传到我国来，就是大家所熟悉的统治地狱的阎王（阎摩王，阎罗）。他有束缚人的脚镣，有两条狗做使者，守卫在到他那里的路上。

人类的生活离不开火，各民族的神话都有发明使用火的形象反映，甚至表现了对火的崇拜。印度神话也不例外，许多神和仙人都与火有关。与希腊神话中的普罗米修斯相似，摩多利首也是从天神处取来火给了人类的：他发现了隐藏着的火，并用摩擦的方法取出了火，把火从天上带到人间，给了第一位仙人。最后他自己的名字摩多利首也成了火神的别名。这位给人类带了温暖与光明的恩神，在《梨俱吠陀》中虽没有单独的颂歌，却也被提到二十七次之多。另外，诗集中多次提到的五个跟取火有关的仙人：有的摩擦生火，有的在水中发现了火（似乎是水中的火山爆发），有的使火在人间永驻，有的接受了天神的火，有的在战争中得到了火的帮助。这些故事并不只是从祭火仪式产生的虚构，相反地应该看做祭火的历史背景，是对远古利用火的回忆。阿耆尼即火，主要是指家宅之火，祭火。他的另一个称号是“一切人”，《吠陀》中歌颂他的诗很多。

苏摩酒是《吠陀》中最重要的饮料，后化为神，它的词义还是月亮。苏摩的颂歌，详细地用种种比喻描写苏摩酒如何从植物中被榨取出来，一直写到饮后使人兴奋的作用。既然《梨俱吠陀》是婆罗门祭司编订的书，以上三个与祭祀密切相关的神自然会占最重要的地位。其实在神□的背后还有重要的社会背景。这些颂诗的性质和内容主要是取自当时人们从日常生活和自然界中得到的比喻，除去祭司在祭祀中用的公式化祷告词不算，都是密切联系生产与生活的。

不可分离的一对美丽的年轻天神、孪生兄弟双马童强壮灵巧，机敏聪慧。他们长着蜜色的皮肤，嗜好食蜜，还把蜜给了蜜蜂；他们乘坐三个利普制造的金色三轮车，在黎明时出现，像太阳一样一天就掠过天空，车速比思想闪念还要快。双马童救苦救难，使沉船溺水的人获救，使陷于黑暗的人见到光明；他们治病救人，能使瞎子复明，使残肢复元，使阉人的妻子生子，使无奶的母牛有奶，使人延年益寿，返老还童。据说有一个失去了一条腿的女人，像鸟失去了一只翅膀，受益于双马童给她的一条铁（铜）腿；他们还主持婚姻，使男子得到妻子，使女人得到夫君。

此外，神化了的手工艺人陀湿多被提到过六十五次，他是制造金、木工具和陶器的匠人形象。因陀罗的金刚杵是他的杰作，他还造了供天神饮酒的杯子。他还能造一切形象，使一切成形，决定胚胎的形状，赋予人和动物形态，因此他又被称为“一切形象”。这也是他儿子的名字。这样，陀湿多就成了赐予子嗣的神，成为人类的始祖。他是最先生出的，而且他的女儿又嫁给了人类的始祖。用他的十个手指生产出来的火也是他的后代。他能赐福赐寿，带来好运。由于非凡的创造力，他最后升格为神。诗人在此歌颂了手工劳动。

诗集中有十一首诗歌颂的是三个利普组成的群神集体，提到他们不下百次。这三位老的、年轻些的、最年轻的是火神的兄弟、因陀罗的朋友，也有的说是陀湿多的学生。他们有五件伟大的成就：为双马童造了一辆三个轮子的车子，它不用马拉，没有缰绳，通行无阻；为因陀罗造了两匹马；用牛皮和肉造了能生产使人长生不死的甘露的母牛；他们在不可隐藏者（太阳）家里睡了十二天，对主人的招待十分满意，便造了肥沃的良田，把沟渠中的水流引到田地，他们是农业、水利灌溉的发明者。他们把陀湿多造的酒杯一分为四，深得老师的赞赏。他们使自己衰老的父母恢复青春。他们的超群技艺使自己成为神，凭自己真正的本事升了天。毗首竭磨也是一位神化了的劳动者，他是一位创造之神，他的名字就是“制造一切”，他后来成为工艺神。普善是主管道路的神。他能除去道路上的狼和强盗，引导人畜向牧场，保护牲畜，使迷途的回来。这些神话是对劳动者热情洋溢的赞美诗，表现出印度神话对生产劳动重视的现实主义倾向。

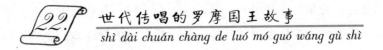

22. 世代传唱的罗摩国王故事
shì dài chuán chàng de luó mó guó wáng gù shì

罗摩衍那的意思是罗摩的游行，即罗摩传、罗摩的生平。史诗集中记叙了阿逾陀城王子、国王罗摩的故事。《罗摩衍那》共分七篇，以宫廷阴谋和罗摩夫妻的悲欢离合为主干展开了故事。

《童年篇》，也叫《首篇》，可能是模仿《摩诃婆罗多》的《首章》。里面穿插了许多插话，一般认为晚出的成分较多。故事由蚁垤仙人的徒弟、罗摩王子的两个儿子朗诵出来。阿逾陀城十车王无子，请鹿角仙人来主持求子大祭。大祭完成后，天神们都来分享祭品。他们谈到罗刹王罗波那欺压众神，吁请大神毗湿奴下凡除魔。梵天为了帮助他平妖除怪，要求众神都创造猴子。毗湿奴出现在圣火中，把盛着牛奶粥的金钵交给了求子者。王后们（此时印度还没有后妃之分）喝下了灵验的种粥，分别生育毗湿奴托生的四个化身：大王后乔萨丽雅生罗摩、二王后吉迦伊生婆罗多、三王后罗密多罗生双胞胎罗什曼那和沙多卢那。光阴飞逝，王子们都长到了婚配的年龄。此时众友仙人请求国王派罗摩随他去除妖。国王派罗摩和罗什曼那前往。沿途众友讲了许多故事。到了他的净修林，罗摩除掉妖魔。众友又带罗摩兄弟到弥提罗城参加国王的祭典，受到了欢迎。国王讲述湿婆神弓的来历与悉多不同凡响的诞生。当年他在要举行求子祭祀的土地上翻耕时，犁沟里出现了一个女孩，取名为悉多，意为犁沟。罗摩拉断神弓，赢得了悉多，并请来十车王主持婚礼。

《阿逾陀篇》中十车王年事已高，决定立长子罗摩为太子继承王位。二王后吉迦伊受驼背宫女曼多罗的挑唆，阴谋立己出的婆罗多为太子，要挟国王把罗摩放逐十四年。当年十车王在患难中曾答应吉迦伊可以任意向他提出两个要求，他现在只有忍气吞声地实现他的诺言了。于是太子灌顶典礼的喜庆场面变为生离死别的凄惨情景。罗摩决心让父王的诺言兑现，情愿流放山林。他要求悉多留下敬事公婆，听从婆罗多的安排，但她一定要随夫流放。罗什曼那要陪哥嫂前往。他们三人穿上粗糙的树皮衣，在人民的陪送下离开王都到野林中去。罗摩走后的第六夜，十车王郁郁而终。正在舅舅家的婆罗多被接回继承王位，但是他忠于悌道，亲自到林中请罗摩回国即位。罗摩不肯，一定要按父王的旨意，过满流放期再回去。最后罗摩只把自己的一双鞋交给婆罗多，做自己的象征。婆罗多避开都城，迁到别的城市，把罗摩的鞋奉供起来代之摄政。

少年罗摩降妖

《森林篇》。罗摩一进入森林，林中的修道人就纷纷请求他的保护。原来有罗刹肆虐，残害修道人。楞伽城十首罗刹王罗波那的妹妹首哩薄那迦来到林中，爱上了罗摩。罗摩把她戏弄地介绍给罗什曼那。罗什曼那也拒绝了她的求婚。女罗刹嫉妒得发狂，想吃掉悉多，被罗什曼那割掉鼻子和耳朵。她求救于弟弟伽罗，伽罗率一万四千罗刹来同罗摩对阵，结果被杀。魔女只好去找哥哥魔王罗波那替她报仇，并极力宣扬悉多的美貌。罗波那派了一个小罗刹化作金鹿，引诱罗摩追赶。罗摩离开了悉多去追金鹿。金鹿模仿罗摩的声音，高呼求救。悉多信以为真，敦促罗什曼那前去救援。罗什曼那害怕中了调虎离山之计，不肯离开。悉多骂他盼兄早死，好娶嫂为妻。罗什曼那无可奈何地去救罗摩。罗波那乘机劫走了悉多。金翅鸟王想搭救悉多，同魔王搏斗，受到重创。罗摩兄弟回来后到处寻觅悉多，遇到垂死的金翅鸟王，才知道悉多被劫。罗摩兄弟救的一个无头怪劝他们去找猴王联盟救悉多。与此同时悉多在楞伽城坚决反抗罗波那的百般引诱，发誓忠于罗摩，被囚禁在后宫无忧树园中。

《猴国篇》。罗摩兄弟来到了般波湖，春天繁花似锦的景象更引起罗摩对失去的爱人的怀念。他们遇到了神猴哈奴曼。在哈奴曼的引见下他们与失去王位的猴王须羯哩婆结盟。罗摩帮助猴王用暗箭射死现任猴王、须羯哩婆的哥哥波林。须羯哩婆再次登基后答应雨季一过就派出猴兵搜寻悉多。然而他沉溺于酒色，雨季过后仍无行动。罗什曼那找上门来，痛斥猴王失信。猴王这才行动起来，召集普天下的猴兵猴将去寻觅悉多。哈奴曼奉命率猴兵南下，遇到了金翅鸟王的弟弟。他告诉哈奴曼曾亲眼看到魔王罗波那把悉多劫往楞伽岛。猴兵来到了海边，浩渺的大海阻断了去路。猴将鸯伽陀劝众猴不要泄气，并建议选出跳跃最远的猴子飞越大海。哈奴曼被选中。他一跃飞行在海面上，打败了前来阻挡的两个罗刹。

《美妙篇》。哈奴曼飞越成功，来到楞伽城。他站在山上俯视全城，然后摇身变成一只猫，黄昏后潜入城内侦察。他先偷看了罗波那后宫的情况，最后在无忧树园中发现了悉多。他目睹悉多在魔王的威胁下坚贞不屈，忠于罗摩。魔王离去后他在悉多面前现出原形，说明自己的身份，并拿出罗摩交给他的作为信物的戒指。悉多向哈奴曼讲述了被劫的经过，希望罗摩赶快来救她，否则两个月后罗波那就要杀她了。哈奴曼要求悉多也给他一件信物回去交差。悉多把头上戴的宝石递给他，并且告诉哈奴曼一件只有他们夫妻俩才知道的事情，作为哈奴曼见到悉多的最有效的凭证。哈奴曼离开前大闹无忧树园，杀死卫士。魔王有一个儿子叫因陀罗耆，意为战胜因陀罗的，他的确打败过天帝因陀罗。他用能套住任何敌人的绳索法宝擒住哈奴曼。小妖们用可燃物缠住哈奴曼的尾巴，浸过油后点然。哈奴曼拖着着火的尾巴，满城窜跳，引发全城大火。最后他又跳进大海平安返回。他向罗摩汇报见闻，并把悉多的信物交给他。

《战斗篇》是全书最长的一篇。罗摩率领猴子和熊罴大军南征的消息传到罗波那驾前，他立即召集群魔商议对敌的策略。他弟弟维毗沙那竭力主张送还悉多，与罗摩和解。魔王大怒，痛骂弟弟是暗藏的敌人。维毗沙那一气之下，过海投奔罗摩。罗摩接受了维毗沙那的建议并请求海神帮助渡海。海神派了工匠大神之子那罗来造跨海大桥。仅用五天桥建好了，罗摩率猴军渡海，兵临楞伽城下，一场大战拉开了序幕。战斗异常激烈，罗摩兄弟都受了重伤。为了救他们的性命，哈奴曼到北方神山中去采仙草，但是仙草都缩入土中不出。哈奴曼一怒之下索性把整个山峰托来，用仙草治好他们的伤后，又原封不动地把仙草托回原处。因陀罗耆施展幻术，变出假悉多，押到阵前斩首。罗摩等大惊失色，幸亏维毗沙那识破幻术，稳定了军心。最后因陀罗耆被罗什曼那杀死。魔王大怒，亲自出马与罗摩交手。经过激烈的拼杀，罗摩砍掉了他的头颅。罗摩给维毗沙那灌顶，立他为罗刹国国王。罗摩与悉多夫妻团圆，但罗摩却怀疑妻子的贞操。悉多投火自明，火神把她从火里托出，证明了她的贞洁。此时十四年的流放期已满，罗摩等人乘上魔王的云车，回国复位，又立弟弟婆罗多为王位继承人。

哈奴曼拜见罗摩

《后篇》。罗摩为君，国泰民安。不久悉多怀孕。此时密探忽然向罗摩报告：百姓中间流传着一些关于悉多在魔宫失贞的流言蜚语。罗摩听后决心遗弃悉多。他派罗什曼那把怀孕的妻子丢弃在恒河对岸。悉多悲痛欲绝，但并无怨言，她只是让罗什曼那向罗摩致意。罗什曼那心里也非常痛苦，但又无能为力。此时的悉多形单影只，痛哭不已。净修林中蚁垤仙人收留了她。悉多生下了两个儿子：俱舍和罗婆。当蚁垤写完了《罗摩衍那》后，就教这两个已成为仙人徒弟的孩子朗诵。有一天，他们听说罗摩要举行马祭，蚁垤带领孩子们来到罗摩宫中，让他俩高唱《罗摩衍那》。罗摩终于发现他们原来就是自己的儿子。于是蚁垤又把悉多领来，证明了她的贞洁。但罗摩仍然坚持无法取信于民，不收留她。悉多悲愤地求救于地母，大地顿时裂开，悉多投入地母的怀抱。梵天预言罗摩一家将在天上团圆。最后罗摩四兄弟返本升天，复化为毗湿奴大神。俱舍与罗婆继承王位。

虽然罗摩回归了天庭，但他的故事却永远留在了人间，深刻影响了印度约两千年的文化，这种影响还会继续下去，与日月同辉：

但有世界永远在，
我的故事将长存。

（《后篇》第三十九章第十八颂）

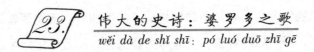

23. 伟大的史诗：婆罗多之歌
wěi dà de shǐ shī：pó luó duō zhī gē

《摩诃婆罗多》是印度的民族史诗，是一曲歌颂伟大婆罗多族的英雄赞歌，记叙了先祖婆罗多诞生的故事。出现在史诗中的主要人物都是转轮王婆罗多的后裔。全书共分十八篇。诗人在第一篇《始初篇》中介绍了诸位英雄好汉的身世和他们的青少年生活。

象城的福身王爱上了一位绝色美女，作为结合的条件是无论她做什么事都不能过问。他们陆续生了八个儿子，可是前七个儿子刚一生下来就被母亲扔进了恒河。当她又要把第八个儿子扔掉时，福身王忍无可忍，出面干涉。那女子这才表明了身份，她原来是恒河女神下凡。因接受八位被仙人诅咒的神仙之托，来做他们的母亲。那七个神仙已经升天，最后这一个要久留人间，最后才能返回天庭。恒河女神留下了儿子天誓后就消失了。

后来福身王爱上渔夫之女贞信。渔夫嫁女的条件是王位必须由贞信生下的儿子继承。福身王因已有心爱的天誓而无法答应。天誓得知情况，愿为父王做出最大的牺牲，向渔夫发誓永葆童贞，独身一世，他由此得名毗湿摩，即立下可怕誓言而且能坚持到底的人。贞信后为福身王生下花钏和奇武两个儿子，他们都没有留下子嗣就去世了。贞信提出，以当时习俗认可并被后来法典承认的借种生子的办法为王室留下后嗣，即死者的遗孀可以和死者的兄弟或相同辈分的夫族及其他至亲交合生子，这样生下来的孩子就被认为是死者的合法继承人。在毗湿摩坚持誓言的情况下，贞信太后并没有让儿子的堂兄弟充当借种人，而是让她在出嫁前由一位仙人生的私生子毗耶娑（作者）担当此角色。为了把借种生子办成纯事物性的工作，尽量减少其中欢愉的成分，借种人不仅服装难看，而且面目及全身也打扮得异常丑陋，污秽不堪。当毗耶娑和奇武王的大王后交合时，大王后很不情愿，紧闭双眼，结果毗耶娑预言将生一个盲孩子，果然生下的持国是天生的盲人。贞信太后认为盲人当国王多有不便，再一次叫毗耶娑和大王后同房。这一次大王后吩咐一个首陀罗宫婢代替自己，于是宫婢生了维杜罗。二王后在与毗耶娑同房时，也吓得面色苍白，生下儿子般度。以现代人的观点来看，谁知道贞信的情夫是哪庙的和尚，所以由毗耶娑传下的三个儿子早已不是纯正的婆罗多血统了，但当时人们的思维显然还受到母系社会的影响，却没有什么异议。

般度长大后继承王位。持国娶妻甘陀利，生下以难敌为长子的一百个儿子，人称俱卢族。般度娶妻贡蒂和玛德利，因惧怕仙人说他将在交欢时丧生的诅咒而禁欲。他让两个妻子也采取借种生子的办法生育后代。他的两个妻子既不找持国和维杜罗，更不找奇武的堂兄弟的儿子们，而是找到了天神生子。贡蒂在待字闺中时就曾用仙人教给她的咒语召请太阳神同她生了迦尔纳。现在她先后召请了正法之神、风神和神王因陀罗，依次生了坚战、怖军和阿周那。她又把咒语教给了马德莉，她也召请了天神双马童生了双生子无种和偕天，这五个儿子就是般度族或般度五子。伟大的婆罗多族的两支后裔俱卢族和般度族就这样诞生了。

般度死后，马德莉殉葬，持国执政。般度五子和持国百子一起在宫中学习武艺，相互间时有摩擦。持国指定成年的坚战为王位继承人，但难敌企图霸占王位，勾结母舅沙恭尼，设计陷害坚战五兄弟。他们造了一座易燃的紫胶宫，让般度五子和贡蒂去住，准备纵火烧死他们。由于叔叔维杜罗通风报信，他们从紫胶宫中预先挖好的地道逃入森林，躲过了灭顶之灾。

在森林中，般度族遭到一个罗刹威胁。怖军杀死这个罗刹，并与罗刹的妹妹结婚，生下儿子瓶首。般遮罗国王为女儿黑公主举行选婿大典时，般度五子乔装婆罗门前往。阿周那按照选婿要求，挽开大铁弓，射箭命中目标，赢得黑公主。从此黑公主成为般度五子的共同妻子，因为他们以前就有过有福共享、有难同当的誓言。

般度五子在这次事件中暴露了真实身份。难敌发现般度族并未葬身火海，大为恼火。但持国听从老族长毗湿摩和教师爷德罗纳的劝告，决定召回般度五子，分一半国土给他们。这样般度族在分给他们的国土上建都天帝城。此时阿周那曾拜访多门城的黑天，并娶了黑天的妹妹妙贤，生下儿子激昂。从此阿周那和黑天之间的友谊日益加深。

在第二篇《大会篇》中，诗人通过赌博事件反映了双方矛盾的进一步激化。那罗陀大仙鼓励坚战举行王祭（统治世界的象征），黑天也表示支持。作为王祭的必要步骤，坚战的四个弟弟出征世界。阿周那征服北方，怖军征服东方，偕天征服南方，无种征服西方。然后坚战举行盛大的王祭，邀请各地国王、王子参加。

难敌在天帝城亲眼目睹般度族的光辉业绩，心起妒恨。沙恭尼建议难敌邀请坚战掷骰子，并保证能替他赌赢。坚战尽管不想赌博，但出于礼节，还是接受了邀请。维杜罗劝阻无效。精通掷骰子的沙恭尼代表难敌与坚战进行赌博。坚战输掉一切财产、王国、兄弟五人和黑公主。难敌命令弟弟难降将黑公主强行拽来。黑公主在赌博大厅争辩：坚战是在失去自身自由的情况下将她押作赌注的，不能算数。暴戾的难降当众要剥掉黑公主的衣裳，但在神佑下没有得逞。怖军愤怒地发誓：以后要杀死难降，撕开他的胸膛喝血。难敌又放肆地露出大腿，朝着黑公主淫笑。怖军又发誓要打断难敌的大腿，杀死他。最后持国预感恶兆，不得不出面干涉，答应黑公主的请求，释放坚战五兄弟。

难敌并不死心，说服软弱的持国召回坚战五兄弟，再进行一次赌博。这次沙恭尼建议只赌一次，输者流放森林十二年，如果在第十三年被发现，就要再次流放十二年。结果自然是坚战再次输掉。

随后的第三《森林篇》、第四《毗罗吒篇》转入对般度族流亡生活的描写。在百姓的哀伤中坚战五兄弟和黑公主前往森林。维杜罗劝说持国召回般度族，没有成功。黑天访问住在森林里的般度族，鼓动他们进行反抗。黑公主和怖军也支持黑天的意见，但坚战决定信守诺言。

阿周那前往天国寻求天神的兵器，其他人依然过着艰辛的林居生活。为了安慰坚战，巨马仙人讲述了《那罗传》。般度族出发朝拜圣地，一路上听到许多有关圣地的故事和传说。五年后阿周那带着神赐的法宝从天国返回。此后般度族在财神俱毗罗的乐园里愉快地度过了四年。回到森林后又听了许多仙人讲述的故事和教训。

难敌造访森林，故意羞辱般度族。在森林里俱卢族军队和乾达婆军队发生冲突。俱卢族战败，难敌被俘。坚战不计冤仇，救出难敌。

在林居生活最后一年，黑公主曾被信度王胜车劫走。虽然坚战五兄弟及时救回黑公主，但精神上感到莫大屈辱。他们平时只能在仙人讲述的《罗摩传》和《莎维德丽传》这类故事中找到一些安慰。在临近十二年期满时，坚战的四个弟弟喝了一个魔池里的水，全部死去。坚战巧妙地回答了魔池主人药叉提出的种种难题，使四个弟弟死而复生。

十二年期满时般度族五兄弟和黑公主离开森林，前往摩差国毗罗吒王宫廷，乔装成仆役的坚战担任侍臣，阿周那做太监，怖军是厨师，黑公主是宫娥，无种驯马，偕天放牛。摩差国的国舅空竹企图污辱黑公主。怖军乔装黑公主，将空竹杀死。

俱卢族得知摩差国统帅空竹已死，与三穴国联合入侵摩差国。般度族五兄弟协助毗罗吒王和优多罗太子击败三穴国和俱卢族。此时十三年流亡期满。回国后的般度族与俱卢族的矛盾升级，终于爆发了一场惨烈的俱卢大战。史诗的第五至第十四篇集中描述了战争场面。

史诗的最后四篇交代了战后余生的人的归宿。第十五《林居篇》：坚战做了国王，仍让持国、甘陀利享有最高荣誉和地位。但怖军经常触犯持国，持国忍耐了近十五年后，决定去森林过隐居生活。陪伴他和甘陀利同去的有贡蒂、维杜罗和全胜。两年多后持国、甘陀利和贡蒂死于森林大火。般度族得知消息，前往恒河祭奠他们。此后坚战又统治了十八年。总共在位三十六年。

第十六《杵战篇》：黑天的雅度族在一次酒后自相残杀。黑天意识到命定的时刻来临，也参与这场人人挥舞铁杵的混战。结果雅度族全族灭亡。黑天独自坐下沉思，一个猎人误以为他是一头睡鹿，放箭射中他的脚底。黑天升天结束了作为毗湿奴化身的下凡生涯。

第十七《远行篇》：得知黑天逝世和雅度族灭亡的消息，般度族五兄弟和黑公主一致决定结束他们的尘世生活。坚战指定般度族唯一后嗣阿周那的孙子（激昂的儿子）环住作为继承人。然后他们前往天神居住的须弥罗山。在登山途中黑公主、偕天、无种、阿周那和怖军相继倒下死去，先于坚战升天。最后，因陀罗驾驶天车前来迎接坚战，鉴于他的伟大功德，破例允许他带着肉身升天。

第十八《升天篇》：坚战在天国见到四个弟弟和黑公主，同时也见到黑天以及俱卢和般度两族其他死者。现在婆罗多的子孙走完了世上轰轰烈烈的人生道路后，都在天堂获得了永恒的生命，与此同时，伟大的婆罗多之歌也在人间流传不息。

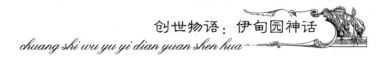

24. 震天撼地的"俱卢大战"
zhèn tiān hàn dì de jù lú dà zhàn

英雄史诗《摩诃婆罗多》的中心事件是由婆罗多族两支后裔进行的俱卢大战，至于这场战争是真实的历史还是虚构的神话，印度学术界尚无定论。

般度族流亡归来，难敌拒不归还他们的领地，双方矛盾进一步激化，大战一触即发。第五《斡旋篇》描写了剑拔弩张的战前准备：般度族一边派遣使者与俱卢族谈判，要求归还一半国土，一边争取盟友迎战。难敌也抓紧时间争取盟友。阿周那和难敌同时赶到多门城向黑天求援。黑天将军队和他本人分作两份，由他俩挑选。阿周那选择了黑天本人，难敌选择了黑天的军队。无种和偕天的舅舅、玛德罗国王沙利耶先是受骗允诺支持难敌，后又向坚战保证在战场上暗中与俱卢族大将迦尔纳作对。

在双方使者几轮谈判中，难敌一意孤行，拒绝讲和。坚战为了避免流血战争，做出最大让步，提出只要归还五个村庄就行，而难敌宣称连针尖大的地方也不给他们。

黑天和贡蒂恳求迦尔纳支持般度族。贡蒂向迦尔纳透露了他是自己婚前的私生子，与坚战他们是同母异父的兄弟。但迦尔纳不肯原谅母亲的遗弃行为，表示要忠于自己的朋友难敌。

般度族和俱卢族双方大军开始向俱卢之野结集。般度族的统帅是黑公主的哥哥猛光。俱卢族的统帅是老族长毗湿摩。惨烈的战斗开始了，以后的篇章是以俱卢族几任统帅毗湿摩、德罗纳、迦尔纳、沙利耶命名的。双方将士前赴后继，血染沙场：

大战第一天，般度、俱卢双方的军队摆开阵容。阿周那对这场同族自相残杀的战争产生疑虑，黑天以《薄伽梵歌》开导鼓励他。

在毗湿摩担任统帅的前九天中，双方战将都有伤亡，胜负难分。第九天夜里，坚战五兄弟和黑天决定直接去向毗湿摩本人求教。毗湿摩指示他们躲在束发身后杀死他。因为束发前生是女子，今生原来也是女子，后来与一个药叉交换性别才变成男子。毗湿摩认定束发是女子，发誓不与他交战。

第十天阿周那躲在束发身后，用箭射倒毗湿摩。双方战士停止战斗，聚集在毗湿摩周围。毗湿摩的身体并未着地，因为他满身中箭，像躺在箭床上一样，他让阿周那用三支箭支撑起他垂下的头。他说要一直躺在箭床上，直至太阳移到赤道北边。

德罗纳接替毗湿摩担任俱卢族统帅。在五天大战中，难敌的妹夫胜车杀死阿周那的儿子激昂。阿周那为儿子复仇，杀死胜车。迦尔纳杀死怖军的儿子瓶首。德罗纳杀死黑公主的父亲木柱王和毗罗吒王。

面对不可战胜的德罗纳，般度族采纳黑天的计谋：怖军杀死一头与德罗纳的儿子马勇同名的大象，高喊马勇死了。德罗纳听到喊声，询问素以诚实著称的坚战。而坚战欺骗他说马勇确实死了。德罗纳以为儿子真的战死，万念俱灰，放下武器，打坐入定。猛光趁此机会，砍下德罗纳的头。

迦尔纳担任俱卢族统帅。第一天双方都无重大建树。第二天沙利耶答应担任迦尔纳的御者，但在战车上不断辱骂迦尔纳，致使迦尔纳心慌意乱。在战斗中怖军摔倒难降，撕开他的胸膛喝血，为黑公主报了仇。迦尔纳在与阿周那决斗时，他的战车的一只车轮脱落，另一只陷入地下。迦尔纳请求阿周那遵守武士法规暂停战斗。而阿周那听从黑天指使，拒绝迦尔纳的正当要求，用箭射死了他。

沙利耶担任俱卢族统帅，大战进入第十八天。经过激战坚战杀死沙利耶。难敌收拾残军，由他本人担任统帅。但他挽救不了败局，俱卢族全军覆灭。难敌与怖军决斗，两人势均力敌，难卜胜负。黑天指使阿周那暗示怖军违反战斗规则，用铁杵猛击难敌腹部以下，打断难敌的大腿。怖军战胜难敌。

俱卢族马勇等三位战士会见垂死的难敌，发誓要灭绝般度族。难敌任命马勇为统帅。

夜间马勇等三人潜入酣睡的般度族军营，杀死包括猛光和黑公主的五个儿子在内的全部般度族将士。黑天和坚战五兄弟因不在军营而幸免于难。马勇向难敌报告夜袭成功的消息，难敌欣慰地死去。

本是同根生，相煎何太急，婆罗多的俱卢族在俱卢大战中失败了，它的另一支般度族取得了胜利。但是面对着尸骨如山、血流成河的俱卢之野，寡妇们在哀哭，坚战也陷入了深深的自责。垂死的老族长毗湿摩向他传授治国的训诫，不足以平息他的哀痛。为了告慰亡灵，坚战举行了盛大的马祭。

持国和甘陀利、贡蒂以及其他妇女访问战场。坚战五兄弟拜见持国和甘陀利。他俩先是充满愤怒，后来感情逐渐平息下来。阵亡将士的妻子们悲悼亲人。甘陀利诅咒黑天，认为他对这场大屠杀负有责任。应持国要求，坚战为所有的战死者举行葬礼。

面对大战的悲惨后果，坚战精神沮丧，后在众人劝说下登基。黑天陪同坚战五兄弟前往战场，请躺在箭床上的毗湿摩向坚战传授国王的职责。毗湿摩讲述了国王在正常时期和危急时期的职责以及摒弃世俗生活而获得解脱的方法。

尽管听了毗湿摩的长篇教诲，坚战的思想仍然不能平静。毗湿摩继续进行教诲，回答他提出的种种问题，安慰他的痛苦。随后毗湿摩离开了这个世界。

坚战为毗湿摩和迦尔纳之死深感内疚。毗耶娑劝告坚战说，消除一切罪孽的最好办法是举行祭祀。坚战同意举行马祭。阿周那跟随祭马漫游，征服祭马涉足的所有王国。一年后阿周那和祭马回到象城。毗耶娑选定吉日，正式举行马祭大典。至此关于战争的描写告一段落。

需要指出的是，《摩诃婆罗多》的主线故事情节尚属完整：有交代身世的开端、矛盾激化的发展、十八天大战的高潮和战后的结局，而且每一阶段都不乏扣人心弦的戏剧性冲突和紧张场面，如黑公主当众受辱，般度族在森林和摩差国历险，鏖战中毗湿摩、德罗纳、迦尔纳和难敌之死，持国和甘陀利俱卢之野吊丧等。但在以婆罗多族大战为核心内容的英雄传说中，插入众多的插话，其中还夹杂着大量非文学成分，构成区别于其他民族史诗的一大特色。从实际效果看，其中有些宗教、哲学、政治和伦理教诲，特别是《薄伽梵歌》，与史诗中心故事一样，也对后世产生了深远的影响，但这种影响并不是以文学为主。

25. 优美的古代伊朗神话

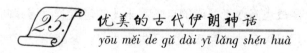

yōu měi de gǔ dài yī lǎng shén huà

作为亚洲文明古国的伊朗形成了体系较为完整的神话传说。

善恶二元论是伊朗神话的核心，那么善与恶、光明与黑暗的本源是怎样的呢？扎尔万教是这样解释善与恶的诞生的：最初的宇宙除了时空之神扎尔万外一无所有。他长着狮子般的头颅，全身被长蛇缠绕，自由自在地度过了悠悠岁月。一天他突然想要一个孩子，凝神祈祷后等待了整整一千年，仍然不见动静。“是不是祈祷无用呢?”他刚一怀疑，一对孪生兄弟就孕育了。一千年的虔诚期待造就了霍尔莫兹德，而瞬间的疑虑则产生了阿赫里曼。扎尔万许愿要把世界交给先出生的孩子，由他来开创天地。弟弟阿赫里曼一把撕开父亲的腹部，跳了出来。扎尔万看到这个乌黑秽臭的孩子非常失望，就在这时霍尔莫兹德在光明与芬芳中降生了。父亲喜欢瑞祥清新的次子，但因有约在先，只好让先出生的长子阿赫里曼先统治世界九千年，以后永远由次子管理。在交给次子象征着力量与威仪的绿枝后，扎尔万化入了茫茫的时空之中。

而琐罗亚斯德教的创世神话却把善与恶、光明与黑暗视为超越时空的永恒存在。在光明之神阿胡拉・马兹达创造万物之前，世界由三部分组成：从上到下依次是无边的光明国度、空虚国度、黑暗国度，中间的空虚国度把光明与黑暗分隔开。为了防备黑暗之神阿赫里曼的进犯，马兹达从无限中划出一万二千年作为光明与黑暗对抗的期限。在第一个三千年，光明之神创造了众神，光明与黑暗首次交锋，阿赫里曼被击退；第二个三千年，光明之神创造万物；第三个三千年，阿赫里曼进犯天地万物，光明与黑暗的混合期开始，琐罗亚斯德降生传教。第四个三千年，每隔一千年就有琐罗亚斯德的一个儿子降生。一万二千年结束后善最终战胜恶，人类重返光明。

在善与恶斗争的背景下，上演了开天辟地、创造人类的壮烈的一幕。阿胡拉·马兹达用语言呵退了阿赫里曼的第一次进攻后，从天边的光明中炼取了一团碳火一样的物质，把它泥塑成一个巨人，随后用它创造万物。巨人的头颅化为卵状的天穹，这里将是善与恶、光明与黑暗斗争的广阔战场。巨人的双足化为大地，大地包含在天空之中，像一只尚未孵化出的小鸡；大地的上半部适合万物的生长，下半部则没有生命的存在。巨人的眼泪化为水，有的渗入地下，有的化为云雾雨雪，最后所有的水都汇入南方浩瀚无边的法拉赫卡尔特海。巨人的毛发化为只有光秃秃主干的木，它孕育了无数花草树木的种子，流水和飞鸟把种子带到大地的各个角落生根发芽（一说植物的保护神莫尔多德在浩瀚的法拉赫卡尔特海育成了一棵含有大地上每一种草木种子的“万果树”。栖息在上面的凤凰展翅飞翔时，就把种子带到了四面八方）。巨人的右手化为一只巨大的白色母牛，它是大地上第一头动物，是所有动物的母亲。巨人的左手化为像太阳一样闪着金光的凯尤马尔兹——大地上的第一人，是人类的始祖。也有人说他是光明之神使大地女神斯潘多尔玛兹感孕而生。最后光明之神又把天火赐给人间，圣洁的火给万物带来了温暖与光明。

另一说法是：光明之神依次造了天空、水、地、木，用右手造巨牛，用左手造了尤马尔斯，牛和人都是以泥土造成。随后又把天空的明亮与澄碧化为牛与人的精液，使之能繁衍后代。第三个二千年到来时，恶魔阿赫里曼再次向光明进攻，恶与黑暗混入了善与光明之中，世界开始了长达六千年的混合期。阿赫里曼把悬浮在光明国度中的天空拉到了空虚的国度。他身上的黑暗染黑了天空和大地，荼毒着万物，把害虫、疾病和死亡投向人间。巨牛死了，从它倒在地上的躯体中长出了五十五种谷物、十二种草药，它的精液化为一道明亮的光辉为植物之神莫尔多德所得。莫尔多德又将它交给了月神莫荷，明月的光华为它注入了新的生命。它先幻化为一对公牛母牛，然后又化为二百八十二种成对的飞禽走兽。凯尤马尔兹暂时还活着，他在睡神的保护下安然入梦，还将延续三十年的生命。

阿赫里曼与众神激战了九十天后见无法取胜，就想逃回黑暗国度，但被天神新建的铁壁困住，无法再返回那里。他就在大地的北方、原先入侵的地方钻入地下，这里从此就变成了地狱，北方也就成为魔鬼的聚居之地。

当阿赫里曼钻入大地时，大地颤抖，群山便从大地深处长出。在大地的四周长出的是厄尔布尔士群山，中间是梯尔各山脉。在一场特大的暴风雨中，大地一分为七。中间一块是大地的中心，所以叫做“中州”，它的面积最大，约占大地的一半，伊朗就在此地。厄尔布尔士群山东西两面各有一百八十个小天窗，日月星辰每天从东方的一个天窗中进来，再从西方的一个天窗中出去。横亘在大地中间的梯尔各山脉挡住了太阳的光线，太阳照射东部地区时，西部处于黑暗之中；反之亦然。所以大地总有一半是白昼，一半是黑夜。

在古代伊朗人的心目中，人类赖以生存的大地并不是固定不动的。大地的下面有一条力大无比的负地之牛，它用一只犄角支撑着大地。它又骑在一条巨大的鱼背上，这条大鱼在无边无际的大海中游弋，从不知疲倦。但是牛却有累的时候，这时牛就会把大地从一只角上换到另一只角上，这时大地就会摇摆震颤发生地震。也有人说每到过年的时候，牛就要将大地从一只犄角换到另一只犄角上。人们往往在这一天把鸡蛋搁在平放的镜子上，观看鸡蛋因大地微微倾斜而滚动的情况。

三十年的期限到了，世上的第一人凯尤马尔兹也颓然倒地死去，他的身躯化为银铁铜锡等矿物，最宝贵的生命化为黄金，所以直到今天人们往往要以生命去换取黄金。他的精液滴落在地，大地女神斯潘多尔马兹敞开胸怀拥抱了它，日月的光华哺育了它，四十年后它终于幻化为一株双茎的大黄。不久大黄的双茎幻化成两个紧紧相拥的人形，最后变成了一个男人玛师和一个女人玛师亚娜。光明之神赋予他们的灵魂化人了他们的躯体，他们就是人间的第一对夫妻。这对夫妻在大地上生活了五十年后才结合，生下了一男一女龙凤胎，但他们却一人吃掉了一个孩子。阿胡拉·马兹达给他们注入了舐犊之情，以后就再也没有出现食子的惨剧。他们以后又生育了六双儿女，在一百岁时相继辞世。

他们的每一对儿女彼此结为夫妻，生育了许多子孙，并各自形成部落，一共传下二十五个部落。其中一对叫西亚马克和瓦萨格的兄妹夫妻，又生下了法尔瓦格和法尔瓦根兄妹，他们长大结合后生育了十五对孩子，以后这些孩子又结为夫妻，有了许多的孩子。由于生存空间比较紧张，这十五对夫妻组成的家庭各奔东西，寻找自己的居住地。其中有一对叫胡山和古则克的夫妻来到了伊朗高原，他们的后代便是伊朗人。

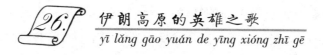

26. 伊朗高原的英雄之歌
yī lǎng gāo yuán de yīng xióng zhī gē

波斯人民是勤劳勇敢的民族，在历史上涌现了许多可歌可泣的英雄。听，从远古的回音壁，传来了一曲质朴清晰的波斯古代文化英雄的组歌。氏族英雄们以自己的智慧和勇气泽被天下，造福于民，关于他们的传说就汇成了高亢嘹亮的伊朗高原英雄之歌。

凯尤马尔兹的重孙、伊朗人的先祖胡山是火的发明者。他因用大量牛、马、羊向水神阿娜希塔献祭而获得了灵光，稳稳当当地统治着天下。一天胡山打猎时，见到一条口吐黑雾的黑色毒蛇向他爬来。他急忙拿起一块石头使劲向蛇砸去。石头没砸到毒蛇，却砸在地面的另一块石头上。两块石头相碰撞，激起四溅的火花。胡山发现了火的秘密，掌握了两石相击获取光明温暖的火种的方法。他激动地拜谢了光明之神阿胡拉·马兹达，把这奇异美丽的东西称为“圣火”。为了庆祝火的发现，当晚人们燃起篝火，欢呼雀跃。从此后每一年的这天晚上，人们都要在明亮的篝火旁载歌载舞，纪念胡山，欢度“圣火节”。这一天就是现在伊朗太阳历的 11 月 10 日。

有了火以后，胡山又学会了从石头中炼出铁来。他用铁制作出各种生产工具，如斧头、锯子等。他教人们开垦土地，播种粮食，灌溉农田，驯养动物，以动物的皮毛制衣，使人们的生活条件有了很大的改善。

胡山的儿子塔赫姆列兹首先学会了使用文字。胡山去世后，被他降服的妖魔鬼怪又蠢蠢欲动。塔赫姆列兹通过祈祷祭祀风神获得灵光，打败了妖魔。被俘的魔鬼匍匐在他的脚下求饶：如果能够活命，就把一件人类闻所未闻的秘密——文字告诉他。塔赫姆列兹非常好奇，答应了他们的条件。于是一下子他从魔鬼那里学到了包括波斯文、巴列维文、阿拉伯文、中文、罗马文在内的三十种文字。他随后传之于民，从此掀开了伊朗文明的重要一页。此外，他还教会人们如何利用鸟兽为人类服务：以羊毛织衣、以鸡禽为食、以驯鹰狩猎。

塔赫姆列兹还有一个空前绝后的壮举：设计猎获了头号恶魔阿赫里曼，把它变成驯顺的骏马骑在胯下，威风凛凛地巡游天下。威严丧尽的阿赫里曼并不甘心失败，一次他趁勇敢的骑士没有防备，把他掀翻在地，一口吞下了他。英雄的死亡真实地记录下人类在征服敌对势力的过程中付出的高昂代价。

在波斯传说中还有一位飞天的人——卡乌斯国王。他也是通过向水神献祭而获得了灵光的庇护。智能、体能非凡的卡乌斯一天突发奇想，要凌虚御风，飞登天界，与天神一比高低。他命人做了一个特制的宝座，在它的四条腿上绑上四根长矛，矛尖挂着四块新鲜的羊腿肉，并系上四条绳索。在绳索的另一端分别拴着四只一天没有进食的猛禽猎鹰。猎鹰急不可耐地扑向羊肉，但因绳子短够不着，它们只好拼命地向上飞，就把坐在宝座上的卡乌斯带上了蓝天。卡乌斯的大胆举动激怒了天上诸神，他们收回了卡乌斯的灵光，灵光便像麋鹿一样离开了他。于是正在云端飘飘欲仙的卡乌斯马上跌落下来。此时他尚未出世的孙子霍鲁斯的灵魂恳求天神网开一面，使自己将来能在人世上降生。这样卡乌斯从高空坠下后才免于一死。另一则关于卡乌斯登临天界的传说是这样的：他率领着队伍登上了位于大地中央的梯尔各山脉的最高峰，来到光明与黑暗的最终分界处，结果被众神击落到南方浩瀚的法拉赫卡尔特海中。

如果说卡乌斯的传说反映了人类升天飞翔的迫切愿望，那么有关扎姆士德（又译扎姆）国王入地的传说则反映了波斯人民更高层次的追求：获得区别于动物的理性与智慧，能动地驾驭自然。受命于光明之神阿胡拉·马兹达的扎姆士德带着灵光降生于大地，同时他还带来了两件天上的神器——金号和金鞭。在此以前，妖魔偷走了人类天性中最宝贵的智慧之光，失去了理性的人们像走兽一样听凭本能的驱使，混沌无知地活着。扎姆士德首先把在人间为害的“贪魔”打败，把他逼回地狱。然后单枪匹马独闯地狱，与众魔大战十三个春秋，历尽艰辛终于夺回了人类失去的智慧，把它交还给人类。人类才又重返知礼义、识法度的文明社会，过上了安康幸福的生活。

当扎姆士德统治天下的第三百个年头到来时，人类和动物的数量已增加了许多，大地显得拥挤不堪。这时扎姆士德又做了一件伟大的事情：扩展大地。他面对着南方，吹响了金号角，挥动着金鞭，向大地女神斯潘多尔马兹祈祷：“请助我一臂之力，将大地扩大吧！”他的声音刚落，大地就动了起来，接着向四边延伸，一下比原来大了三分之一。以后扎姆士德又在他统治天下的第六百、第九百个年头，两次把大地扩展了原来的三分之一，这样大地就比原来大了整整一倍，人类和万物就有了非常宽裕的生活空间，再也不用担心没有地方住了。有的传说则认为扎姆一次扩大了一倍，大地共扩大了三倍。

也许我们还记得在苏美尔—巴比伦、希伯来神话里灭世洪水中的救世方舟的故事。在波斯神话中也记载了一次灭世的大灾难及其救渡的过程，但它有很鲜明的独特性：灾难由滔天的洪水置换为肃杀的严寒，救渡的工具方舟也变成了地下的乐园、巨大温暖的城堡“瓦拉”（古伊朗语的“要塞”、“庄园”）。大灾出现前天界也向人间透露了信息，光明之神告诉扎姆士德马上到来的冰雪严寒将灭杀大地上的一切生命，所以务必在严寒到来前建造一个新的乐园，把红色的火种和从万物遴选出的最健康的种子移入其中。在扎姆士德为不知用什么材料建房而发愁时，光明之神告诉他应该用泥土，于是人类就在那时学会了打制泥坯烧砖造房。乐园终于造好了，它是一个方形的宫殿，四边都相当于一个跑马场的长度；中间有一个宽阔的水渠，岸边长满了芳草和美味的鲜果。在水渠的四周有许多高大雄伟的建筑，它们分为三层，可供人们居住，第一层居住三百人、第二层居住六百人，第三层居住一千人。乐园的顶部有许多像星辰一样明亮的小窗，也有一扇巨大的门户。扎姆士德按照神意引来了通红的火种，选好了一对对的物种以及健美纯洁的夫妻进入城堡。当一切准备完毕时，冰霜铺天盖地呼啸而来，扎姆士德关闭了乐园的大门，阻隔严寒。

乐园的门一关就是四十个冬天（有的传说是三个冬天），不过外面的一年实际上只是乐园中的一天，人类和动植物在这里平安地生存着，繁衍着子孙后代。严冬过去后，乐园的大门终于开启了，只见外面的世界一片死寂，风雪已经摧毁了所有的生命。幸存者告别了乐园，重回大地，重建家园，世界又恢复了盎然生机。波斯乐园的传说应该是伊朗高原艰苦的气候地理环境的反映，是对一场特大严寒灾难的记忆。它不是自然界的一片乐土，而是人工的封闭性建筑；它的职能已从人类无忧无虑的生存状态，变更为人类自救的有效工具。

此外扎姆士德还是酿酒技术的传播人。一年王宫的葡萄丰收了，扎姆士德命人把吃不了的葡萄榨成汁，存在大缸中。过了一些日子再喝时，苦涩的液汁难以下咽。国王以为毒物，加以封存。后来一宫娥身患重病，急欲求死，偷喝“毒汁”。谁料竟然全身舒服，病也奇迹般地好了。扎姆士德知道了此事，也亲自品尝发酵后的葡萄汁。他把味道醇美的汁液赐名为“药王”，并推广了酿制葡萄酒的技术。也许是对扎姆士德最早掌握酿酒技术的奖赏，他拥有了一只神奇的酒杯。在杯的内壁绘有天上二十七星宿及地上七大洲的分布图像，无论多么遥远的地方发生了什么事情，都会在此清楚地映现出来。它被人们称为“映世杯”，成为国王了解下情、行使政令的便捷准确的手段。

古代波斯人盛行胡麻崇拜，胡麻树在伊朗的神话传说中占有神圣的地位。胡麻树又称“古卡恩树”，它的奶白色的汁液具有一定的迷醉作用，通常也称作胡麻油，或苏摩酒，后代的学者根据它的读音与功用推测可能是罂粟。胡麻是一棵维系着人类复活希望的生命之树，因为它非常重要，光明之神派神鱼卡拉日夜保护着它，警惕恶魔阿赫里曼的破坏。在世界末日来临的时候，复活了的人们必须饮用一种无比芳香的琼浆，它是由胡麻树的白色乳汁与神牛油脂掺合在一起调制出的，这样才能获得永生。人类用胡麻树汁祭神，被看做是极其虔诚的举动，天神一定会高兴地接纳的，并赐给祭祀人一个好儿子。扎姆士德、法里东、戈尔沙斯帕、琐罗亚斯德等人的父亲都是这样做的，于是这些伟大的英雄就在世上降生了。

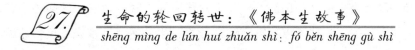

27. 生命的轮回转世：《佛本生故事》

shēng mìng de lún huí zhuǎn shì: fó běn shēng gù shì

在印度古代文学中有一部专门写出生的书，它就是佛教的经典《本生经》，还译作《佛本生故事》，同时它也是世界上最古老的寓言故事集之一。所谓本生，意思是有关出生的事，我国唐朝曾到过印度的义净和尚把它译做社得迦。于是有关佛的出生事迹，顺理成章地成了佛本生故事了，所以书名的确切含义就是释迦牟尼如来佛前生的故事。

古代印度人早就相信轮回转世，佛教更是提倡轮回说。按照佛教的说法，释迦牟尼在成佛以前，只是一个菩萨，还跳不出轮回，他必须经过无数次的转生后才能成佛。于是他忽神忽人、忽男忽女，或人或兽，或是万人之上的国王，或是一文不名的穷人，多次投生不同的凡身，每一次转生基本上便形成一个积德行善的故事，这就是所谓的佛本生故事的主旨。不过也有一些却不是他投胎转世的故事，而写他作为树神或其他旁观者观察到的某些现象，甚至在有的故事中他根本没有出过场。例如在《苍鹭本生》中，菩萨就不是直接参与者，而是作为树神出现的。故事描写了他目睹一只苍鹭欺骗池中鱼蟹，最后被机警的螃蟹识破的经过。

《本生经》现存五百四十七个故事（内有重复），收集在巴利文经藏《小尼迦耶》（又译《小部》）中，是其中的第十部经。全书佛本生故事分成二十二篇，每篇的故事多少不等。第一篇有一百五十个故事，每个故事有一首偈颂诗歌。第二篇有一百个故事，每个故事有二首偈颂诗歌。往后每篇故事越来越少，而偈颂诗歌越来越多，当然篇幅也就越来越长。第一篇开头的一些故事仅几百字，而第二十二篇的最后一个故事已达十万字以上，偈颂诗歌也多达七百余首。最后的几个故事已经不再是短篇故事，而是比较完整的诗文混合的中长篇小说了。

我们说佛教的《本生经》是世界上最古老的寓言故事集之一，是因为经书里讲述的所谓佛陀前生的故事，实际上绝大部分是古印度民间的寓言故事，后被佛教徒加工改造加以利用而已。尽管它们已被佛教徒收为已有并加工改造为宣传品，仍然没有丧失古代民间文学的风味。这些由古代印度人民创造的、长期流传的寓言童话故事，生动活泼，寓意深远，家喻户晓，深入人心。统治者看准了这一点，就把它们加以改造后，来教育自己的子女，如《五卷书》的立意。各教派也看准了这一点，都想利用它们来宣传自己的教义。婆罗门教、耆那教是这样，佛教当然也不例外，在佛教的经书和律书里都有这种情形。这就是同一个故事在不同教派的经典中、在许多故事集中，像《五卷书》、《故事海》、《益世嘉言集》等里面反复出现的原因。因此当我们看到《佛本生故事》中的很多故事时，都会有似曾相识的感觉，如《猴王本生》鳄鱼要吃猴王心脏的故事，《鹌鹑本生》中众多小动物联合起来战胜大象的故事。它们之间的区别在于，在《佛本生故事》的形形色色的角色中，有一个是佛陀转世；另外，书中的主人公除四分之一是动物外，大多数还是以人类形象出现的。

《佛本生故事》中的故事基本上都有一个固定的模式，每篇都由五个部分组成：一是今生故事，交代佛陀讲述前生故事的身份、地点及缘起；二是前生故事，讲述佛陀前生故事的具体内容；三是偈颂诗，穿插在散文叙述中，既有总结性质的诗，也有描述性质的诗，一般出现在前生故事中，有时也出现在今生故事中；四是注释解释偈颂诗中的词义；五是将前生故事中的角色与今生故事的人物一一对应起来。《本生经》中大多数故事都以这种模式写成，少数故事例外，它们之间的区别在于今生故事和前生故事中的主要人物或动物，是不是以菩萨的身份出现。相对来说，在每篇佛本生故事中，前生故事以及偈颂诗最为古老，文学性也最强。

如在《摩尼克猪本生》中，今生故事讲述的是一个比丘受一个少女引诱，佛陀得知后告诫他说：她是你的祸根，甚至在你前生，你就成了她结婚筵席上的佳肴。佛陀接着讲述前生故事。菩萨曾转生为一头牛，名叫大红。其弟名叫小红。兄弟俩干了家中牵引拖拉等所有的重活。主人的女儿即将结婚，喂养了一口名叫摩尼克的猪。小红问大红：这家重活都是咱俩干的，主人只给我们稻草麦秸吃，而这口猪却吃牛奶粥，它凭什么得到这样的优待？大红安慰小红说：主人是为给女儿办喜事才喂它牛奶粥的。不久，主人宰杀了摩尼克猪，做成美味的咖喱肉，献给庆贺婚礼的客人吃，小红终于明白了摩尼克猪享受的结果。在叙述这个故事当中，佛陀念了一首偈颂：

勿羡摩尼克，它吃断头食；
嚼你粗草料，此乃长命食。

这首偈颂下面有一连串词义注释。故事的最后部分是对应，即佛陀指出前生中的摩尼克猪是现在这个受诱惑的比丘，主人的女儿是现在这个少女，而小红是阿难（佛陀的弟子），大红是佛陀本人。

从同类题材的汉译本纷繁众多的情况可以推测，当时应有很多种集子流传。7世纪唐僧义净在他的《南海寄归内法传》卷四里，记载印度和南海（东南亚）见闻：当时印度的戒日王要求臣下献出文学作品，一次得到五百册之多，而且几乎都是社得迦，也就是用佛本生故事做题材的作品。由此可见，佛教徒制造本生故事，数量庞大，内容浩繁，并且还有不少的本生故事没有收入《佛本生故事》。仅就集入书中的五百多个故事来看，也是长短悬殊，内容驳杂，其中有寓言，有童话，有短篇奇闻逸事，有笑话，有滑稽故事，有短篇小说，有伦理故事，有箴言，有圣徒传记，思想性和艺术性相差也甚多。绝大部分的故事都与佛教毫不相干，有的甚至尘俗味十足。但是佛教徒却不管这些，他们只管把现成的故事拿过来，按照上述固定的模式进行改造加工，给每个故事加上头尾，再把故事中的一个人、一个神仙或一个动物指定为佛陀的前身，并以偈颂诗点出佛家要说明的主旨，一篇本生故事就算是制造成了。一般来讲，故事中的善人善物就是佛陀的前身，是个菩萨，而恶人就是佛的敌人，其他重要人物就是佛的弟子、信徒、妻子、儿子等。不过这些故事毕竟是经过加工的，不仅思想上按照佛教要求改造过，艺术上也往往显出加工的痕迹。

《佛本生故事》采用韵散结合的文体，主要是散文，里面夹杂一些偈颂诗句，风格质朴，语言通俗，幽默生动，易懂易记。在古代印度，诗歌与散文相结合是最受人欢迎的讲故事的形式，早在吠陀文献中就有如此的传统。佛教经典是佛教徒用来宣扬佛教教义的工具，因而为了吸引广大民众，阐释佛教教义的人当然也不会放弃这种效果良好的方式。从《本生经》受欢迎的情况来看，它的确是佛教宣传的锐利武器。后来收入大藏经的时候，只收了诗歌这一部分。诗歌固然也有连续成为故事的，可是也有不少的诗歌，如果没有散文叙述，就可能不知道其所指的确切含义。因此佛教僧侣就只好根据自己的理解又用散文加以补充。于是在巴利文《佛本生故事》中，常常出现诗歌与散文前后不一、互相矛盾的情况，而诗歌的语言总是显得比散文古老。既然佛教徒常常采用韵散结合的形式，用通俗的故事、生动的譬喻来阐发教理，那么佛经中含有文学因素或带有文学色彩就成了很自然的事情。佛经中最具文学性的作品除《本生经》外，还有《百缘经》、《天譬喻经》、《妙法莲华经》、《贤愚经》、《杂宝藏经》、《百喻经》等。

以《本生经》为代表的佛教文学作品的成就主要表现在如下两个方面：一是其中描写了城市社会的各方面生活，尤其是中下层人物的活动，具体反映了时代的部分面貌和古代印度人民所崇信的几种基本道理，最主要的是和平、牺牲、慈爱、诚信、忍让、平等、无私、克制贪欲、禁戒残暴等。二是发展了梵书、奥义，书里已经出现的诗文并用的文学形式，以及同样流行很久的用譬喻说理的诗歌体裁，表现出较高的语言艺术水平，朴素中透出哲理，单纯中含有深邃，有的故事可以算是很精致的艺术品。如果除去其宗教附会的部分，可谓精彩纷呈、沁人心脾。前一方面是这类作品的一个重要成就；后一方面虽然是史诗等许多作品的共同特点，但是佛教作品具有自己的独特风格和内容。

如果想要品味来自古代印度民间的质朴与智慧，窥视佛教教义，了解当时的社会，那么就去读读这本关于出生的故事吧！

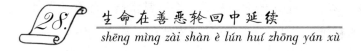

28. 生命在善恶轮回中延续

shēng mìng zài shàn è lún huí zhōng yán xù

佛本生故事是以讲述菩萨如何转生为主，因此几乎每篇故事都不同程度地歌颂佛陀的智慧、知识、英明、悟性、道德、胸怀、情操、魄力，歌颂他所具有的广大神通和奇异的力量。如《真理本生》中的转生为商队队长的菩萨，以自己的智慧带领商队走出五种险境，并高价卖掉货物返回故乡。再如《芦苇饮本生》中转生为猴王的菩萨，他以神异的力量使芦苇节打通，八万猴子以芦苇为吸管饮到有水妖看管的莲花池水。

谴责抨击统治者的残暴荒淫，一定程度上肯定铲除无道昏君的举动。《月亮紧那罗本生》中说到一对紧那罗小神夫妇，男紧那罗就是菩萨转世。在一个皓月当空的夜晚，这一对小神正快乐地歌舞。有一个国王看见女紧那罗生得美貌，心想如果他把男紧那罗射死，就可以占有她了。于是他悄悄射杀了那男紧那罗，却没有能如愿以偿。女紧那罗大声呼救，帝释天下凡救活了男紧那罗。故事谴责了破坏一对情侣幸福美好生活的邪恶的国王。《精通脚印青年本生》中讲述了一个由菩萨转世的少年，从一个母夜叉那里学会了一种特技，能够在丨二年内，辨认出任何人走过留下的脚印。国王和祭司偷了王宫里的珍宝，企图嫁祸于人，叫他去找。他找到了珍宝，但没有明言认出的是谁的脚印。在国王的一再追问下，他只好点明，老百姓愤怒地谴责国王无道，起来打死了国王。

宣扬以弱胜强、以小胜大的团结斗智原则。在这类故事中，菩萨往往转生为某一小人物或弱小的动物，而最后压迫者、欺骗者往往没有好下场。如《猴王本生》中转生为猴王的菩萨，每次都要跳到一块石头上才能再跳到水中岛上。一条鳄鱼想得到猴王心上的肉，就伏在石头上等机会，猴王依靠智慧战胜了它。又如《鹌鹑本生》中转生为象王的菩萨，对待小动物非常仁慈。而一头傲慢的大象随意踩死小鹌鹑。于是老鹌鹑为复仇联合了乌鸦、苍蝇和青蛙。乌鸦啄瞎了大象的眼睛，苍蝇在那儿产了卵。被蛆虫折磨得焦渴难耐的大象在找水喝时，被青蛙引向悬崖，跌落山下而死。《齐心协力本生》中讲一大群鹌鹑，有些常常被猎人撒的网罩住。后来菩萨转世的鹌鹑王告诉大家，一旦被罩住了，要齐心协力向一个方向飞，然后落在树上，这样就可以摆脱罗网。这个办法确实有效，可是后来它们中间发生内讧，不齐心了，各行其是，结果被罩住后无法逃脱。这是教人要团结一心对付逆境。以上寓言故事实际上是人间社会一幅幅生死斗争的图画。

《苍鹭本生》中讲的是有一天，苍鹭对池中的鱼儿们说，池水日益浅了，它们将面临危险。不过它可以把它们叼到大池塘去，逃脱苦难。鱼儿们开头也想到，自从开天辟地时起，苍鹭就不会为它们操心，只不过想吃它们。后来，它们被苍鹭的花言巧语迷惑了。苍鹭一再表白如果不相信它，它们可以推举一条鱼作代表，它可以叼它到大池塘去看，然后安全地把它送回，果然这一着有效，被叼去又被叼回来的鱼儿代表证实既有大池塘，又来去安全无恙。于是它们让苍鹭一只只叼走，苍鹭叼走一只，在远处吃掉一只，再回来叼另一只，结果鱼儿就这样被吃光了。最后剩下一只螃蟹，螃蟹有心计得多，它有点怀疑，它不让苍鹭用嘴叼它，而是用两支大腿钳住苍鹭的脖子。当苍鹭故伎重演时，螃蟹看到了成堆的鱼骨，这证实了它的怀疑，于是它用它像两把尖刀的大钳夹断了苍鹭的脖子。这个故事教人识别伪善的恶人，想方设法制服恶人。

肯定知恩必报，反对恩将仇报的道德原则。《有德象本生》中，菩萨投胎为一头有德象，它不与那些有破坏行为的象为伍。它搭救过一个迷失在森林里的人。这个人得救后不思报答，反而一而再、再而三地找他的恩主，锯它的象牙卖钱。第三次是要锯它的牙根了，这时山崩地裂，这个人坠入地狱里。又如《宽心本生》中说在森林里有一头象的脚被木刺所伤，溃烂了，伐木工人治好了它的伤。它为了报答伐木工而给他们干活，后来还把儿子小象叫来供他们驱使。小象被国王接走，国王去世后留下了个遗腹子宽心，宽心即菩萨转生。这时外国入侵，在危难关头，小象击退了敌人的进攻，报答了伐木工人和国王的厚恩。

在《箴言本生》中说有一个万人痛恨的凶狠残暴的王子。有一次他要随从们陪他到河里洗澡，被随从们推入河中心。他侥幸抓住了一截枯木，枯木上还有一条蛇、一只老鼠和一只鹦鹉，后来他们都被菩萨转世的苦行者救起。苦行者先照料了三个濒死的动物，然后才照料王子，王子怀恨在心。在其他三个动物报答苦行者时，王子当了国王后恩将仇报，要把苦行者抓来准备砍掉他的脑袋。老百姓明白真相后用武器处死了国王，忘恩负义的王子得到应有的报应，而菩萨在转生为国王以后仍与三个动物和睦友爱地生活在一起。

倡导平等博爱的互助原则。《尸毗王本生》说尸毗国王施舍自己的一双眼睛给帝释天乔装打扮的盲人婆罗门。尸毗国王是菩萨转世，他慷慨好施，不仅施舍身外之物，而且宣布可以施舍身上的任何部件，包括他的心、血、肉、眼睛等。帝释天知道后为了考验他，扮作双眼失明的婆罗门，向他要求施舍一只眼睛，而他便把自己的一双眼睛挖了出来，给了失明的婆罗门。后来帝释天运用神力，给了他一对慧眼。这种故事反映了婆罗门的一种理想，或者说是老百姓对理想国王的期望。

提倡经商发财，合理致富的价值原则。佛教重视种姓平等，尤其得到吠舍种姓的支持。吠舍主要从事手工业和商业，他们在政治和军事上无力与婆罗门和刹帝利抗争，于是就将自己的聪明才智完全用于商业活动中。所以，佛本生故事中有许多描写的是经商题材，充满浓厚的市民商业气息。如《真理本生》、《小商主本生》、《奸商本生》、《果子本生》、《伊黎萨本生》等。这些故事中的商人，有的冒险经商，大智大勇，获利而归；有的指导他人，由穷变富；有的唯利识图，受到惩罚等等。可以说，他们就是阿拉伯商人辛巴达、英国商人鲁滨逊的前辈。

特别需要强调的是，在《佛本生故事》中不是所有故事中都有菩萨转世，也不是所有菩萨转世的人或动物都是善者，很有些金无足赤、人无完人的辩证法的味道。在《夹竹桃本生》中菩萨投胎成为举世闻名、力大如象的大盗。他被判死刑后，妓女莎玛用一个嫖客换回了他。可是他竟弄昏毫无戒心的痴情莎玛，贪恋地掠走了首饰细软。过后他还装作诲人不倦的智者，在偈颂诗歌中美其名曰：此乃远避轻浮薄情的刀斧，以免日后妓女用自己的生命去换她更喜爱的人。此话传到莎玛耳中，她后悔不已，只得重操旧业。《苏松蒂本生》中菩萨转世为大鹏鸟，他幻做人形后去和国王下棋，回来时带走了王后。后来王后又与他人私通，大鹏鸟就将她送回。这类故事的本义应该是肯定菩萨了悟到女子的无信、女色的危害，但他的具体做法的确有损佛祖光辉形象。最后适得其反的效果，也许是故事的编纂者始料不及的。

当然，由于阶级和时代的局限，加上宗教的刻意附会改编，本生故事的思想内容自然也就比较复杂，甚至也有前后矛盾的观点。有一些故事宣扬逆来顺受、容忍退让；不加区别地反对杀生，赞扬无原则的牺牲精神；诬蔑轻视妇女；最突出的是鼓吹因果报应的宿命思想，因为整部作品就是建立在因果报应轮回论的思维模式上的。以上思想糟粕在流传过的过程中，必定会造成恶劣的消极影响。

29. 迦梨陀娑创作的神话
jiā lí tuó suō chuàng zuò de shén huà

迦梨陀娑是古代印度最伟大的诗人、剧作家、梵语古典文学大师，他的作品历来是学习梵语的人的必读书目。然而在我们欣赏着他博大精深的著作时，也会不无遗憾地感到，我们对这位大作家了解得太少了。像古代印度其他作家一样，迦梨陀娑也没有确切的生平资料流传于世，对他的一些解说大都属于猜度。一般认为他大概生活于笈多王朝旃陀罗笈多二世在位的前后一段时期，是公元 330 年至 432 年。

迦梨陀娑的《云使》是印度的第一首抒情长诗、梵文古典文学的杰作。在它问世以后，又出现了许多模仿性的作品，如《风使》、《鹦鹉使》等。

《云使》的抒情主人公是一名药叉，他是财神俱比罗的奴仆，住在北方的阿罗加城。在印度人的眼中，财神虽然很有钱财，但不管人间的贫富，与我国的财神有较大的区别。药叉是半人半神的小神仙，他们还叫罗刹、夜叉，后两个称呼随佛经传入我国已变为妖怪的代名词，其实罗刹虽凶，但并不一定是妖；夜叉介乎神与妖之间，有些夜叉很像人，他们住在雪山（湿婆的神山盖拉莎山——西藏的冈底斯山）上伺候财神。既然我们已习惯把夜叉视为贬义词，所以还是把这个小神仙称为药叉为好。

八个月前药叉因为怠忽职守，受到主人的诅咒，忍受离开爱妻的痛苦，被贬谪一年，流放到南方树木茂密的罗摩山森林中，忧伤地消磨孤独难耐的时光。当值雨季来临的七月，他看到了一片飘向北方的雨云，多情的药叉恳求它作为自己传递感情的使者，带去对娇妻的深切怀念，并带回爱人平安温馨的回音，“来支持我的已如清晨茉莉花般的脆弱生命”。

这首抒情长诗实际上就是由雨云传递的缠绵悱恻的诗体两地情书，同时也是一曲炽热深沉、健康纯真的爱之歌。财神的无情决定是造成这对恩爱夫妻别离的外在原因，“谁还能遗忘远别的妻子，除非他也像我一样隶属于他人”，身处逆境的药叉热烈的爱情剖白，表现出他倔强的性格和旺盛的生命力。诗章既没有浮生如梦的悲音，也没有及时行乐的慨叹，药叉以爱情之火和生命之火锤炼出的渴求爱情、渴求生活、渴求生命的诗篇，明显区别于穷酸文人自作多情、苍白无力的无病呻吟，给人以积极乐观、沁人心脾的美好享受。

《云使》分为《前云》、《后云》两篇，一百一十五节（颂），每节四行，总计四百六十行。其中《前云》六十三节，写药叉嘱托云使传情，详细告诉它通往自己家乡的路途，并以鸟瞰的视角写雨云的行程。《后云》五十二节，写药叉向已到达阿罗加城的雨云描述如何找到他家的住宅，代它向深闺幽居的妻子倾诉衷肠，最后向完成了传递任务的辛劳的云使致以由衷的感谢和祝福。

那片企盼已久的雨云飘浮过来了，羁留在他乡的药叉马上采集来芬芳的野茉莉献给吉祥的云彩，以甜蜜的语言热烈欢迎它的到来，真情切切地恳求这位“焦灼者的救星”能为自己捎去一份思妻之情。于是浸透了药叉浓浓情意的雨云又顺风飘移上路了，这条路不仅是用鲜花绿树铺成的，更是用药叉对妻子的深切的爱铺就的，它是一条情感四溢的爱之路。

多情的药叉对能消解他内心忧愁的云使也给予了体贴入微的关怀，嘱咐他：“旅途疲倦时你就在山峰顶上歇歇脚，消瘦时便把江河中的清水来饮一饮”，这样“风就不能轻易将精力充沛的你戏弄”。雨云顺着药叉绘声绘色的描述指引，翻越了无数的高山峻岭，跨过平原大川，穿过名城重镇。它时而空灵秀逸、时而凝重丰厚的身姿映衬出印度秀丽壮美的自然风光。

当雨云终于来到了药叉的家乡后，找到了药叉久别的家园。这里美丽的大门像彩虹，小曼陀罗树迎风起舞，池塘中金莲花摇曳、白天鹅戏水，院落中小山青绿、鲜花盛开。在如此美丽的佳境中住着一位更美丽的佳人，她是药叉的“第二生命”。

药叉想象孤寂忧伤的妻子这时已是“为伊消得人憔悴”了，“如霜打的荷花姿色大非昔比”，“像东方天际的只剩下一弯的纤纤的月亮”。

体贴的夫君虽然急于让爱妻知道自己的音讯，但又害怕吓着可怜的人儿，所以嘱托云使一定要轻轻地登堂入室，更不要打扰她难得的睡眠，然后轻轻地把她唤醒。

这时善解人意的云使可以赶快向已退了臂钏的瘦美人转达远方丈夫的一样的情思和惆怅，还有那由相思酿就的更为深沉的爱。

远方的药叉的幸福时光只是梦中甜蜜的空幻，在梦乡中拥抱俊眼的佳人。

无限的相思化为无限的惦念，闭着眼睛共挨余下四个月的漫长时光，他们都知道“在热泪中度过的孤眠之夜却分外悠长”。但为了幸福的重逢，还是强忍悲伤道一声珍重：“我虽辗转苦思却还能自己支撑自己，因此，贤妻啊！你千万不要为我担心过分。”最后药叉以己度人，把他认为最美好的祝福送给了已是好友的雨云：“但愿你一刹那也不和你的闪电夫人分离。"

这就是迦梨陀娑用他的心血孕育的生机盎然的雨云，永在的云使，给每个时代焦灼的生命送上清爽的蒙蒙细雨，滋润着渴求的一切。

迦梨陀娑的七幕剧《沙恭达罗》不仅是他最重要的代表作，也是印度文学珍品。印度人民对它怀有极为深厚的感情，除了作品本身的吸引力外，还有一个原因就是国王豆扇陀与净修林（森林道院）之女沙恭达罗所生的儿子婆罗多，就是传说中最古老的伟大皇帝转轮王。

《沙恭达罗》在印度有几个内容大致相同的传本，共七幕，登场人物近四十个，大约有二百首诗歌。王族仙人桥尸迦修炼期间，天神派弥那迦天女前来破坏，于是就有了这个女儿。大概是父亲因为损失惨重，迁怒于孩子而把她遗弃，这样她沙恭达罗就成了干婆仙人的义女。仙人们不一定都要一辈子独身，可以娶妻生子，只是避开修炼期即可。不仅自我修行的仙人们如此，传道仙人及其所接纳的道院弟子也可以有婚姻世俗生活，师徒双方都没有外界强加的终生禁欲的严格要求。英俊的国王豆扇陀外出打猎，无意中走进一片净修林，巧遇清纯可爱、秀色天成的沙恭达罗，她是王族仙人桥尸迦与天女弥那迦的女儿、净修林干婆仙人的义女。两人一见钟情，互相爱慕，以干闼婆方式结合（详见下一节）。

婚后国王启程返京，临别时将刻有自己名字的一枚戒指送给她作为信物。沙恭达罗因思夫心切，心不在焉。沙恭达罗完全沉浸在对刚刚离去的豆扇陀的思念中，一点也没有注意到路过净修林的大仙人达罗婆娑，而这位仙人又是位度量不大、爱生气的人。沙恭达罗的无意轻慢竟然气得他大发雷霆，"连迈步都有些蹒跚"，严厉的诅咒从他的口中涌出："啊！你怎么竟敢看不起我这个客人呀！你心里只有你那个人，别的什么都不想念，我这样一个有道的高人来到，你竟然看不见。你那个人绝不会再想起你，即使有人提醒他，正如一个喝醉了的人想不起自己做过的诺言。"在沙恭达罗女友的千般哀求之下，他才留了一点余地："我的话既然说出去，就不能不算数。但是只要她的情人看到他给她的作为纪念的饰品，我对她的诅咒就会失去力量。"外出朝圣的干婆回来后很赞同义女的选择，派人护送怀有身孕的沙恭达罗去京城寻夫。因仙人的诅咒国王果然不再认识沙恭达罗。她想用戒指唤起国王的记忆，却发现珍贵的信物已经丢失。她愤而指责国王的无情无义。就在沙恭达罗走投无路之际，一道形似女人的金光闪现，沙恭达罗的生母把她搭救到天上去了。后来一个渔夫在一条鱼肚子里发现了那只戒指，豆扇陀见到它恢复了对沙恭达罗的记忆后，就一直犯着"沙恭达罗病"，沉浸在无比的悔恨和思念之中，尚无子嗣的他更牵挂沙恭达罗腹中的生命。这时他接受天神因陀罗之请来到天界，战胜了恶魔阿修罗。归途中他意外地在仙山遇到了儿子婆罗多，并找到了失散的沙恭达罗，一家人团圆返回京都。

印度伟大的戏剧家迦梨陀娑的代表剧作除了前面的《沙恭达罗》外，还有《摩罗维迦和火友王》以及《优哩婆湿》。他的剧本都是与宫廷有关的爱情戏，男主角均是帝王，女主角分别是天女、半人半神的女子和高贵的公主。

五幕剧《摩罗维迦和火友王》（或简称《摩罗维迦》）中的女主人公摩罗维迦公主与火友王有婚约，她在哥哥的护送下去火友王的宫廷，半路上遭耶贾耶王的袭击，哥哥被俘。陪送大臣带着自己的妹妹骄希吉和摩罗维迦公主混在商人的队伍中得以逃脱。但不幸又遇强盗，大臣被杀。两个女子沦落到了火友王的宫廷，大臣之妹做了尼姑，公主做了女奴。摩罗维迦的绝色美貌吸引了火友王，摩罗维迦也爱上了国王。王后心生妒意，把摩罗维迦打入地牢。火友王闻讯后救出了公主。这时国舅打败了耶贾耶王，从俘获的两名歌伎——公主原来的侍女那里得知摩罗维迦的真实身份。最后火友王与公主成婚。摩罗维迦虽贵为公主，但她在离乱中的遭遇也反映出普通人的辛酸。剧本的戏剧性较强，对白也有机警之处，不过诗意不浓，只含有九十六节诗，在三部戏剧中它的质量较低，有人认为它是迦梨陀娑的早期作品，技巧还不成熟；有人甚至认为它不是迦梨陀娑的剧目。

在迦梨陀娑的剧本中，《优哩婆湿》的成就仅次于《沙恭达罗》，也是备受推崇的名作。它还有一个译名《广延仙女》，前者是音译，后者是意译，如果是全文意译应是《勇健赢得了广延仙女》。

绝色美女优哩婆湿是天神因陀罗宫中的一名歌伎，她是“饰品中的饰品”，是爱神手中第二件能使人立即丧失知觉的武器，因陀罗常派她下凡去破坏仙人的道行。补卢罗婆娑是月亮的后裔、人间英俊的国王。一天，国王从恶魔手下救出了被劫的优哩婆湿，两人一见钟情。优哩婆湿因要赶回天宫参加演出，他们只得依依惜别。国王回到宫以后朝思暮想，忧伤不已。优哩婆湿在天上也是念念不忘，于是邀请女友做伴，偷偷来到了国王的后花园。她先用隐身术藏起来，偷听到国王对丑角所说的思念自己的话，她在贝叶上写了一首炽烈的情诗馈赠：“我的身子虽躺在可爱的珊瑚树下，乐园里的微风却吹得我浑身如焚。”当她收起隐身术与国王互诉衷肠时，因陀罗又派人让她回去演出，她只得怏怏而返。

在演出时她因思念情郎，错把剧中人物的名字念成国王的名字。她的师傅一气之下发出了诅咒，把她罚出天庭。这时倒是因陀罗发了慈悲，给她留下一条后路：假如她的丈夫能够看到亲生儿子的面孔，她就能重返天界。失去了天籍的优哩婆湿因祸得福，获得了与情人相聚的机会，她高高兴兴地下凡，与国王过着甜蜜的生活。王后一开始嫉妒不满，后来也只得无可奈何地忍气吞声，以至曲意奉承了。优哩婆湿生下一子，立即送到净修林女苦行者家里抚养，以免父子相见后自己就得返回天庭。

有一天优哩婆湿与国王出游，因国王总是盯着一位仙人的美丽的女儿，优哩婆湿妒意大发，忘记诫令，误入鸠摩罗不允许女人进入的无垢林，变成了一株藤蔓。国王看不到她，愁绪万端，四处访寻，先后向孔雀、杜鹃、蜜蜂、大象、大山、河水等倾吐自己的思念，并询问优哩婆湿的下落，但都没有音信。描写寻妻的绚丽多彩的诗句也是印度文学的珍品。最后他偶然捡到一块“雪山女儿脚下的红漆”——团圆宝石，用它触及了那棵藤蔓，优哩婆湿立即恢复了人形，他们高兴地回了宫。一只老鹰把那块红宝石当做鲜肉叼走了，而后又被一位少年用箭射了下来，他就是寄养在外的优哩婆湿的儿子阿优娑，一家三口因此相见。优哩婆湿又喜又悲，高兴的是与久别的儿子相见，悲伤的是马上要与丈夫诀别。国王闻言悲伤得也要出家。这时因陀罗派那陀罗仙人下凡告诉他们：天界还需要国王出力，万万不可出家而放下武器，因此特许优哩婆湿继续留在人间，与国王白头偕老。神界也放她走出禁区，天界改变了她的既定命运，全剧在皆大欢喜的气氛中落下了帷幕。

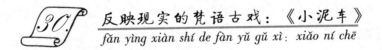

30. 反映现实的梵语古戏：《小泥车》

fǎn yìng xiàn shí de fàn yǔ gǔ xì：xiǎo ní chē

《小泥车》是印度著名的梵语古典戏剧，它反映了古代印度城市人民的斗争和生活，歌颂了牧人领导的推翻暴君统治的运动，具有鲜明的政治色彩和深刻的现实意义，不仅在印度文学史上占有特殊的地位，同时也是世界文学史上最早表现人民起义斗争的优秀作品之一。

《小泥车》的作者是首陀罗迦，尽管这是一位才华横溢的戏剧作家，但是和许多古代印度作家的命运一样，并没有留下多少生平创作的可靠资料。

十幕剧《小泥车》全剧故事集中在五天之内，脉络清楚，结构严密，故事情节如下。

暴君八腊王统治下的优禅城有一个年轻美貌的少女春军，不幸落入娼门。她有心从良，爱上了穷商人善施。国舅蹲蹲儿仗势欺人，玩弄女性，公然在大街上调戏春军。春军为躲避蹲蹲儿的凌辱逃到善施家中，有意将首饰盒交给善施保管，作为将来相见的因由。第二天，善施原来的按摩师因无力偿还赌债被赌场老板殴打，逃到春军的住处。春军慷慨解囊，替他还清赌债。按摩师感激不尽，决心痛改前非，削发为僧。

出身于婆罗门的夜游爱上了春军的婢女爱春，为了替她赎身，偷走了春军寄存在善施家的首饰。当夜游拿着首饰找爱春约会时，被爱春认出，她让夜游以善施的名义送还给春军。春军在暗处听到他们的对话，应允了二人的婚事。此时突然传来义军首领阿哩耶迦被八腊王捕获的消息，夜游与他原是好友，为了友情他抛下未婚妻爱春，立即去找义军营救阿哩耶迦。

在一个风雨之夜，春军来到善施家中，揭开了首饰盒被盗之谜，两人共享鱼水之乐。

阿哩耶迦被夜游搭救出狱后，正好遇到善施派人接春军的车子，他坐车逃出城外，见到正在等春军的善施，两人结为患难朋友。善施命人替阿哩耶迦砸掉铁链，并用自己的车子护送他脱离险境。而春军却误上了蹲蹲儿的车子。蹲蹲儿意外地得到了春军，大献殷勤，强欲求欢，遭到拒绝后恼羞成怒，竟将春军活活勒死。他又恶人先告状，诬陷善施谋财害命，善施家又恰好有春军的首饰。于是善施被八腊王判处斩刑。

在善施行刑之日，僧人与被救活了的春军赶到，揭露了蹲蹲儿的罪行，救下了善施。同时阿哩耶迦领导的奴隶起义军打进城来，处死恶贯满盈的八腊王后登上王位。夜游来到刑场颁布新君的赦令，封善施为王爷，春军为夫人，有情人喜结良缘。

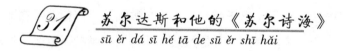

31. 苏尔达斯和他的《苏尔诗海》
sū ěr dá sī hé tā de sū ěr shī hǎi

在印度印地语文学中，有形派黑天支的虔诚诗人苏尔达斯占有重要的地位。关于作家的生平事迹并没有确切的记载。据说他大约生活在15世纪七八十年代至16世纪七八十年代，出生于婆罗门家庭，也有人认为他出生于民间歌唱艺人之家。他自幼爱好音乐，常常抚琴而赋。在青年时代他曾长期出家，喜爱吟诵《薄伽梵往世书》中关于黑天的诗歌。据《毗湿奴教派八十四位诗人轶事》记载，苏尔达斯拒绝了皇帝邀请他做宫廷诗人的提议，始终做一位民间歌手。苏尔达斯是个盲人，关于他的失明有先天和后天失明之说，苏尔达斯后来成了行吟盲诗人和盲人的代名词了。

苏尔达斯的《苏尔诗海》主要叙述了黑天的如下事迹。

黑天的生父富天是雅度族国王猛军的臣子，生母提婆吉是猛军的侄女。他们受猛军的儿子、黑天堂舅刚沙的迫害，被关进牢房。原来身为小暴君的刚沙篡夺父亲的王位后，曾得到天启：他的外甥将置他于死地。于是他将富天和提婆吉囚禁起来，以便等外甥一生下来就可以轻易地斩草除根。

黑天在牢房里出生后，由于他是大神毗湿奴的转世下凡，生父富天得以从容地走出牢房，连夜把刚出生的婴儿黑天送到牧区牛庄的一户牧民家。是夜，牧民夫妇难陀和耶雪达刚好也添了一个孩子。第二天早晨他们在床上发现了黑天，以为就是自己的儿子。其实耶雪达在夜里生的是一个女婴，被富天换走后交给了刚沙。这样黑天在养父母的抚育下，作为一个牧民的儿子长大了。黑天还有一个哥哥叫大力（或持犁）罗摩，他的出生颇为奇妙，原为提婆吉怀胎，后转胎到富天的另一个妻子卢醯尼的腹中，由她生出。在史诗中有的地方说他是大神毗湿奴的化身，有的地方说他是在大海中托负毗湿奴的大蛇的化身。

黑天和大力罗摩在牧区成长为天真活泼的孩童。刚沙后来得知他要除掉的外甥还活在牧区，曾多次派妖魔来杀害黑天，但是一个个都被小黑天置于死地。甚至神王因陀罗也出于嫉妒之心，想教训黑天。他派了雷雨之神在牧区连下了七天七夜的暴雨，可是黑天却手托大山维护了牧区人民的安全。皮肤黝黑的黑天成了一名牧童，他头戴孔雀翎做的王冠，脖子上戴着野花做的项圈，或者珠子串成的项链，耳戴大耳环，腰间穿着黄色裤衩，背上披着披肩，手拿短笛和牧鞭，身上涂着檀香末，赤着脚活跃在牧场和森林中。他成了牧童们的好友和同伴，也成了牧区女子们所爱的对象。他和她们游戏，跳舞。他在牧区生活了十六年后，刚沙把他和大力罗摩召到京城，想乘机谋害他们。结果黑天杀死了这个作恶多端的暴君，从监牢里放出生父和生母，并让被废黜的老王猛军复位。自从黑天离开牧区后，牧区的人民，特别是他的养父养母，牧童牧女都很怀念他。在他们的心里，黑天仍然是顽童，是放牛娃，是调皮捣乱的小淘气，是多情风趣的少年。黑天也怀念牧区的父老兄弟，他曾派使者来劝慰他们。后来他又到多门岛重整王国，开拓疆土，也曾来到靠近牧区的地方看过牧区的亲人。黑天先后与一万六千多个女子结婚，生育了很多后代。

32. 大神黑天的人间牧歌
dà shén hēi tiān de rén jiān mù gē

在印度教顶礼膜拜黑天的教派中，童年少年的黑天更吸引人。纯真可爱的孩子，更容易把对神明的敬畏化作近距离的亲情。苏尔达斯极力刻画的正是黑天平凡的形象，是他隐去了灵光神性，表现出来鲜活的人性：一个满地打滚、浑身泥土的幼儿，一个天真活泼、淘气顽皮、偷吃奶油的儿童，一个手摇牧鞭赤脚的放牛娃，一个多情风趣的美少年。于是宇宙之主、三界之主就被自然地置换为人类的幼童，这也是苏尔达斯成功的重要秘诀之一。

诗集中有数十首诗反复咏唱黑天诞生的盛况：天神仙女为他欢庆歌舞，洒下阵阵花雨；牧区的姑娘们奔走相告，传递喜讯；整个村庄都沉浸在欢乐之中。小黑天离不开耶雪达的母爱，入睡时妈妈轻柔地为他唱起了摇篮曲。

最后两行诗代表着苏尔达斯的诗风：在结尾处加上两句自己议论发挥、评价概括、具有颂神性质的诗，在印度人看来它们是必不可少的。其实与我国《史记》中的太史公曰、《聊斋志异》中的异史氏曰用法相近。

诗人非常细腻地捕捉到耶雪达对小黑天的博大的母爱，道出了母亲的甜蜜和迫切的期望。

活泼天真的小黑天常常拿食物喂水罐里自己的倒影，以为那是他的小朋友；他像个泥猴似的却又不让妈妈给他洗澡；他缠着母亲去摘月亮；他与小伙伴玩耍时，丝毫没有大神的度量，斤斤计较，不讲道理，耍赖皮，赢得起，输不起，落得一片埋怨声，面对着孤家寡人的惨局，黑天不得不搬出爸爸做王牌：

黑天长到六七岁了，也希望像哥哥一样去放牛。歌咏牧童黑天的诗浸染牧民朴素的思想感情，充满了游牧生活的气息。清早牧童吆喝着牛群，迎着火红的朝霞走向绿色的森林；当金色的夕阳洒满大地的时候，暮归的牛群和牧童悠闲地返回村庄。

黑天也是小错误不断的嘎小子，惹是生非是他的家常便饭：常作拦路虎，把打水人的水罐扔到河里去，他还偷吃人家的奶油。面对着受害者的揭发，他竟还能大言不惭、振振有词地为自己狡辩。

母亲为独生子的一番精彩严密的表白所折服，上了他的当。后来当她明白真相时数罪并罚，把黑天绑在石臼上狠狠地教训了一顿。

在苏尔达斯有关牧童黑天的诗中，与牧区女子的爱情诗数量最多。当黑天还是少年的时候（十岁），爱情就做了他灵魂的主人。他与牧女游乐，歌舞，戏水，吹笛，沉浸在爱河之中，一万六千名已婚女子对黑天更是爱到痴迷的地步。只要黑天悠扬的笛声一响，她们立即放下手中的活计，丢开孩子，无视丈夫，甚至不理会长者的阻挠，从家中急奔而出，与黑天同歌共舞。黑天则公开宣称自己是她们所有人的丈夫。

黑天对众多女人的爱情，主要还是应该从作者赋予它的宗教意义去考虑，如果抛开宗教的背景，黑天未免有滥用感情、始乱终弃的风月老手之嫌，这就背离了作者的初衷。黑天支信徒是把对黑天的爱作为一种膜拜的手段和方式，人们献给黑天的情诗，与伊斯兰苏菲教派的热爱真主的宗教情诗相似。成千上万女子不过是众多的小我或灵魂，她们只有通过爱才能达到膜拜黑天的目的。而黑天的泛爱就表现为神明对众多的小我一视同仁、不分种姓的平等的爱，他离开牧区到摩吐罗后，又爱上刚沙的一个驼背侍女，成年人黑天到由低等种姓女仆生下来的维杜罗家里做客，后来又与鲁格米妮公主成亲。

在《黑蜂之歌》中有一场无形支与有形支的宗教性争论，当黑天离开牧区后人们非常怀念他，他派乌陀前去安慰。正当乌陀向牧女作解释时，飞来了一只大黑蜂。于是她们借题发挥，一语双关地抱怨黑天忘情，双方展开了论辩。最后肯定要爱像黑天这样有具体形态的神明。因为黑天是一位细腻多情的理想情郎，他为牧女挑出脚上的刺，采来树上的果实，披上避雨的披肩，所以牧女们深深地怀念着黑天。

在牧女中最美丽的是罗陀，她一出现就夺走了黑天的心。黑天失魂落魄地到公牛身边去挤奶，找到母牛后又把牛奶挤了一地；当他与罗陀交谈时，立即发起了凌厉的攻势。

陷入情网的罗陀思念黑天，故意摔倒装病，她的父母只好请黑天来给她看病，爱情中的诡计原也十分可爱。

黑天在最原始的传说中可能是牧民英雄，后来有人把他晋升为贵族，又演化为大神下凡，于是黑天就有了三重身份。苏尔达斯主要突出了黑天的牧童平民身份，反映了诗人的民主精神；而本领超凡的黑天又不是人民中的普通一员，他是理想的化身、是他们的保护神。除了少量描写露骨和部分雷同的诗篇外，诗集在艺术上达到了相当完美的境地，这些都是《苏尔诗海》成为印度古典文学名著的原因。

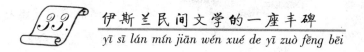

33. 伊斯兰民间文学的一座丰碑
yī sī lán mín jiān wén xué de yī zuò fēng bēi

相传在印度和中国之间的海岛上有一个萨桑国。国王山鲁亚尔发现他所宠爱的王后与奴仆嬉戏调笑，一怒之下杀了王后，从此他认定天下没有一个端庄贤惠的女人。为了报复，他每天娶一个女子，翌日清晨就将新娘杀掉，三年以后全城已是十室九空，虐杀成性的国王依然命令宰相寻找进贡的少女。宰相才貌双全的大女儿山鲁佐德为使无辜的姐妹免遭涂炭，自愿嫁给国王。在她进宫后请求国王将妹妹敦亚佐德接来做最后的话别。妹妹按事先的约定请求姐姐讲故事以消长夜，于是山鲁佐德就讲了一个商人与魔鬼的曲折离奇的故事，国王听得津津有味。山鲁佐德的故事正讲到关键处，东方欲晓，曙光微露。国王急切地想知道故事的结局，只好拖延杀期。"预知后事如何，且听下回分解"，就这样，山鲁佐德连续讲了一千零一夜。在这两年多的时间里，她已为国王生下了三个男孩。当她把故事全部讲完后，便领着孩子去见国王，恳求免去一死。国王终于被感化，立她为王后，并令史官记下她在一千零一夜里所讲的全部故事。这就是阿拉伯脍炙人口的民间故事集《一千零一夜》的源起故事。在这个主干故事上衍生出一百三十四个大故事，大故事中套着的小故事并没有计算在内。

《一千零一夜》插图：《理发匠兄弟的故事》

近来一些阿拉伯学者指出，通常人们认为山鲁佐德讲了一千零一夜的故事，但实际上却只涉及三百五十夜。那么为什么以“一千零一夜”传世呢？原来还有一段跨洲际的原因。19世纪一些欧洲学者认为他们所见到的《一千零一夜》译本残缺不全、有所疏漏。抱着补遗的目的，他们访问了埃及开罗，企图收集研究原文全本。埃及的藏书家和图书馆竭尽全力提供了各种版本，累计竟有一千零一种之多。在此基础上，学者们重新整理编辑了这部巨著，并题名为《一千零一夜》，以后就以这个书名流传到全世界。也有学者认为“一千零一”不过是阿拉伯人极言其多的习惯用法。

《一千零一夜》在中国还有一个译名：《天方夜谭》。阿拉伯人有在晚上朗诵诗歌或讲说故事的习惯，而山鲁佐德讲述故事的时间也是夜晚。《一千零一夜》在欧洲通用的名称为《阿拉伯之夜》，这就是“夜谭”的来历。我国古代一般称阿拉伯为“大食国”，如白衣、黑衣、绿衣大食。后来在穆斯林中流行将麦加克尔白神庙称为天房，讹称为天方；在明代以后我国已习惯把阿拉伯叫做天方国，于是它就有了古色古香的译名《天方夜谭》。

既然《一千零一夜》是民间口头创作，就不会是一时一地一人之作。它是中世纪阿拉伯帝国广大市井说唱艺人和文人学士共同加工、提炼、编纂，经历了将近一千年的漫长岁月而形成的一部民间故事集。据最初的整理编纂者交代，在每一个故事的手抄本上都有无数作者和讲述者的名字，后来在编订时都抹去了。根据它所记述的逸闻趣事、风土人情和记人记事的写作风格来看，多数学者认为它的故事和手抄本在中近东开始流传的年代约在公元8世纪中叶，也就是在我国史书上称做“黑衣大食”的阿拔斯王朝的前期（750－850）。随后在哈伦·拉希德哈里发（786－809）和麦蒙哈里发（813－833年）时代，它的故事流传得更为广泛。核心故事大约形成于10世纪。这部故事集一直到16世纪才在埃及基本定型。以后在19世纪上半叶，又相继出版了几种经专家校勘的阿拉伯文原版《一千零一夜》，其中1835年在埃及刊印的版本被公认为善本。由于版本不同，《一千零一夜》所收的故事，多寡不一，一般有大小故事二百多个。

阿拉伯人是酷爱听故事、讲故事的民族，因而民间故事有得天独厚的生长环境。这种传统随着兼容并蓄的伊斯兰文化的形成，开始扎根生长，最突出的例子莫过于由被征服的波斯人带来的印度故事的精华，比如世界小说史上著名的框架结构的流传路线基本上可以勾勒如下：印度的佛本生故事、《五卷书》、波斯的《一千个故事》、阿拉伯的《卡里来与笛木乃》、《一千零一夜》、欧洲小说。相反中国文学中采用这种结构方式的作品却可谓凤毛麟角，比较典型的是《太平广记》中王度写的《古镜记》，作家以一面古镜为主干故事，插入了许多附属的小故事。

《一千零一夜》插图：《理发匠兄弟的故事》

中古阿拉伯帝国文化学术的繁荣也推动了民间文化生活的发展。当时阿拉伯民族的一种传统民间文艺——说书，得到了进一步的发展。许多职业说书艺人不仅在街头巷尾说唱，而且有的被召进王宫为哈里发、皇亲国戚说唱消遣。在《一千零一夜》中就有这方面的描写，如在《赛福·木鲁克和白第阿·杰马勒的故事》中记述到国王酷爱听故事，只要内容新奇、精彩动人，就不惜重金赏赐说书人。有一次国王对商人哈桑说：你如果能讲一个我从未听过的最新奇的故事，我可以赐你高官厚禄，并让你和我一起统治国家。哈桑为了博得国王的欢心，赶紧挑选了五名知书达理的奴仆，分别派往印度、中国、霍拉桑、马格里布、埃及、叙利亚等地去寻觅最新奇的故事。结果其中四个奴仆空手而归，只有一个奴仆历尽千辛万苦才从大马士革的一个说书老艺人那里听到了一个最奇妙的故事《赛福·木鲁克和白第阿·杰马勒的故事》。哈桑得如获至宝，作了一番润色后把它敬献给了国王。尽管这一段描写在《一千零一夜》中只是一个小小的插曲，但它对我们了解当时民间的文化生活、说唱艺术在阿拉伯人心目中的地位以及《一千零一夜》的流传方式和成书过程，无疑是一个很有价值的线索。

《一千零一夜》的故事来源主要有三个部分：一是印度和波斯源头。《一千零一夜》的基础是波斯古代故事集《赫左尔·艾夫萨乃》(《一千个故事》)。据考证，它是从印度梵文译为波斯语，再转译为阿拉伯文的。二是伊拉克源头。也就是以巴格达为中心的10世纪到11世纪阿拔斯王朝的流行故事。三是埃及麦马立克王朝（1250－1517年）的故事。所以可以说，《一千零一夜》是印度、波斯、阿拉伯—伊斯兰文化结合的产儿。

阿拉伯文的《一千零一夜》出版后，被翻译成世界各主要文字。这些译文本在世界各地颇受欢迎；尤其在欧洲广泛流传，几乎家喻户晓。

意大利薄伽丘的《十日谈》、英国乔叟的《坎特伯雷故事集》，在题材选取和结构方法上都受到它的影响。还有人认为塞万提斯的小说、莎士比亚的戏剧也都直接或间接地受到了它的影响。许多西方文学大家明确表示出了对这部异国名著的偏爱。法国启蒙思想家、文学家伏尔泰说："读了四遍《一千零一夜》后，总算尝到了故事体文艺作品的滋味。"法国现实主义小说家司汤达阅读了《一千零一夜》后，竟希望上帝抹去他记忆中的情节，以便再次阅读时重新享受美妙的故事给他的无与伦比的最初乐趣。另外，除了文学上的影响外，《一千零一夜》的题材也经常出现在欧洲的音乐舞蹈和绘画雕塑中。

像《一千零一夜》这样一部中世纪的民间文学故事集，在世界上受到如些热烈的欢迎和接受，这不仅在阿拉伯文学史上，就是在世界文学史上也是绝无仅有的，因此高尔基称之为民间文学创作中“最壮丽的一座丰碑”。

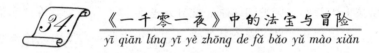

34.《一千零一夜》中的法宝与冒险

yī qiān líng yī yè zhōng de fǎ bǎo yǔ mào xiǎn

在人类文学中有一个永恒的追寻母题。追寻者要有明确的目的，坚定的毅力，并经过考验的过程，最终获得圆满（或不圆满）的结局。尽管追寻并不意味着一定会成功，但在传统文学中还是多以美满的结局收尾。按照追寻对象的不同，大致又可分为物质财富与精神理想的追求。人类文学史就是一部记载人类追寻足迹的历史。伊阿宋取金羊毛是在追求宝物，鲁滨逊海外开拓是为了追求财富，俄狄浦斯的努力是在探询命运的奥秘，基督徒寻找圣杯是为了追寻信仰，浮士德的一生则是追求常绿的精神……相同的追寻母题，同样也在东方伊斯兰文学中出现，在那里也响起了追寻者急促的脚步声。一般来讲，拓印上追寻者足迹的《一千零一夜》中的作品，大体上都属于优秀作品之列。

在《一千零一夜》的艺术宝库中，除了那面反映社会全景的巨大宝镜外，最令人难忘的大概就是那些本身就具有无边魔力的法宝了。《阿拉丁和神灯的故事》中的神灯就是一件无价法宝，虽然表面上看来又旧又脏，很不起眼，可却神通广大。只要一摩擦，就会有凶神恶煞般的巨神出现：“我应声而来，你要我做什么尽管说吧！我是这盏灯的仆人，也是你的仆人，是按照你的命令行事的。”于是主人的所有愿望立刻得到满足。它帮助穷裁缝的儿子阿拉丁，给国王送去贵重的彩礼，为公主建造了豪华的宫殿，最后使阿拉丁与所爱慕的公主幸福地结合。在《一千零一夜》中比神灯更经常出现的法宝是魔戒，只要用手轻轻地一擦，暗藏在里面的神灵就会显形，悉听主人的吩咐。补鞋匠马尔鲁夫侥幸得到了一枚魔戒，这个穷得被妻子赶出家门的人竟然当上了国王（《补鞋匠马尔鲁夫》）。其他的法宝还有《巴士拉银匠哈桑的故事》中的统治鬼神的魔杖和隐身帽，后者的功用使我们联想到古希腊神话传说中英雄波修斯头戴狗皮隐身帽、脚登飞鞋智取墨杜萨头颅的故事。

帮助无助的弱者来实现无法实现的梦幻是法宝的共同功用，它们已成为人们实现美好理想必不可少的助手。此外这些宝物还有一个共性：它们都是无意识、无感情的工具，谁拥有了它，它就为谁服务。所以无论谁想要得到它，保存它，使用它，都必须经过自己不懈的努力，必须有足够的勇气和智慧，消极等待永远和宝物无缘。故事尽管突出了神奇法宝的威力，但更注重宝物获得者具有的稳操胜券的智慧与勇敢。阿拉丁故事一波三折的关键是神灯所有权的问题。阿拉丁做了驸马后，神灯被可恶的魔术师骗到手，公主和宫殿统统被摄走。勇敢的阿拉丁奋不顾身、历尽艰难，终于打败了魔术师，救出了公主，神灯终于失而复得。同样，身陷绝境的渔翁临危不惧，靠着自己的智慧，制伏了封在铜瓶中庞大凶恶，但又骄傲愚蠢的魔鬼，变害为宝，使魔鬼为他献上了珍贵的四色鱼（《渔翁的故事》），尽显人定伏鬼的伟大。善恶有报是《一千零一夜》贯穿始终的鲜明道德倾向，在法宝的问题上也不例外，它们的最后持有者都具有善良的品格。阿拉丁获得神灯以后，不忘周济穷人；马尔鲁夫做了国王后，不忘旧恩，聘请在落难时曾帮助过他的一位农民为宰相，而且还娶了他的女儿为王后。

有人说《一千零一夜》的故事都是“法宝的故事”。的确，智慧是取得法宝的途径，冒险是取得法宝的过程，爱情的实现要靠法宝的运用，富足生活要靠法宝来取得。在某种程度上，法宝就是幸福美满的象征。换句话说，“法宝的故事”就是追寻母题的一种类型，与前面提到的古希腊神话传说中的伊阿宋取金羊毛的故事相仿。

对物质财富的追求，还集中体现在更具现实意义的航海经商题材中。中世纪的阿拉伯帝国海外贸易十分发达，尤其是阿拔斯王朝建都巴格达后，这里便成为帝国政治文化的中心，是屈指可数的繁荣富庶的世界名城。阿拉伯商人、航海家从这个中心向四面八方进发，足迹遍及世界：向东他们的商船到过中国、朝鲜、日本，向南抵达马达加斯加，向西北远航到瑞典，几乎控制了当时的东西方贸易。《商人和魔鬼的故事》、《脚夫和巴格达三个女人的故事》、《窝尼睦和姑图・谷鲁彼的故事》、《尔辽温丁・艾彼・沙蒙特的故事》、《哈里发哈克睦和富商的故事》、《商人阿里・密斯里的故事》、《阂麦伦・宰曼的故事》、《渔夫和雄人鱼的故事》等描写经商航海活动的作品，都是在这种社会背景下产生的。它们多方面展示了中古阿拉伯商业贸易的繁盛，提供了了解当时社会经济生活十分有价值的资料。

《辛伯达航海旅行的故事》是这类故事中最富有代表性的作品，通过两个辛伯达：航海家辛伯达和脚夫辛伯达的相遇展开叙述。他们两人的经历构成了鲜明的对照：一个航海经商，挣得万贯家私；一个在陆上谋生，落得贫困潦倒。一褒一贬，反映了人们的价值观：勇于进取、精明能干、生活富裕的商人会受到普遍尊敬。

辛伯达出生在富商之家，从小受到发财致富、投机冒险的教育。青年时代他变成了纨绔子弟，把父亲留给他的无数财产挥霍一空。为了摆脱困境他振作起来，开始远航。辛伯达第一次归来赚的钱就比父亲的遗产还多，虽然可以过上无忧无虑的生活，但他“经不起欲望的怂恿”，又先后六次出海。辛伯达到过世界许多地方，最后一次还来到了中国海岸。从时间来看，跨度为几十年，最后一次在国外生活了二十七年。辛伯达冒着生命危险出海，目的非常明确：发财、发财、再发财。他无论在什么情况下都忘不了“钱”，即便虎口余生时也不忘大捞一把。辛伯达从不满足现状，如饥似渴地探求新生活、新知识。他头脑灵活，经验丰富，意志顽强，求生意识强烈。七次航行中他九死一生：四次翻船落水，三次流落荒岛，先后遭受了风暴、巨鹰、巨蟒、巨人、妖怪的袭击，最后都能化险为夷，一次次平安返航。冒险的酬劳是巨额财富，辛伯达晚年过上了富比王侯的优越生活。辛伯达是积极发展海外贸易、精力充沛的商人典型，具有阿拉伯帝国上升时期奋发有为的蓬勃生机和百折不回的进取精神。“去吧，勇往直前，宇宙间到处有你栖身之地”，这就是追寻者辛伯达的豪言壮语。

当然，作为资本原始积累时期的商人典型，辛伯达必然具有两面性。商人的惟利是图、损人利己、贪得无厌等特点在他的身上赤裸裸地暴露无遗。他第四次经商时，在一个岛国娶的妻子死了，按照当地的风俗习惯，他被扔进了一个大坑陪葬。当他快要饿死的时候，正好有一个陪葬的妇女也被扔了进来。于是他拣起一根死人的腿骨，“悄悄走到女人面前，朝她的头上打去，直到结果了她的性命”，把她的陪葬食品据为己有。从此辛伯达干了无数次罪恶的勾当，以他人的死亡延续自己的生命。直到他侥幸发现了一个洞口得以生还，离开时也不忘“来来往往，收集许多陪葬者穿戴的珍珠、宝石、金银等名贵首饰”。因此，我们对这部商人的“英雄史诗”要辩证地接受。

在世界文学中辛伯达的后继者不乏其人，笛福的鲁滨逊也是为了追求物质财富，一生数次出海经商，时间最长的一次是在绝望岛上度过的二十八年。我国明代作家凌濛初的《拍案惊奇》中，有一个《转运汉巧遇洞庭红，波斯胡指破鼍龙壳》的故事，商人文若虚是几次国内经商失败的“转运汉”，他出海经商时在荒岛上发现了价值连城的鼍壳，一举暴富。这些故事内容都与它类似。

在《一千零一夜》中还有许多追求精神理想的故事。当主人公在开启一座宝库时，往往会发现数间景色奇异的房屋，其中的景象大都是室外的田园风光，是《古兰经》中美仑美奂的天园再现。只见人间天堂清新幽雅，流水潺潺，鸟语花香，宝石铺路，丰衣足食……身在世外桃源、幸福国土的人，如饮忘忧之水，欣然陶醉其中（《脚夫和巴格达三个女人的故事》）。

《一千零一夜》的许多爱情故事也是追寻主题的一种表现形式。《巴士拉银匠哈桑的故事》是民间文学中著名的羽衣仙女原型的再现（如我国傣族的《孔雀公主》）。银匠哈桑为了留住神女瑟诺玉，藏起了下凡嬉戏的仙女羽衣，与她结为夫妻。后来思乡心切的妻子，穿上羽衣，带着两个儿子飞回遥远的故乡瓦格岛。深深爱着妻子的哈桑“宁愿捐出宝贵的生命”，向没有凡人生还的禁地前进，渡过七道深沟，越过七个大海，翻越七座高山，战胜无数妖魔鬼怪，终于见到了妻子。神女为他的真情所感动，毅然离开了仙界，与他重返人间，过上了“舒适、美满、愉快的幸福生活，直至白发千古”。这句话永远是《一千零一夜》中荡气回肠的爱情故事的结束套语，也是对不懈追求爱情的勇士的最高奖赏。

从哈桑的追寻中，你是否想到远古时代巴比伦英雄吉尔伽美什为了探求人类的永生而付出的艰辛呢？白驹过隙，万古沧桑，唯一不变的是人类永不停息的追寻！

35. 《一千零一夜》中的女人们

yī qiān líng yī yè zhōng de nǚ rén men

谈到《一千零一夜》，就不可能不涉及活跃于其中的女性形象。其实第一篇故事不仅是全书的总纲目，也是理解当时妇女观的指南。在这里对妇女不同的看法与评价奇妙地交汇在一起：

别信赖妇女，
不可信任她们的诺言，
她们的喜怒哀乐，
和她们的肉体紧密相关。
她们的爱情全是虚伪的爱情，
衣服里包藏的全是阴险。
对妇女的阴谋诡计一定要防备，
须从约瑟夫的经历中吸取教训。

莫非你不知道老祖宗亚当的结局，

就是因为她们才被撵出乐园！

——《国王山鲁亚尔及其兄弟的故事》

这首诗最为突出地表现出正统伊斯兰文化中极端歧视妇女的思想，完全是父系文化的话语。它引经据典，从《古兰经》中的先知故事，到现实具体的实例，表达的意思只有一个：妇女不可信赖。《王子与财政大臣》中的一句话是这首诗的通俗注脚："妇女是妖魔，是祸水；世间的一切灾祸，都是她们搬弄出来的。"流传了千百年的"女祸论"又在这里鼓起了阴风。而且更不可思议的是诗中这段"坦率的话"竟出自一个被魔鬼掠占的美女之口，作为报复，她已暗地里与五百七十个过路的男子交欢。为了躲避后宫的烦心事，外出散心的山鲁亚尔国王和他的兄弟沙宰曼被迫成为她的第五百七十一、五百七十二个情人。美女的言行无异于火上浇油，更激怒了山鲁亚尔兄弟对妇女的怨恨与敌视："神通广大的魔鬼尚被妇人如此地作弄，更何况凡人乎？"山鲁亚尔回宫后马上杀掉了放荡的皇后和"奸险"的宫女奴仆。而皇后"淫荡"的罪行只不过是"打扮得格外美丽，与二十个宫女和二十个奴仆在花园的喷水池前，又吃又喝，唱歌跳舞，一直玩到日落"。故事叙述者对国王的行为无疑是肯定的，当然对他以后夜娶一妻，日杀一妻的暴行是不赞成的。在这种感情的转向中，一位优秀的女性登场了："我要牺牲自己，拯救千千万万个女子。"德才兼备、天生丽质的山鲁佐德以自己的生命为筹码，去和一个虐杀成性的暴君周旋，她多活一天就可以挽救一个姐妹的性命。在她人品才华的比衬下，山鲁亚尔显得黯然无光、渺小可憎。引言故事以贬低女性始、以颂扬女性终，不能不算是女性的胜利，尽管山鲁佐德以身侍夫，但贤妻良母的归宿与现代进步的妇女观念还存在很大的差距。

像山鲁佐德那样不畏强暴、舍己为人、富有自我牺牲精神的女性在《一千零一夜》中为数不少。再如《嫉妒者和被嫉妒者的故事》中会使魔法的公主，为了救一个被魔鬼变成猴子的素不相识的青年，多次变换形态，同魔鬼展开了一场殊死的魔法大战。最后她终于挫败了强敌，归还了青年的人形。可是公主却筋疲力尽，“有一股黑焰火烧到她的胸前，逐渐蔓延到脸部，最后变为灰烬”。

像山鲁佐德那样敢于斗争，善于斗争的女性大有人在。比相门之女更泼辣、更具有行动能力的是《女人和她的五个追求者的故事》中的女主角——商人之妇。这出以市井里弄为背景的闹剧，具有鲜明的民间文学色彩。颇有姿色的商人妇为了搭救被关进监狱的仆人，先后到省长、法官、宰相和国王那里求救。这些道貌岸然的伪君子，一见到秀色可餐的丽人，竟都以她的贞洁为交换条件。商人妇将计就计，约他们在同一时间去她家幽会。最先到的省长先写了放人的纸条。正当他宽衣解带时，宰相敲门而至。商人妇谎称丈夫回来了，引省长藏进专门订做的五层木柜中的第一层，并加上了锁。接下来是重复的场面，法官、宰相和国王都被依次锁进上面几层柜橱中。而商人妇带着被释放出来的仆人远走他乡。作者则别出心裁地把形形色色的大人物集中在一起冷嘲热讽，让他们在一个妇人手里，剥掉官服，出尽了洋相，丢尽了脸面。读之痛快过瘾，思之忍俊不禁。

在《阿里巴巴和四十个大盗》中的穿线人物是一贫如洗、忠厚老实的樵夫阿里巴巴。一天他偶然发现了强盗的宝库，知道了开门的暗语：“开门吧，芝麻芝麻！”获得了大批财宝。他哥哥高西睦前去盗宝，忘记了出门的暗语而被困在洞中。回来的强盗砍得他身首异处。阿里巴巴冒险偷回了尸体。这时另一个核心灵魂——女仆马尔基娜（又译美加娜）出场了，她尽夺满台的光彩。是她领来裁缝缝合断尸，并谨慎地蒙住他的双眼，帮助阿里巴巴有条不紊地办完丧事；当强盗们通过暗访查出阿里巴巴的家时，两次在门口做了记号，机敏的马尔基娜两次在所有的门上画了相同的记号。强盗首领让他的部下藏在三十七个油瓮中，只是在第三十八个油瓮中装满了菜油。马尔基娜再次识破了他们的阴谋，将那一瓮菜油烧沸，浇进其他瓮中烫死了三十七个强盗，只有匪首一人逃脱；他乔装打扮后再次来到阿里巴巴家，又被机智的女仆识破，趁献舞之际，手刃匪首。马尔基娜先后四次机智勇敢地挫败了强盗们的阴谋，她不仅具有敏锐的观察力，而且能临危不乱、当机立断，以果敢的行动力挽狂澜，大获全胜。以上故事中的女性形象都是备受景备仰、爱戴的英雄和人们热情讴歌的对象。

在爱情主题的作品中，也有许多鲜亮的女性形象。《尔辽温丁·艾彼·沙蒙特的故事》通过商人之子尔辽温丁和从奴隶市场买来的女奴亚瑟美娜的爱情遭遇，热情歌颂了后者对于爱情的忠贞不渝。两人本来相亲相爱，但省长夫人因儿子贪恋美色一病不起，便设计抢走了怀有身孕的亚瑟美娜。亚瑟美娜不惧强暴，手持匕首，宁可以身殉情，保全节操。她对省长夫人明确表态："为了爱情，我是不怕牺牲性命的。""任何苦差使我都愿意做，我只是不愿见到你儿子的面。"她一直忠于爱情，即使丈夫因诬陷被判死刑后仍坚定不移地相信他。她在漫长的二十年沉重苦役的压迫下，悉心抚育儿子艾士龙，表现出卓然高洁的美好品质。但遗憾的是，在故事结尾时却不见这位贞烈的女子出场，逃过劫难的丈夫回来接走了儿子，与另一位公主"白头偕老"去了。这实在是对现实生活的绝好写照，亚瑟美娜虽然有坚贞纯洁的爱情，可是尔辽温丁却无矢志到底的决心，她的悲剧下场正是千百万阿拉伯妇女的共同命运。

在《一对牧民夫妇的故事》中，牧民之妻肃尔黛的丈夫因遭遇牲畜瘟疫而破产。她父亲与县官勾结在一起威逼她离婚，嫁给县官。哈里发也垂涎于她的美色，但肃尔黛明确表示："我和丈夫情投意合，彼此间有着不可遗忘的旧情和不可磨灭的爱情。"她贫贱不移、富贵不淫的追求非常令人感动。

在《戛梅禄太子和白都伦公主》中的女主人公是一位中国公主。她把对心上人的思念挂在嘴边，毫不避讳。被认为是疯子，披枷戴锁长达数年，最后终于盼来了梦中的情人。其他的女性形象，如海石榴花、王丽都、张丽丝、赛玉黛等争取恋爱自由、婚姻自主的故事，也都具有明显的反封建反宗教倾向，可以说是妇女们为争取自身权利的斗争在文学上的反映。

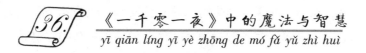

36.《一千零一夜》中的魔法与智慧
yī qiān líng yī yè zhōng de mó fǎ yǔ zhì huì

雅俗共赏的伟大杰作《一千零一夜》是世界文学史上最优秀的大型民间故事集之一，它取得了很高的艺术成就，显示出了独特的风采，集中地体现了民间文艺创作的重要特征。

高尔基曾说《一千零一夜》“以非凡的完美表现出东方各国人民绚丽多彩的幻想的惊人力量”。的确，这部作品既有具体精细的写实，又有瑰丽多彩的想象，二者被巧妙地交织在一起，并以浪漫主义色彩的奇情异想为重点。置身于这个诡异怪诞的神话世界中，种种闻所未闻的虚幻形象令人耳目一新：巨大的遮天蔽日的神鹰，像屋子一般大的鸟卵，奇特的魔力无边的神灯、戒指、宝珠、拐杖、头巾，一闻就能治百病的苹果，形同岛屿的大鱼，山岳一般的鬼怪，各得其所，各尽所能。摩擦灵物，巍峨的宫殿拔地而起；口念隐语，巨大的山门自动开启；挤压宝珠，魔床升空；打开魔袋，出现的物品取之不竭；凡胎着魔，动物变形，人神婚配，飞毯翱翔，乌木马腾空……这些实际生活中根本不可能有的“奇迹”，在故事中都变成了“现实”。如《尔辽温丁·艾彼·沙蒙特的故事》中霍妮斯公主是魔珠的主人，当她想飞翔时，一按魔珠上的床图形，马上就会出现腾云驾雾的魔床；在荒野想喝水时，一按魔珠就有清冽的泉水流淌；追兵临近时，一按将士的图案，就会唤出千军万马杀退敌军。书中俯拾皆是的丰富多彩的想象，极大地拓展了读者的思维空间，驾驭着我们的思绪，在海阔天空的世界里驰骋遨游。

在《嫉妒者和被嫉妒者的故事》中，会魔法的公主为拯救被变成猴子的青年，与魔鬼展开了一场惊险的激战。魔鬼先后六次变形，幻化为狮子、蝎子、大鹫、黑猫、石榴和小鱼；公主也立即变成与之相克的利剑、大蛇、秃鹰、狼、雄鸡和大鱼。最后双方以火相攻，方见分晓。这个瞬息万变的场面，很容易使我们联想到中国的古典名著《西游记》中孙悟空与二郎神的大战，二者有异曲同工之妙，丰沛的想象、惊心动魄的过程引人入胜，扣人心弦。夸张和想象、理想同幻想紧密交融，化为情节，变为人物，幻为道具，改为背景，最大限度地发挥了艺术的虚构作用。这是广大人民智慧的闪光，是他们以艺术的方式认识自然、征服自然，追求理想的精神世界的生动写照。

《一千零一夜》中的绝大多数故事情节曲折离奇、千变万化，忽天忽地，忽东忽西，忽人忽魔，妙趣横生，令人爱不释手。尽管偶然和巧合俯拾即是，但细究起来并不违反生活的逻辑。例如《戛梅禄太子和白都伦公主的故事》即是如此，其中有父子分别、兄弟失散，有悲欢离合，还有绝处逢生，故事的生动性与丰富性、传奇性与现实性达到了较完美的统一。

《一千零一夜》的语言基本上是经文人加工过的民间语言，晓白流畅、丰富生动。高尔基在《〈一千零一夜〉俄译本序》中说："流畅自如的语句，表现了东方各民族——阿拉伯人、印度人、波斯人——美丽的幻想所具有的豪放的力量。这语言的织品产生在远古，它的五彩丝线延伸在地球上，用绝美的语言地毯覆盖着它。"作者在叙述中多用比喻、象征、幽默等手法来增添作品的艺术感染力。我们先看看对魔鬼的描写所运用的一连串传神的比喻：《渔夫的故事》中的魔鬼张着"堡垒式的头颅，铁叉似的手臂，桅杆似的脚干，山洞似的大嘴，石头似的牙齿，喇叭似的鼻孔，灯笼似的眼睛"；《辛巴达航海冒险的故事》中的黑色巨人"个子高大得像椰枣树一般。他有一双火把似的眼睛，一口猪齿般的牙齿，一张井一样的大嘴，一片驼唇般垂在胸前的下唇，两只毯子般摆动在摇摆在肩上的耳朵，一副狮爪般的指甲"。

《一千零一夜》充分体现出了智者幽默的风范，以阿凡提式的人物白侯图（《白侯图的故事》）为突出代表。奴隶白侯图自称从八岁起就养成了说谎欺骗主人的习惯，但次数有限，一年只说一次。一位老爷把他买回家，白侯图勤奋踏实地工作了近一年，主人都忘记了他的撒谎习惯。到了年终，白侯图准时说谎了，把主人家搅了个天翻地覆：他先是给太太送信说是老爷在外面被一堵墙砸死了。女主人情急之中猛砸家具陈设，勤快的白侯图也不甘无动于衷地袖手旁观，他一边把瓷器摆设抛向天花板，一边失声痛哭："唉！我的主人哟！唉！我的主人哟……"直到家里再没有可以被破坏的东西时，他又找到主人报丧：堂屋的墙塌了，把老太爷、太太、少爷、小姐、骡子、牛羊、鸡鹅全都压成肉饼了，屋中再没有一个喘气的活物了。老爷眼前一黑，昏了过去。当两支奔丧收尸的队伍中途相遇时，老爷才明白被耍弄了，他勃然大怒，要惩罚白侯图。而白侯图却不卑不亢、不紧不慢地说："老爷你不能惩罚我，你知道我每年要说一次谎，这次只不过说了一半，待年终我再说另一半，这才凑成一次全谎呢。"主人只能是"哑巴吃黄连，有苦说不出"。接下来是白侯图被卖，继续在新主人家作祟……白侯图的说谎既是他斗争的武器，也是带来幽默氛围的睿智。

在塑造人物、刻画性格方面，《一千零一夜》多采用对比、夸张的艺术手段。广泛的对照，既有外在形象的，又有内在性格的：容颜姣好的神仙，与人为善；外貌凶煞的魔鬼，心地邪恶。真、善、美总是有假、恶、丑相伴，例如阿拉丁母子和非洲法师、马尔基娜和四十大盗、渔翁和魔鬼等，从而使善恶两极在对比映衬中更加分明突出。另外在使用对比手法的同时，讲述者也很注意采取突出人物某一特征的夸张手段，大大增强了艺术形象的鲜明个性。

当然，《一千零一夜》在艺术表现方面也不是十全十美的，存在着一些瑕疵。最明显的是有的故事结构松散；个别情节大同小异，似有互相抄袭的痕迹；故事与故事之间的衔接过于程式化，缺少新奇的感受。叙述语言也有类似的欠缺，如其中经常使用一些一成不变的套语：用太阳形容美少年，用月亮形容美少女，用珍珠形容眼泪和牙齿，用十四的满月形容美丽的面庞，用黑夜比喻头发，用扶风的弱柳比喻细瘦的腰肢等。这些套语固然可以体现阿拉伯人的审美特点，但是使用过多不免给人千篇一律之感。

但是瑕不掩瑜，《一千零一夜》所取得的成就毕竟是不可否定的，它把民间故事提高到了一个新的水准。《一千零一夜》像一只巨大的八音故事盒，从这里发出的动听的声音传遍了世界各地，袅袅余音历久不衰，永远给人们带来美的享受。

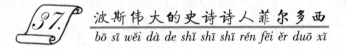

37. 波斯伟大的史诗诗人菲尔多西
bō sī wěi dà de shǐ shī shī rén fēi ěr duō xī

我们与伊朗休戚相关，
愿为伊朗而决一死战。
保卫国土和子子孙孙，
保卫妻子儿女骨肉至亲，
人人甘愿献出生命，
决不把祖国拱手让人，
勇士呵，你若光荣献出生命，
强似忍辱苟活屈身事人。

每当侵略者的铁蹄践踏伊朗土地的时候，即将奔赴沙场的将士都要高声齐诵以上出自菲尔多西的《列王纪》中铿锵有力的爱国诗句。

菲尔多西（940—1020）不仅是中古波斯最伟大的诗人，同时也是世界杰出的诗人。他用三十多年的心血创作的民族英雄史诗《列王纪》（又译《王书》），不仅是近代达里波斯语文学第一个高峰的标志，也是整个波斯文学史上最具代表性的作品。他出生在霍拉桑省多斯城郊（现为菲尔多西城）塔巴朗地区一个破落的名门世家，自幼受到良好的教育。他精通阿拉伯语和中古波斯语（巴列维语），对神学与哲学也有一定的造诣。他阅读过波斯古代的大量文史资料，还经常深入民间采访，搜集了不少民间传说和古代英雄故事，为创作长篇英雄史诗《列王纪》做了充分准备。

到菲尔多西生活的时代，阿拉伯人占领波斯已有数百年的历史。趁阿拉伯中央集权衰弱之际，波斯民族的萨曼王朝成立。长期的亡国之痛，对祖国命运的深重忧虑，激起人们强烈的爱国情绪和民族意识。在萨曼王朝统治者的提倡下，文人纷纷动笔追忆祖国的光荣历史传统，缅怀英明君王和反对异族侵略中建立功勋的勇士，复兴古老的波斯文明的浪潮冲击着阿拉伯人的统治。于是，以阿拉伯人入侵之前的古代神话、英雄传说、波斯帝王历史故事为题材的《王书》陆续问世。菲尔多西正是在这样的背景下，集前人之大成而创作他的《列王纪》的。

强大的突厥人于999年建立伽色尼王朝，取代了维系百余年的萨曼王朝。菲尔多西的《列王纪》在萨曼王朝末期开始创作，完成的时候已经是江山易主。时局的变化引发了他与新王朝统治者马哈穆德的冲突。其中原因可能有两点：一是因为民族的因素，《列王纪》中反对土兰国的思想不符合同是突厥人的玛赫穆德心意；二是宗教原因，一种观点认为他们分属伊斯兰教不同的教派，菲尔多西属什叶派，国王属逊尼派；还有一种观点认为菲尔多西并不信仰占统治地位的伊斯兰教，而把古代波斯的拜火教作为正宗。他在《王书》中以拜火教所谓善与恶的永恒斗争作为主要线索，评判人物、事件，宣扬自己的观点和主张。而且诗人对智慧的推崇也有拜火教的色彩，他高度评价了智慧的作用："理智是君王的王冠，它增加贵人的尊严。理智是永燃不熄之火，是生活的不竭的源泉。"还有一点可能成为冲突的原因，即小人的诬陷。可能有些宫廷诗人惧怕才华横溢的菲尔多西得到赏识，危及他们的地位，极进谗言，迫害诗人。

当菲尔多西按惯例把《列王纪》献给当政的马哈穆德国王时，他受到了冷遇。据说国王侮辱性地把原来许诺赏赐的六万金币，改为六万小钱。菲尔多西一气之下，把钱赏给了使者，并写了讽刺马哈穆德的诗，附在诗集的后面。国王大怒，扬言要把诗人放在战象的四蹄之下踩死。诗人只得流亡他乡，直到晚年才偷偷地回到故里。诗人逝世后，由于波斯宗教人士的反对，遗体竟不能葬入公墓，只能葬在自己家的后院。

还有一种更具戏剧性的传说：当马哈穆德远征印度回国时，听到一位大臣诵唱菲尔多西《王书》中的诗句，对当年迫害诗人之事颇为后悔，就派使者带着贵重的礼物去寻找菲尔多西。可是当使者进入西门时，菲尔多西的灵柩正从东门缓缓驶出。德国诗人海涅在《致菲尔多西》诗中描述了这一构想的场面：

大队人马喧闹呼喝，
从西门长驱直入。

鼓声咚咚，角声嘹亮，
胜利的凯歌高声欢唱。

“万物非主，唯有真主安拉。”
赶骆驼的人拉着嗓子欢呼。

可是就在那同一个时辰，
就在图斯城的另一端——东门，

一支执绋的队伍正向城外缓行，
把菲尔多西的遗体送往墓茔。

然而在历史的长河中，诗人的永生不会取决于某个当权者的好恶。国王的名字早已暗淡无光，而菲尔多西却获得了不朽的世界声誉。

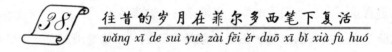

38. 往昔的岁月在菲尔多西笔下复活
wǎng xī de suì yuè zài fēi ěr duō xī bǐ xià fù huó

《列王纪》从开天辟地的神话传说开始，一直写到公元651年阿拉伯人灭萨珊王朝为止。其中包括传说中的五十个国王统治时期的兴衰大事，时间的跨度为四千六百多年。《列王纪》是一部带有虚构色彩的文学作品，并不是严谨的史学论著：伊朗古代有三个王朝，但出现在《列王纪》中的却是四个王朝，其中前两个王朝俾什达迪扬王朝（前后共有十位帝王）和凯扬王朝（前后共有九位帝王）是历史上并不存在的传说中的王朝；后两个王朝安息王朝、萨珊王朝的名称虽然与史实一致，但其内容也并非完全符合史实。尤其关于历史上的安息王朝，涉及的篇幅极少，只限于提到几个国王的名字。

《列王纪》大致可分为三大部分：神话传说、勇士故事、历史故事。

神话传说（前3223—前782）约有八千六百行，描写人类的起源，文明的开端，农耕的肇始，政权的出现。其中著名的篇目有人类的始祖、俾什达迪扬王朝第一任国王凯尤马尔斯化生万物与人类，第二任国王胡山发明并使用火，第三任国王塔赫姆列兹教人以羊毛制衣与书写文字，第四任国王扎姆士德发明酿酒技术并拥有神奇的映世杯等。而关于第五任国王、蛇王佐哈克、第六任国王法里东、铁匠卡维与伊朗国旗的故事流传得更为广泛。

佐哈克本是阿拉伯的一名王子，由于受恶魔伊卜利斯的唆使，设陷阱害死父王马尔多斯，篡夺王位。恶魔又化作俊美的厨师，为其烹制肉食，只吃过蔬菜的佐哈克十分高兴。为报答他，佐哈克答应了恶魔要吻他的双肩请求。恶魔吻过的地方便长出两条黑蛇。黑蛇砍去后马上复生，使佐哈克日夜不得安宁。后来恶魔又化作须发皆白的老医生，为佐哈克治病，告诉他每日需以两个青年男子的脑浆喂蛇，才会相安无事。开始佐哈克每天杀两个犯人，犯人杀光后，又杀无辜的平民百姓。恶魔就是想用这种办法毁灭人类。后来佐哈克夺取了已失去灵光的伊朗国王扎姆士德的天下，当政一千年，成为波斯历史上的异族统治者。为他做饭的两个厨师于心不忍，每天从两个被送来等待杀害的人中放走一个，以羊脑来代替，与人脑混合后送给黑蛇，蛇王没有察觉。被放走的人都逃到草原上去放牧，据说他们就是勇猛剽悍的库尔德人的祖先。后来这些牧人便成为反抗佐哈克起义军的骨干。

在古城伊斯法罕有一个名叫卡维的铁匠，他十八个儿子中的十七个都成了黑蛇的食物。当他的第十八个儿子也被佐哈克抓走时，卡维上殿请求国王给他留下这唯一的儿子。而佐哈克为了笼络人心答应放人，但附加的条件卡维必须承认他是有道的明君。气愤的卡维没有答应，他用竿子挑起他的皮围裙作为起义的旗子，号召百姓拥戴皇族后裔法里东，起来造反。据说法里东得天下后在这面旗帜上镶嵌了许多珍珠和黄金，使它在夜间也熠熠生辉，像一盏引路的明灯。这面“卡维之旗”后来便成为伊朗民族的象征，每一位统治伊朗的国王在即位之初，都要在这面旗帜上增添新的珠宝。

法里东的父亲是第三任国王塔赫姆列兹的后裔，被佐哈克杀害。母亲带他逃进山林，用牛乳把他喂养成人。法里东率众捉住了暴君佐哈克，正欲杀死他，这时人类的守护神苏路什告诉他如果杀掉佐哈克，他的血便会化为有害的动物和昆虫，肆虐人间。于是法里东把佐哈克悬绑在达玛温德山顶，使他不能再作恶。拜火教徒认为，世界末日那一天就是佐哈克挣断锁链之时。

菲尔多西热烈赞颂了伊朗人民反对异族统治者佐哈克的起义，充分肯定民众的力量。它为贤德君主法里东五百年的统治奠定了基础，不仅揭开了波斯历史的崭新一页，同时也是《列王纪》第二部分勇士故事的开端。

《列王纪》中的勇士故事（前782—前50）约有五万七千行，是《列王纪》的核心部分。主要写伊朗与敌国土兰的战争以及民族英雄鲁斯坦姆的功勋业绩，因此人们也习惯把《列王纪》称为《鲁斯坦姆的王书》。这部分以鲁斯坦姆的逝世告终。

法里东战胜佐哈克后，成为俾什达迪扬王朝第六任国王，任命卡维为军队统帅。他后来把天下一分为三，给了三个儿子。大王子萨勒姆、二王子图尔因不满父亲的分配，杀害了三王子伊拉治。这也就是《列王纪》四大悲剧中的第一个。伊拉治的女儿和图尔的儿子结婚后生一子马努切赫尔。在勇士纳里曼（鲁斯坦姆的曾祖父）和萨姆（鲁斯坦姆的祖父）的辅佐下，马努切赫尔除掉了杀害曾外祖父的仇人。法里东把王位传给了他。

马努切赫尔当政一百二十年。在此菲尔多西插入了鲁斯坦姆家族的传说故事，记叙了鲁斯坦姆的父亲扎尔的一生，鲁斯坦姆的出生与童年。

这时还有一个伊朗勇士、神射手阿拉什射箭定国界的著名故事。伊朗和土兰经常为领土问题发生战争，两国议和后决定重划边界。约定由一名伊朗勇士在达玛温德山顶射出一箭，箭落处即为国界。神射手阿拉什承担重任，用尽全身力气射出一箭。箭羽从早晨一直飞到正午，最后落到阿姆河畔，这里就是两国的边界。阿拉什因射箭用力过猛，生命之箭也飞离了他的身躯，他还没来得及看到箭落何处就已气绝身亡。这一天是太阳历的4月23日，人们把它定为“射箭节”，以纪念这位光荣的神射手。

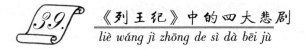

39. 《列王纪》中的四大悲剧
liè wáng jì zhōng de sì dà bēi jù

《列王纪》中的四大悲剧之说始见于伊朗文学家莫哲塔比·米诺维的《菲尔多西及其地位》一文。他认为全书的精彩篇章虽多（大约有二十五个左右），但真正可以称得上悲剧的只有四个，即伊拉治的悲剧、苏赫拉布的悲剧、夏沃什的悲剧、埃斯凡迪亚尔的悲剧。的确，在每个故事中都有一位英俊潇洒、单纯正直、孔武有力的贵族青年惨死于亲人之手，而酿成悲剧的原因又都与争夺王位有关。他们的热血染红了丹青史册，也揭示了宫廷斗争的残酷无情：王座可以抹杀亲情，玉玺可以使兄弟反目、父子相残。他们的毁灭带来了震撼人心的悲剧效果。

第一出悲剧发生在法里东的家庭。当他的三个儿子萨勒姆、图（突）尔、伊拉治长到能和大象比武决斗时，法里东就开始操持着为他们选妻成家。三位王子应父命前去也门迎娶了三位公主。在他们回国的路上法里东施展法术，变成一条巨龙考验儿子们。大哥二哥躲闪在一旁，只有三弟伊拉治横刀纵马上前迎战。现出真身的法里东当众宣布勇武过人的伊拉治是天地间最杰出的勇士。然而他为三个儿子算命时得知唯独伊拉治的命相凶险，焦虑的心情冲淡了他的喜悦。

年事已高的法里东决定分封国土，把西方的罗姆国分给长子萨勒姆，把东北方向的中亚突厥斯坦地区和土兰（又译突朗）分给次子图尔，而把古代伊朗人认为的世界中心——伊朗、阿拉伯分给伊拉治。从此天下就有了三足鼎立的大国：罗马、土兰和伊朗。两个哥哥因父王带有偏爱的分封而心生妒恨，设计杀死了同父异母的兄弟伊拉治。法里东被激怒了，他悉心培养伊拉治的外孙（一说孙子）玛努切赫尔。孩子长大后在勇士纳里曼、萨姆的帮助下，杀死了萨勒姆和图尔，接管了法里东的天下。

《列王纪》中的第二大悲剧，即鲁斯塔姆的儿子苏赫拉布千里寻父，结果被父亲误杀的悲剧（详见《死于父亲手下的少帅苏赫拉布》一节）。

夏沃什王子是第三大悲剧的主角，他是凯扬王朝第二代国王卡乌斯与土兰美女所生的儿子，被鲁斯塔姆培养成武艺高强的勇士。卡乌斯的宠妃苏达贝见夏沃什英俊潇洒，多次挑逗。但夏沃什不为所动，苏达贝恼羞成怒，诬告因夏沃什的调戏致使她流产，并弄来死婴作证据。国王只好以古代伊朗拜火教钻火堆的方法证明是非，因为火是不伤害无罪者的。结果夏沃什过了火阵，说明他是清白的。当国王下令处死王妃时，面露不忍之意。心地善良、头脑清醒的夏沃什看透了父亲的矛盾心理，考虑到国王以后可能会后悔而迁怒于他，就为王妃求情，卡乌斯顺水推舟地答应了。然而苏达贝恩将仇报，继续挑拨国王父子的关系。当土兰国王的阿夫拉西亚伯又来进犯时，夏沃什主动挂帅出征，远远离开了王宫这个是非之地。他在鲁斯塔姆的辅佐下初战告捷，签订了对伊朗有利的议和条约。但卡乌斯却下令继续征战，并派图斯去接替伊朗军队的指挥权。鲁斯塔姆在力谏无效的情况下愤然离去。夏沃什既不愿毁约再战，也不能再到父亲的身边，经过深思熟虑，他向阿夫拉西亚伯提出了通过土兰去异国避难的请求。阿夫拉西亚伯认为笼络住伊朗王子对自己有利，而且也欣赏王子的忠信宽厚，于是收留了他，并把自己的女儿法兰吉斯嫁给他为妻。夏沃什在阿夫拉西亚伯分封给他的土地上建造了夏沃什城，过着与世无争的生活，他经常遥望着祖国的方向而涕泪沾衣。从夏沃什的地位和能力来看，他极有可能继承阿夫拉西亚伯的王位，因而遭到王叔格西伍的嫉恨。他诬陷夏沃什拥兵自重，暗通伊朗。阿夫拉西亚伯下令杀死了夏沃什。从表面上看，夏沃什是死于敌国君主之手；但实际上，是他的父王把他逼入绝境、送入虎口的。

土兰公主法兰吉斯是一位勇敢坚强、深明大义、忠于爱情的女子。她早就觉察到了父王对丈夫的敌意，提醒丈夫要提高警惕。夏沃什被捉走，她预感到事件的严重性，立即去营救丈夫。她首先流着眼泪哀求父王放人，见父亲无动于衷时，她擦干了眼泪，对父亲晓以大义，警告他不要听信谗言做出蠢事。最后，当看到一切努力都已无法改变夏沃什的命运时，她发出了愤怒的呐喊：

让我双目失明吧，我不愿看到，
你被人捆绑拖拉，这样凄惨。
父亲如此待我，哪里有父女之情，
日月失去光芒，我身旁鼓荡着阴风。

法兰吉斯被残忍地挖去了双眼。为了延续丈夫的血脉，怀有身孕的她顽强地活了下来，生下了儿子霍斯鲁。当夏沃什被害的消息传到伊朗，鲁斯塔姆盛怒之下杀死了苏达贝王妃，又进军土兰，杀掉了阿夫拉西亚伯的儿子。霍斯鲁长大后继任凯扬王朝的第三代君主，在与土兰的战斗中杀死了王叔格西伍，为父报了仇。

在四大悲剧中，夏沃什悲剧篇幅最长，大约八千多诗行。除主人公夏沃什以外，次要人物也都面目清晰、性格突出。如伊朗国王卡乌斯好大喜功、穷兵黩武；王妃诡计多端、阴险狠毒；鲁斯坦姆忠心耿耿、勇武盖世；土兰国王阿夫拉西亚伯老谋深算、狡诈多疑；土兰公主法兰吉斯忠贞刚烈、坚强不屈，在诗人笔下都有生动的描绘。

第四大悲剧主要是凯扬王朝第五代君王戈什塔斯帕与王子埃斯凡迪亚尔父子之间的冲突。当时的土兰国王阿尔贾斯帕进攻伊朗，埃斯凡迪亚尔受命于危难之中，领兵拒敌并传播拜火教。他在前方浴血奋战，朝中却有大臣诬陷埃斯凡迪亚尔有篡位的野心。于是戈什塔斯帕下令把儿子囚锁在高山之上，他本人也离开京城巴尔赫去喀布尔游巡。阿尔贾斯帕利用这一机会，再次进犯伊朗，朝野间一时无人能抵挡。戈仁塔斯帕无奈之中释放了埃斯凡迪亚尔，并答应打退土兰人后就把王位让给他。英勇无比的埃斯凡迪亚尔连过七关：杀死两只吃人的狼；杀死一头狮子；斩杀大蛇；制服女妖；杀死神鸟西姆尔格；克服暴风雪；渡过凶险的大河。埃斯凡迪亚尔过河后扮成商人，货车上藏有百名勇士，进入了阿尔贾斯帕藏身的堡垒。

他们大宴敌军，乘土兰人沉醉之际，杀死了阿尔贾斯帕和他的儿子。

埃斯凡迪亚尔得胜班师回国，但他的父王并没有信守退位诺言。国王请星相家占卜，得知儿子会死在鲁斯塔姆之手。他冠冕堂皇地对儿子说：必须把居功自傲的鲁斯塔姆绑缚到宫廷，才能放心地把江山交给他。顶天立地的汉子鲁斯塔姆自然不甘无缘无故地接受戴枷之辱，一眼看穿了国王想让他们两败俱伤的险恶用心，对王子好言相劝，但埃斯凡迪亚尔却坚持按父王的要求办，于是两位勇士之间的大战就不可避免了。第一次交手，年迈的鲁斯塔姆不敌王子，负伤而走。夜晚他点燃了父亲给他的神鸟羽毛，神鸟飞来面授机密：埃斯凡迪亚尔因吃过拜火教先知琐罗亚斯德赠给他的一只石榴，因而除了双眼以外，全身刀枪不入。他应寻找坚硬的柽柳树的叉枝作箭柄，装上箭镞，去射王子的双眼。再次交战时鲁斯塔姆依计而行，埃斯凡迪亚尔被射中双眼而丧命。埃斯凡迪亚尔在临终前把儿子巴赫曼托给鲁斯塔姆培养。日后巴赫曼继承了祖父的王位。

40. 以战盔为王冠的波斯勇士鲁斯坦姆
yǐ zhàn kūi wèi wáng guàn de bō sī yǒng shì lǔ sī tǎn mǔ

天神助我成功，赋予我神力，
我的力量不靠国王也不靠军旅。
战盔是我王冠，拉赫什是我王座，
大棒是我权杖，大地是我王国。

这是出自波斯勇士鲁斯坦姆之口的豪言壮语。鲁斯坦姆是《列王纪》勇士故事部分的中心人物，也是氏族制度下的军事民主时期塔吉克人（萨克人与粟特人）的祖先。他的一生是保家卫国的战斗的一生，在无数艰苦卓绝的逆境考验下尽显英雄本色，成为波斯民族叱咤风云的伟大英雄。

在法里东的重孙玛努切赫尔统治时期，担任伊朗东南锡斯坦统帅的是勇士萨姆，相传他曾猛然一击就把妖龙打败，所以人们常常叫他“猛一击”萨姆。忙于征战的萨姆膝下无子，经常祈求上苍给他送子，不久妻子果然生了一个儿子，但孩子一出生就长了满头白发。萨姆认为这是不祥的征兆，便把他遗弃在深山。神鸟凤凰把他抚养成人，并教会他人语，取名达斯坦，意为“欺骗”、“不公道”，指遗弃孩子的行为不公道。许多年后萨姆梦见山中有一个白发少年出没，知道自己的儿子还活在人世，产生了自责的悔意。他立即进山寻子，并把儿子接回家。临别时神鸟赠少年数根羽毛，嘱咐如有急难可以焚烧它，神鸟就立即会前来相助。因为他满头白发，人们都叫他左勒·扎尔，意为“白发人”。扎尔长大以后，玛努切赫尔国王命令他去统辖帝国东部扎别尔斯坦（约相当于今阿富汗喀布尔以西及伊朗东南部锡斯坦等地）。

白发勇士扎尔去喀布尔访问，得知国王密赫拉布有一个叫鲁达贝的美丽女儿，就想娶她为妻。鲁达贝也有意于扎尔，托奶娘替她传情。因为密赫拉布是蛇王佐哈克的后裔，两国国王一开始都反对他们结合，但扎尔的父亲萨姆从中斡旋，促成了他们的婚事。不久鲁达贝身怀孕，临近分娩时她的情况非常糟糕。扎尔想起了义母神鸟，便在香炉中焚烧了一根羽毛。神鸟遮天蔽日地展翅飞来，嘱咐他们可以用一种酒对产妇进行麻醉后实施剖腹产，并留下了帮助伤口愈合的药膏。以如此神奇的方式诞生的孩子就是鲁斯塔姆，据说鲁达贝死里逃生地生下孩子后，激动地大喊：“比拉斯塔姆”，意为“我得救了！”，于是就给儿子取名为鲁斯塔姆。另一种说法是这个名字意为“有神力的人”或“身材魁梧的人”。果然鲁斯塔姆一出生便吃十个婴儿所吃的奶，到能吃饭时能吃下五个壮汉的饭，儿童时期就杀死了为害百姓的白象，显示出不同常人的体力和胆量。他初上战场就锋芒毕露，一把捉住土兰国王阿夫拉西亚伯的腰带将其擒获，勇武的小将正要把他拎回伊朗军营时，他的腰带突然断裂，从鲁斯塔姆手中坠落下来，侥幸得以逃脱。鲁斯塔姆长大后成为天下无双的伟大英雄，在长达六百年的战斗生涯中屡建奇功。他的主要功绩是辅佐凯扬王朝第二代卡乌斯国王，捍卫伊朗疆土。

卡乌斯国王曾用千万头牛、马、羊献祭水神阿娜希塔，获得了天赐的灵光。不知天高地厚的卡乌斯经常做一些自不量力的事情，最后以陷入困境收场，这时在他身边就会出现前来救驾的鲁斯塔姆。勇士著名的救援行动有三次：

第一次卡乌斯因为贪欲被白妖所俘。国王听说伊朗北方的马赞得朗风光秀丽，要带兵征服，因那里是妖魔出没之地，众臣极力劝阻但无效。马赞得朗国王求法力高强的白妖相助。白妖以乌云遮住妖兵，杀得伊朗军队措手不及，死伤过半。侥幸逃生的卡乌斯和兵士全部失明，做了俘虏。这时白发勇士扎尔年事已高，就派儿子鲁斯塔姆前去解救，儿子临行前他嘱咐道："勇士应敢于征服危险，光荣地战死胜于苟且偷安。"为了赢得时间，鲁斯塔姆挑选了一条去马赞得朗的险恶的近路。途中果然险象环生，他勇闯七关：他的战马战胜雄狮；穿越无垠的大沙漠；腰斩巨蟒（龙）；杀死变成美少女迷惑他的老妖婆；降服马赞得朗的魔头欧拉德，询问出伊朗战俘被囚之处；杀死妖怪阿克旺；独自应战山一样高大、白发如雪的白妖，经过一场恶斗，结果了他的性命。并以白妖肝脏的血使被关押的伊朗人眼睛复明。随后又战胜马赞得朗国王，分封助战有功的欧拉德为王，把该地区置于伊朗国王统治之下。

第二次卡乌斯为了美女而身陷囹圄。在征服马赞得朗后卡乌斯让鲁斯塔姆回国，自己又率兵继续征战，与哈马瓦兰国（今叙利亚或也门地区）交手时很不顺利，久攻不克。他听说哈马瓦兰公主苏达贝美如天仙，遂向国王求婚。国王一开始不允，后来以许婚为诱饵骗得卡乌斯毫无戒备地前往，轻而易举地抓住了他。公主苏达贝爱慕卡乌斯，要求同他囚禁在一起，国王把她也投入牢狱。与此同时，土兰国王阿夫拉西亚伯趁伊朗朝中无主又来进犯，占领了伊朗。鲁斯塔姆赶走了入侵者，又再次飞身前往哈马瓦兰，救出被关押的卡乌斯和苏达贝。

第三次卡乌斯飞天坠落荒野。卡乌斯听信魔鬼的唆使，把软椅绑在鹰翅上，飞上天空，从此灵光便离开了他。他被天神的雷电击中，软椅落在阿姆河边。鲁斯塔姆再次出行找到他，并亲自护送他回京城。

鲁斯坦姆在《列王纪》中的重要地位，还表现在四大悲剧中。除第一个外，其余三个都与他有密切的关联。第二大悲剧即著名的“鲁斯坦姆与苏赫拉布”悲剧，是鲁斯塔姆人生经历的重要组成部分。当时土伊边界又传战事，一名无敌的少帅进攻伊朗，势如破竹。鲁斯坦姆被召应战，于是在命运的捉弄下发生了父杀亲子的人间惨剧。这个悲剧在世界文坛上也具有相当的影响。

第三大悲剧中鲁斯坦姆既是王子夏沃伊的导师，也是他的战将。鲁斯坦姆与夏沃伊有父子般的深情，王子遇难后，他为报仇而手刃国王的宠妃和土兰王子；他审时度势，支持王子议和，并向国王力陈讲和的益处；在劝说无效的情况下，他急流勇退，返回领地，不再为穷兵黩武的国王尽力，表现出勇士应有的善良、忠诚和理智。

第四大悲剧突出了鲁斯塔姆勇士的自尊与骄傲。当王子埃斯凡迪亚尔为了自己早日登基而要无理地绑缚他进京时，一贯忠于王室的鲁斯塔姆愤然拒绝，他毅然拿起武器捍卫自己的尊严与名誉。尽管他与王子进行了殊死的搏斗，但他内心明白，幼稚的王子不过是国王要借他的手毁弃的一颗棋子，所以他最后含泪答应了王子临死前的托孤的请求。仁厚忠信的鲁斯塔姆，毫无戒心地把自己的全部本领传授给埃斯凡迪亚尔的儿子巴赫曼，并辅佐他继承了王位，结果为自己种下了祸根：巴赫曼长大后为报父仇，追杀鲁斯塔姆的亲人，于是功高盖世、显赫一时的鲁斯塔姆家族从此走向了衰落。

岁月毕竟不饶人，走过了六百年的战斗征程的鲁斯塔姆已步入暮年。他与苏赫拉布、埃斯凡迪亚尔两员小将的搏杀，已显出体力不支的弱势。举世无双的英雄面临着生命的最后一刻。祖父萨姆曾与一个妃子生有一子，名叫沙卡德。沙卡德在喀布尔宫廷效力，他嫉恨侄儿鲁斯塔姆的名气与勋业，喀布尔国王也想杀害鲁斯塔姆。于是二人合谋，由沙卡德邀请鲁斯塔姆去打猎，在他必经的路途上挖好陷阱。没有防备的鲁斯塔姆坠入插有尖刀的深井中，他以防备野兽为名向沙卡德索要弓箭后，一箭射死沙卡德，自己也与敌人同归于尽，悲壮地死去。随着勇士鲁斯塔姆的退场，

《列王纪》中的勇士故事部分也随之全部结束。

41. 死于父亲手下的少帅苏赫拉布
sǐ yú fù qīn shǒu xià de shǎo shuài sū hè lā bù

这里我要讲父与子残杀的经过，
讲两个巨人怎样在战场上邂逅。

一听到他们的故事禁不住掉泪，
我们的心中充满了无穷的悲哀。

菲尔多西在故事开卷处以浸染泪水的诗句，揭开了少年苏赫拉布悲剧的序幕。波斯勇士鲁斯塔姆到伊朗与土兰边界去打猎，他骑着骏马拉赫什一路飞驰，闯入土兰国境。在他睡觉时，一群土兰人抢走了拉赫什去做种马。等他醒来时只见几具死尸，原来是被勇猛的拉赫什踢死的盗马贼。鲁斯塔姆寻着马蹄印来到了土兰藩属国撒马尔罕国，居民们竟以为是旭日东升。国王久仰大英雄的威名，隆重地接待了他，并答应为他寻找战马。夜晚有一美人出现在鲁斯塔姆的卧榻前，她就是公主达赫米娜，慕名前来拜访鲁斯塔姆，并表示愿与英雄结配姻缘，希望能赐给她一个儿子，一个像鲁斯塔姆一样顶天立地的巨人：

让他像你一样——骁勇坚强，
愿他像你一样——幸福无疆。

鲁斯塔姆把公主的意愿告诉了国王，国王非常高兴地把女儿嫁给了他。天亮以后鲁斯塔姆牵着找到的战马，与公主洒泪告别。他给面如皎月的公主留下一个护身玉符，并叮嘱她：如生女儿，把玉符作为头饰；如生男孩，把玉符作为臂饰，以便日后凭此信物与孩子相认。不过勇士还是热烈地期望妻子能生下男孩，并预先给了他美好的祝福。

这里的萨姆、纳里曼分别为鲁斯坦姆的祖父与曾祖父。公主日后果然生了一个像鲁斯塔姆一样健美的男孩，取名苏赫拉布。他力大无比，一只手放在马背上就能把马脊骨压断。苏赫拉布快满十四岁时得知父亲是大名鼎鼎的英雄鲁斯塔姆，于是带上父亲的信物，跨上拉赫什留下的比闪电还快、像大山一样雄伟的龙驹，急切地前往伊朗寻父。

从苏赫拉布的表述可以看到他与鲁斯塔姆家族的忠义品格相悖，恃才自傲的少年完全把个人家族利益置于国家民族利益之上。作者不赞成他这种“称孤道寡，把天下独霸”的非正统思想，应该说它也是苏赫拉布出师不义、最后毁灭的深层原因。

土兰国王阿夫拉西亚伯害怕巨人父子联手作战，对他构成威胁，就派两名心腹谋士鲍曼与呼曼带三十万大军随苏赫拉布出征，真正目的是阻挠他们父子相认，最好让老狮子杀掉小狮子，足见他的阴险毒辣。

“叫日月变色”的苏赫拉布进入伊朗境内，犹如“狮子进了鹿苑”，一路斩将搴旗，无人能敌。他生擒边界重镇白堡的统帅哈吉尔。哈吉尔的女儿古尔达法里德与苏赫拉布交战之时，眼见自己就要被擒，谎称议和，答应第二天无偿献上城池及财宝。脱身回城后，她毫不客气地羞辱少帅。

她指挥军民连夜从暗道转移，天亮后只给羞愤不已的苏赫拉布留了下一座空城。这个情节是作家成功的铺垫，暴露出少帅天真轻信的不成熟特点，为他的惨死埋下了伏笔。古尔达法里德的魅力还使苏赫拉布还陷入了情网。

大臣劝说他：“伟大的征服者不应该为儿女之情痛哭流涕。”一番话语重新激起他指点江山的雄心，振作起来了。他并不固执己见，能够知错就改，较强的可塑性也符合他未满十四岁的心理状态。

伊朗国王卡乌斯吓得“心儿纤弱得像新月一弯”，急传鲁斯塔姆应战。鲁斯塔姆听说土兰主帅异常勇猛，也曾想到可能是自己留在土兰的儿子，但又马上否定了：“他还是个毛孩子，让他出师远征还为时过早。”当鲁斯塔姆赶到卡乌斯宫廷报到时，国王认为他拖延了时间。

鲁斯塔姆“由于愤怒，身上的铠甲快要炸碎”，他并不惧怕国王的淫威，义正严词地反驳。

鲁斯塔姆拂袖而去。大臣追赶上他后苦苦劝说。

深明大义、宽宏大量的鲁斯塔姆很快放弃了个人的恩怨，重新做了伊朗十万大军的统帅。于是震惊天宇的鲁苏大战开始了。

作家毕竟非常同情他们父子间的悲剧，质问苍天为什么“你亲手缔造的东西，又由你亲手破坏”，突出强调了命运的捉弄：“在致命的劫运的翅膀底下，眼目清亮的人也要变瞎”。而伊土双方将领为了或善或恶的目的都极力隐瞒真相，又一次次地勒紧了套在苏赫拉布脖颈上的命运绞索。

首先，老臣让达被夜潜敌营的鲁斯塔姆一掌打死，而他正是军中唯一见证鲁斯塔姆与达赫米娜公主婚姻的人，此次肩负着公主的重托：在阵前为苏赫拉布指认他日夜企盼的父亲。然后，被俘的白堡统帅哈吉尔出于害怕鲁斯塔姆遭毒手的好意，当苏赫拉布一再询问鲁斯塔姆是谁的时候，他竟再三谎称是不知其名的中国使节；心怀鬼胎的呼曼也说那匹战马绝不是拉赫什。最后，血缘亲情使苏赫拉布一见鲁斯塔姆“心儿立即倾向了他”，三次交战有两次他满怀希望地问对手是不是鲁斯塔姆：“你到底是谁？我曾经问过许多人，可是谁都不肯讲给我听”，遗憾的是鲁斯塔姆一次也没有告诉孩子真相。

“一个年轻气盛，一个苍老阴沉”，两位勇士第一次交手，苏赫拉布就略占上风，给了鲁斯塔姆肩上一锤。第二次交锋鲁斯塔姆因年迈力衰，被苏赫拉布抓住腰带，扔到地下。但鲁斯塔姆却欺骗苏赫拉布说：真正的英雄好汉不应杀死第一次被打倒的对手，到第二次制服了对手，才能杀他。苏赫拉布竟听信了他的话。

第三次交手时鲁斯塔姆击倒了苏赫拉布，他并没有按“勇士规矩”行事，“刹那间他拔出匕首，就对儿子的左肋猛戳”。

直到生命的最后一刻，苏赫拉布依然为有一个伟大的父亲而自豪，警告杀害他的人：无论逃到哪里，鲁斯塔姆也一定会为自己的儿子复仇。鲁斯塔姆一听此言立刻昏死过去。醒后看到少帅铠甲下手臂上的玉符，确认他就是自己的亲生儿子。悲痛欲绝的鲁斯塔姆撕扯着自己的花白头发，眼里流着血泪。儿子的诘问和安慰，更使他无言以对。

苏赫拉布请求父亲的第一件、也是最后一件事就是要把土兰将士全部平安送出伊朗，让卡乌斯不要再向土兰派兵。他高尚的心灵化解了两国间的战争，难怪本指望从中渔利，乘机征服波斯的呼曼垂头丧气地哀叹道：苏赫拉布白死了。

抱着奄奄一息的儿子，绝望的父亲忽然想到国王存有神药，就请求卡乌斯赐药使爱子起死回生，但卡乌斯怕救活了苏赫拉布，鲁斯塔姆会如虎添翼，夺走他的王位，便一口回绝了。苏赫拉布的死是一场悲剧，而鲁斯塔姆的一生又何尝不是悲剧，忠烈家族的最后传人竟因国王的私心而殒命。诗人通过伊朗战将古达尔兹之口说出了这样悲愤的话：

君王满怀着敌对情绪，
带给我们的是——恶毒的果子。
世上谁还有像他那样残酷心肠！
忠于他，为他立功效劳有啥用场！

鲁斯塔姆父子的悲剧清楚地说明统治阶级内部冷酷的君臣关系的本质，充分暴露了国王冷酷残暴的面目。从此苏赫拉布日日夜夜都由垂泪的父亲守护，伤心的母亲一年后就踏上了不归之路。

整出悲剧高潮迭起，悬念丛生；浸染亲情，催人泪下；人物鲜明生动；语言朴质晓畅，代表着菲尔多西诗歌的最高成就。

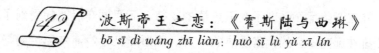

42. 波斯帝王之恋：《霍斯陆与西琳》

bō sī dì wáng zhī liàn：huò sī lù yǔ xī lín

长诗描写的是萨珊王朝第二十五位国王霍斯陆与亚美尼亚梅希因女王的侄女西琳曲折的恋爱故事。霍斯陆与西琳的故事长期流传于伊朗人民中间，菲尔多西在他的《列王纪》中也曾写到过这则故事，但情节比较简单，篇幅也不长，只是一个国王选娶异族之女为后，大臣们极力反对的故事。西琳被霍斯陆接到宫中后，出于强烈的嫉妒心，竟施毒把王妃玛丽亚毒死。菲尔多西让西琳自己提出一个女人应该秀丽端庄、温顺知耻、生子延嗣。显然，在《列王纪》中的西琳本人并未达到这个标准。

内扎米的作品大体上保留了菲尔多西的故事框架，但在情节安排、人物塑造上有自己可贵的创新。诗人在全诗开头明确提出要以爱情故事代替历史故事，这样就改变了故事中矛盾的性质，把国王与大臣之间的冲突变为男女主人公之间的爱情纠葛。为了突出爱情的主题，内扎米在开始叙述故事情节前饱含热情地赞颂了爱情的伟力。

随后诗人拉开了帝王之恋的序幕：当霍斯陆还是王子的时候，他就从密友沙浦尔处得知亚美尼亚梅希因女王的侄女西琳美艳惊人，于是他派沙浦尔前往亚美尼亚传情试探。能文善画的沙浦尔在西琳经常郊游的地方，多次把王子的肖像悬挂在树枝上。当西琳在画像前呆呆站立时，沙浦尔走上前去，告诉她画中英俊的男子就是爱慕她的伊朗王子霍斯陆。西琳一直不断地打听霍斯陆的情况，少女的心事已暴露无遗：她也喜爱霍斯陆。果然西琳最后请求沙浦尔成全他们的爱情。沙浦尔嘱咐她在打猎时假装走失，然后骑上千里乌骓马直奔伊朗，并给了她王子的戒指作为信物。西琳依计而行离开女伴后，快马加鞭去找王子。她的失踪使女王伤心不已。

而这时霍斯陆因一直没有得到西琳的消息而急不可耐，带着侍从奔向亚美尼亚。当走到一山间清泉时见到一位美女正在洗浴，他欲火中烧。然而美女转瞬即逝，霍斯陆为失去了到手的猎物而惋惜，这个女子就是西琳。于是一对互相爱慕的人失之交臂，又各自向相反的方向走去。

霍斯陆在亚美尼亚受到了女王热情的款待，而西琳在伊朗却受到了冷遇，被安排在远离皇宫的偏僻燥热的地方。霍斯陆又令沙浦尔回伊朗把西琳带来，西琳闻讯后立即启程返回祖国。眼看他们就要相见，但是节外生枝的事又一次发生了：霍斯陆没有等来西琳，却听到了父王病逝的噩耗，他匆忙回国奔丧。西琳重回亚美尼亚时又没见到王子，感到非常失望。倒是女王为侄女的平安归来而万分高兴。

刚刚继承王位，就遇到了叛臣造反，霍斯陆被迫出国避难。一天，霍斯陆与西琳终于在猎场相见，他们喜极而泣。女王一面热情接待霍斯陆，一面又为侄女的贞操担心，叮嘱西琳：切不可婚前失贞，否则会落个始乱终弃的下场。西琳向姑母保证。

以后的故事情节就发展为霍斯陆轻浮求欢与西琳贞洁自守的几番较量。有一次在野外游玩时霍斯陆赤手空拳打死雄狮，救了西琳一命。西琳感激地吻了他的手，霍斯陆趁机亲吻西琳。从那以后，霍斯陆一直缠着西琳，他越是苦苦求欢，西琳越是坚决拒绝。除了为自己的贞操考虑外，她不希望心上人耽于逸乐，忘记重整江山的伟业。

霍斯陆见西琳执意不肯与他寻欢作乐，一气之下离开了亚美尼亚，来到了罗马的康斯坦丁堡。国王恺撒非常喜爱霍斯陆，把自己的女儿玛丽许配给他，并出重兵帮助他恢复了王位。与此同时，亚美尼亚女王仙逝，作为她的唯一亲人，西琳也登基为女王。她把朝政交给心腹大臣后，带着侍从来到了伊朗，住在原来的行宫。霍斯陆得知西琳来找他，却不敢前来探望，因为在罗马时玛丽就让霍斯陆发过誓只能娶她一人为妻，并表明一旦丈夫违背诺言，她就自缢而死。胆怯的霍斯陆感到左右为难，就派沙浦尔把西琳偷偷带进宫来幽会。西琳一听此言，气愤地回绝了。

西琳独自在异国的荒郊旷野，郁郁寡欢，食欲不振，每天只喝些鲜奶。但那里又远离牧场，只好造一条水渠来送奶。沙浦尔推荐与他一起去中国学艺的石匠法尔哈德来完成。大力士法尔哈德一见到西琳就爱上了她。一个月后水渠挖完，但法尔哈德并没远走，他经常来看望西琳。霍斯陆听说了法尔哈德对西琳的爱情，嫉妒得发狂，顿起杀心。为了不让石匠“把好事扰乱”，他假意同意法尔哈德娶西琳，条件是开通高大险峻的比斯通山。为了爱情，法尔哈德削石如蜡，狂热地工作着。霍斯陆一见完工有望，又生一计，派人告诉石匠西琳已死。法尔哈德闻听此言大喊一声：“啊，我心中多么痛苦！”便像小山一样从悬崖上滚下死去。西琳悲痛地把他埋葬了。

这时王后玛丽也患病死去。西琳静等着封后，对霍斯陆的态度更加矜持。霍斯陆一怒之下又娶了美女夏卡尔。西琳闻讯后愤怒地讥讽他。

一天，心里仍放不下西琳的霍斯陆带着一身酒气去拜访她。西琳认为酒醉不宜相见，把他拒之门外。霍斯陆怒气冲冲地走了，西琳又不忍心地追到皇宫。在沙浦尔的帮助下，艺人唱起西琳写的情诗。结果霍斯陆大受感动，西琳也从藏身处出来，二人终于和解。随后西琳回到自己的住所，霍斯陆正式迎娶她回宫，立为王后。

他们共同幸福地生活了许多年后，一场灾害降临了：玛丽的儿子西鲁耶趁父王睡觉的时候，用匕首刺破了他的肝脏，杀死了霍斯陆，并要娶继母西琳为后。西琳不置可否。在出殡的那一天，精心打扮的西琳关上了霍斯陆的墓穴，在吻过他的伤口以后，也用一把匕首刺进了自己的肝脏。

秀丽端庄、贞节自守的西琳矢志不移地爱着霍斯陆，最后为他勇敢地献出了生命，她的自杀是全诗最悲壮的一幕。

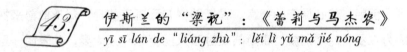

43. 伊斯兰的“梁祝”：《蕾莉与马杰农》

yī sī lán de “liáng zhù”: lěi lì yǔ mǎ jié nóng

在痴情人的眼中，爱人的发丝就是挥之不去的缕缕情丝；在穆斯林的心目中，最著名的恋人就是永远不死的马杰农和蕾莉。在吟诵完一首帝王的恋歌《霍斯陆与西琳》之后，内扎米又为我们奉献了一曲以平民为主角的爱情千古绝唱：长篇叙事诗《蕾莉与马杰农》。

蕾莉与马杰农故事原为阿拉伯民间的贞节爱情故事。8 世纪阿拉伯伍麦叶王朝建立以后，居住在首都大马士革的统治集团过着纵情声色的腐朽生活。但是在阿拉伯半岛腹地，宗法习俗仍然禁锢着人们的思想。青年男女根本没有自由恋爱的权利，只好借助于文学表达自己不能实现的理想。作品对不幸情侣的歌颂与同情，实质上就是对扼杀自由的宗法观念的反抗。蕾莉与马杰农的故事就是在这样的社会背景下产生的，是同类爱情故事中最著名、最出色的一个。艾布·法拉·伊斯法罕（897－967）曾把这则故事收集在他选辑的《诗歌全集》中。

波斯诗人内扎米是把这个阿拉伯故事改写为叙事长诗的第一人，并使《蕾莉与马杰农》成为伊斯兰文学中的典范。长诗是应阿塞拜疆的地方政权席尔旺国王阿卜·莫扎法尔的要求而编写的。因为是命题而作，故事本身又不具备浪漫传奇色彩，一开始诗人颇感为难，他在《序诗》写道：

没有园林美景和皇家盛筵，
没有琴声美酒情意缠绵，
荒凉的山和干燥的沙漠，
哪里去寻觅凄婉动人的歌。

然而他的儿子鼓励父亲写下去：
"你的鼓声直达天庭，名声远震，
你可还记得《霍斯陆与西琳》？
高歌一曲，多少人为之倾心？"

于是诗人拿起了笔。随着写作的深入，这对青年男女的爱情完全征服了内扎米。

这出感天动地的爱情悲剧与我国梁祝化蝶的故事很相似：共同求学产生爱情、族人的阻挠不得婚嫁、双双悲惨地殉情。一个阿拉伯部族的小伙子凯伊斯（又译吉斯）和另一个部族的姑娘蕾莉在一起读书，两个人一见倾心，互相爱慕。内扎米用诗意盎然的笔触，生动活泼地描画了女主人公惊人的美丽。

但是迫于习俗，一对恋人近在咫尺却不能公开表白他们如火的情感，只能把爱深藏在心头。然而他们的双唇还没来不及开启，流言蜚语已经传到了远乡近邻。

于是蕾莉被迫退学了。在感情的重压下凯伊斯终于无法再平静地读书了，他整天长吁短叹，像疯子一样喃喃自语，唱着自己编写的情歌。他哭笑无常地在去蕾莉家乡的路上奔波，人们开始叫他"马杰农"。这个阿拉伯词汇，意为"疯了的"、"被恶魔缠住了的"，诗人引申为"为爱情所苦的人"。

艰苦的跋涉有时还能得到幸福的回报，一对苦命的人偶尔远远地见上一面。

马杰农的父亲十分疼爱自己的独子，对他苦苦相劝放弃蕾莉，但没有效果。他只好硬着头皮去到蕾莉的部族求亲。但是蕾莉的父亲不愿把的女儿嫁给一个精神不太正常的人，更不愿意让流言成真，有辱家族的名誉，于是拒绝了这门婚事。马杰农的父亲羞愧而归。一位体面有势力的阿拉伯人诺乌法勒看到马杰农疯癫落魄的情景，决心成全他。但他的好意也遭到了蕾莉部族的拒绝，最后双方动起了刀兵。可最终残酷的厮杀也没能使心心相印的人结合在一起。

于是马杰农再次走向荒野孤独地与野兽为伍，不知疲倦地唱着他泣血的情歌。

甚至在朝拜伊斯兰教圣地天房时，他许下的愿望依然是永葆刻骨铭心、痛彻心脾的爱。

在爱情生命线的另一头，蕾莉也在思念着马杰农。她躲开恶毒的眼睛，托人带来了深情的问候。

但最终她没能违抗父亲的意旨，转而他嫁：富家子弟伊本·萨拉姆偶然看到了蕾莉，惊叹天下竟有这样的美人！他深深地爱上了蕾莉，以重金向姑娘的父亲提亲，堂堂正正地把蕾莉娶回了自己的帐篷。蕾莉的出嫁是整个爱情悲剧的重要转折点，也形成了表现情感的一次高潮。马杰农一听到这个不幸的消息，顿时陷入更加痴狂的状态。

披上婚纱的蕾莉表面上向命运屈服了，但是她的心里只有马杰农，她以生命作赌注坚决保护着自己的贞操，柔顺的少女表现出少有的刚强：

爱情变成金刚钻一般的财富，
谁还管什么父亲和发威的丈夫！

同样热爱蕾莉的萨拉姆没有用暴力强迫妻子，但他的内心充满了同样的悲苦，最后郁闷而死。秋天来了，美丽的花儿也随之凋谢。病入膏肓的蕾莉积攒最后的气力，再一次表白只有马杰农才是她一生唯一的真爱，她带着遗憾和不平走向了冰冷的坟墓。荒野中的马杰农得知玉魂陨落的噩耗后，他跌跌撞撞地赶到了蕾莉的新坟，伴随着他的是忠实的异类随从——野兽。

兽群一直陪伴着孤独的马杰农，孤独的马杰农一直守护着可怜的蕾莉。直到他的尸体完全变成了骷髅，兽群才依依不舍地离去。然后来了被痴情感化了的人们，把马杰农和蕾莉合葬在一处。从此，这对为爱而生、为爱而死的恋人的坟茔就成了后人、特别是挚爱的情人们朝拜的圣地。

西方读者也非常欣赏这部叙事诗，他们亲切地把《蕾莉与马杰农》称为“东方的《罗密欧与朱丽叶》”。

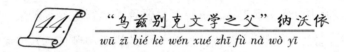

44. “乌兹别克文学之父”纳沃依

wū zī bié kè wén xué zhī fù nà wò yī

14、15 世纪，随着伊朗势力的衰弱，中亚各民族相继发展壮大，成为独立的国家，乌兹别克就是其中之一。在文学上，乌兹别克的作家们努力摆脱波斯文学的影响，开始以民族语言反映本民族的生活。中世纪著名诗人、政治活动家纳沃依就是其中最杰出的代表。

纳沃依（1441—1501），全名为纳沃依·尼扎玛京·米尔·阿里舍尔，“纳沃依”是“和谐”、“悦耳”的意思，它代表了诗人追求文辞优美的志向。纳沃依出生于赫拉特的一个贵族官宦之家，从小受到良好的教育。他天资聪慧，五岁时已学会波斯文，七岁就能背诵波斯著名诗人菲尔多西、内扎米、萨迪、哈菲兹等人的作品，十五岁就能用波斯语和乌兹别克语两种语言写作。他是该民族最早成功地运用本民族语言进行创作的作家。

纳沃依在少年时代有一个身份独特的同学：霍拉桑·拜卡尔王子。1468 年拜卡尔继承王位，转年任命同窗纳沃依为掌玺大臣，三年后又提升他为王国大臣。纳沃依为人正直耿介，实行的一些立国安邦的改革举措得罪了上流社会，也与国王产生了矛盾。1487 年他遭诬陷被流放异乡。一年后重回赫拉特的纳沃依，结束了近二十年的官宦生涯，远离险恶的政界，隐退在家，潜心写作。从此他在文苑辛勤耕耘，勤奋创作，为后人留下了三十卷宝贵的文稿，其中大部分是诗集。此外还有哲学著作《心之所爱》、语言学著作《两种语言的诉讼》、诗学论文以及有关波斯著名诗人贾米的《回忆录》等。

纳沃依的代表作首推《五诗集》中第三部分《法尔哈德和西琳》。诗中的主人公法尔哈德是一位睿智博学、勤劳善良的中国（新疆一带）王子。在父王为他建造巍峨的春夏秋冬四座宫殿时，他就参加了修建工作，在实践中逐渐掌握了建筑技能。法尔哈德向往外面的世界，豪华的宫殿、丰厚的财产、闪光的宝座吸引不了他。他放弃了舒适安逸的皇宫生活，投身到了大千世界中。

在漫漫的旅途中，他历尽艰险，斩杀巨龙怪兽，尽管吃尽了苦头，但也得到了丰厚的回报：希腊哲人苏格拉底在神秘的岩洞中亲传真知。漫游归来，法尔哈德又在父亲的宝库中发现亚历山大王的伊斯坎德尔宝镜，宝镜中现出了理想王国和美丽女子。从此这位少女便做了他灵魂的主人，王子再次离开国土，去寻找镜中丽人。

一天，他来到亚美尼亚国，这里正大兴土木，开凿运河。王子带着自己发明的工具参加劳动，一天竟完成了三年的工作量，震惊全国。女王和公主西琳闻讯前来观看。他发现公主正是镜中美女，两人一见钟情。为了表达爱情，他为西琳建造了巍峨的城堡，还为百姓修建了一座水库，深得民众的爱戴。西琳的美丽传到波斯，国王霍斯陆派人求婚，遭到拒绝后竟发兵征讨。法尔哈德英勇反击，打败了侵略者。霍斯陆并不甘心，收买叛臣，致使法尔哈德不幸被俘。霍斯陆逼迫他放弃对西琳的爱情，法尔哈德誓死不从；他又让女巫谎称西琳已同意嫁给自己，法尔哈德信以为真，气绝而死。霍斯陆的儿子弑父篡位后也要强娶西琳。西琳趁机要求把法尔哈德的遗体运回，她守护着心上人的遗体悲伤辞世。法尔哈德的弟弟闻讯后兴兵为兄长和西琳报仇，赶走了波斯人。亚美尼亚人民又重新过上幸福宁和的生活。

三位主人公的名字我们也许并不陌生，波斯国王霍斯陆和阿曼公主西琳的历经坎坷的爱情故事在伊斯兰世界广为流传，波斯大诗人菲尔多西、内扎米都创作过同题材的优秀长篇叙事诗。所以严格地说，保留了他们的三角关系的《法尔哈德和西琳》并不是纳沃依的独创，但纳沃依对原作进行了诸多重大的艺术再创造也是不争之实。一是更改了人物的相互关系和身份。诗人把霍斯陆和西琳的爱情变成法尔哈德和西琳的爱情，霍斯陆和法尔哈德的主配角关系被倒换了；法尔哈德的身份由石匠变成中国王子，西琳的国籍也由阿曼变成了亚美尼亚。二是赋予人物以不同的性格和命运。法尔哈德从痴情木讷的匠人变成英武夺人、多才多艺的王子；西琳从一个感情时而旁属的女子变成忠贞不渝的情人；霍斯陆则从正面人物变成了反面人物，从开明君主变为蛮横阴险的暴君，从多情的恋人变成制造爱情悲剧的元凶。三是把一场单纯的爱情纠葛写成一场反抗侵略的正义战争，把爱情主题与政治主题交织在一起。作家以强烈的爱国情绪作为故事情节的依托：西琳对霍斯陆的断然拒绝，不仅是一场爱情的冲突，更是对正统的波斯王国权势的否定，因此这篇爱情诗歌带有鲜明的民族意识和政治色彩。四是把原来的枝节繁多、结构松散的故事锤炼成结构紧凑、主题突出的佳作。

经过纳沃依的天才般处理，法尔哈德成为一位性格鲜明的英雄。他具有高尚的人品，对王位不屑一顾，养尊处优的皇宫生活在他眼中不过是囚徒生活的代名词：

金制的笼子虽然闪闪发光，
笼中的鸟儿还是会忧愁悲伤。

他志向宏大，在人生的旅途上不断地求索、进取；他投身于广阔的天地，增长见识和才干。法尔哈德的两次漫游是长诗的重要情节。他的第一次漫游得到了希腊哲人苏格拉底的真传，开启了智慧的天光，得到了无价的精神财富，象征着他对理性与知识的追求；他的第二次漫游则象征着他对理想和爱情的追求。作为王位的继承人，他留意观察理想的社会模式；作为热爱生活的青年，他向往纯美的爱情。天道酬勤，生活给予了他索求的一切。当他千里迢迢来到理想的国度亚美尼亚，见到了爱与美的化身西琳公主时，往日漂泊的艰辛顿时化为乌有。

法尔哈德贵为王子却不以劳动为耻。他虚心向劳动人民学习实践技能，以自己的聪明才智发明了高效率的生产工具，带领人民进行征服大自然的创造性的劳动：开凿运河，修建水库。他为百姓造福，成就了理想君王的伟业，赢得了人民的尊敬，也赢得了西琳公主的爱情。

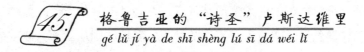

45. 格鲁吉亚的“诗圣”卢斯达维里

gé lǔ jí yà de shī shèng lú sī dá wéi lǐ

每当格鲁吉亚的女儿踏上结婚的地毯时，父母必定要送给她一本做嫁妆的书——长篇叙事诗《虎皮武士》；在举行婚礼时，人们高声诵读祝福新郎新娘永远幸福的诗句，也是出自同一本书，这一雅俗一直延续到19世纪。这本书的作者就是格鲁吉亚的“诗圣”卢斯达维里。

在卢斯达维里以前，格鲁吉亚的古代文学大致经过了三个发展阶段：大约从4世纪到7世纪为第一个时期，以神话、史诗和小说为主要形式的世俗文学在文坛占据主导地位；第二个时期是从8世纪到11世纪，在基督教的统治之下，教会文学日益兴盛，不过世俗文学也是大众喜闻乐见的形式；11世纪至13世纪为第三个时期，格鲁吉亚古典文学发展进入了黄金时代，在文学上表现出鲜明的反对基督教的思想倾向。

长诗《虎皮武士》（又名《豹皮武士》），既是格鲁吉亚古典文学的最高成就，也是世界著名英雄史诗之一。然而遗憾的是，作者肖泰·卢斯达维里的生平事迹不详。诗人在长诗中说自己是“卢斯达维无名的米斯希人”。米斯希人是格鲁吉亚南部的一个民族，在今阿哈尔齐赫区，那里的卢斯达维村就是诗人的故乡。史诗的序诗说明这部长诗是献给当时的塔玛尔女皇的。塔玛尔女皇在位的时间是1184年至1213年。因此可以推断这部作品写成的时间不会早于12世纪80年代末，也不会迟于13世纪头十年。作者大概生于12世纪60年代末或70年代初，卒于13世纪初叶。据学者考证，他自幼失去了双亲，在舅父的抚养下长大。因他才华卓著，得到塔玛尔女王的赏识，曾经入宫做了司库。1960 年，人们在耶路撒冷的格鲁吉亚圣十字修道院的圆柱上发现了卢斯达维里的肖像，画面上他穿着大臣服装。在修道院的文献中也找到了追荐他主持重修修道院并加彩绘的记载。由此可见他从政的业绩，也证实了他做过朝廷文官的说法。

以这部史诗般的长诗《虎皮武士》来看，确已尽现诗人的非凡的才华和渊博的知识。卢斯达维里接受过良好的教育，他不但继承了格鲁吉亚民间口头创作的优秀传统和古代文学遗产，而且吸收借鉴了东西方文化的精华。

卢斯达维里在《虎皮武士》中热烈地歌颂男女主人公真诚的友谊、忠贞的爱情，为我们塑造了三位珍视友谊、忠于爱情、英勇无畏的热血男儿，两位忠贞不渝、刚柔相济的美丽公主。阿拉伯的贤明君主罗斯杰万膝下只有独女吉娜庆。年轻的武士阿夫坦季儿是统帅之子，倾心爱慕吉娜庆公主。罗斯杰万年老体衰，决定让位给公主。武士备感欣慰的是以后每天都可以和吉娜庆女王见面了。

一天，罗斯杰万和爱将阿夫坦季儿骑马打猎比武，在丛林中发现一位年轻的外国骑士，他头戴虎皮帽，身穿虎皮衣，伤心得哭湿了衣裳，“好像寒风中的玫瑰蒙着银色的轻霜”。老国王派人去请他，沉浸在悲伤中的他执意不肯前来，于是老国王命士兵去把他抓来。被激怒的虎皮武士打死了来犯者后，就像幽灵一般消失了。老国王回宫后心中充满了愤怒和疑惑，盼望能再见到那个怪人。

女王请阿夫坦季儿去为父王找到这个素昧平生的虎皮武士，给他三年的期限。并向他表白了爱情：你回来后，我就把永不凋谢的玫瑰花奉献给你。情深意长的恋人海誓山盟后，阿夫坦季儿含泪踏上了征途。他漂泊在异国他乡，穿过了整个阿拉伯，苦苦地寻找虎皮武士的踪影，快到限期时他才发现了虎皮武士。通过虎皮武士的义妹阿丝玛的介绍，他们终于交上了朋友。两人“好像是两个太阳”，互相拥抱亲吻。虎皮武士向阿夫坦季儿介绍了自己的身世。

虎皮武士名叫塔里爱尔，其父是印度的一个小邦国的国王，称臣于最高皇帝法尔萨唐后被封为总司令。塔里爱尔出生时，法尔萨唐尚无子女，于是把他收为义子，五年后，国王的独女涅丝丹·达列姜出生。塔里爱尔在父亲死后继承父职，做了全国的统帅，并与涅丝丹秘密相爱，公主的侍女阿丝玛为他们传达情书。

公主鼓励他应在战场上立功建业。塔里爱尔勇敢地投入了战斗，大胜印度劲敌契丹拉玛司。他给涅丝丹捎回了珍贵的面网，公主也把玉镯作为定情之物送给了武士。然而不了解内情的皇帝却要把公主嫁给花剌子模的王子。塔里爱尔痛苦又无奈，没有做出明确的反应。被激怒的公主像一只威严的雌虎怒斥他放弃爱情、不顾国家利益的软弱行径。因为如果这个婚姻成为现实，那么外国人就可以达到统治印度的目的。

对爱情与祖国的忠诚给了她无穷的力量，她要塔里爱尔向法尔萨唐宣布："我永远也不会让敌人夺取我们的印度。祖先传下的国土，我决不出让一寸。"她坚决果敢地进行反抗，授意塔里爱尔杀死前来求婚的异族王子。国王大怒，一面下令追捕塔里爱尔，一面要杀死自己的妹妹达法尔女巫，以为是她暗中帮助了公主。实际上并没有参与此事的达法尔女巫怨恨侄女，在自尽前给公主施了魔法，两个黑奴把她劫往大海，从此杳无音信。塔里爱尔终日以泪洗面，穿起虎皮衣，踏上了寻找公主的漫漫征途。他帮助佛里登国王战胜了其不义的叔父，夺回了领地。他们结为挚友。塔里爱尔寻找无果，终日浪迹山林。

阿夫坦季儿返回祖国后将武士的情况报告给老国王。女王为情人安全地归来欣喜若狂。但是为了同塔里爱尔的友谊，阿夫坦季儿暂时割舍了爱情，在征得女王同意的情况下第二次出行，想要帮助朋友找回他的爱人涅丝丹。

两个朋友再次相见，阿夫坦季儿独自前往海外寻找涅丝丹。他来到佛里登的国家时，与佛里登结为知交。佛里登赠给他财物和奴隶，以备路途之需。阿夫坦季儿随着商队辗转来到鼓浪夏罗城，终于了解到大商人乌欣的妻子法特曼曾搭救并保护过涅丝丹。贪杯的乌欣酒后失言，竟说出了家中有一个绝色美女，于是海王派人抓走了她。

危难中涅丝丹鼓励自己："还不到死亡的时候，谁愿意自尽？为了战胜灾祸，人需要智慧和理性。"她用法特曼给她的珠宝买通了看守，得以逃脱。不幸的是，她又被卡吉国的士兵俘获，卡吉国女王准备把她嫁给自己的儿子罗商。涅丝丹被囚禁在有万余精兵把守的悬崖孤塔中。法特曼派遣会魔法的黑奴飞往卡吉国孤塔，给涅丝丹送信。坚定沉着、忠贞不屈的涅丝丹，既不轻生也不怕死。她担心爱人与会魔法的卡吉人作战时会遇到危险，她放心不下祖国印度正被敌人包围。这支"遭到践踏的玫瑰吐出珍珠般闪光的语言"，她在托黑奴转给塔里爱尔的信中叮嘱爱人不要管她，迅速领兵去解救祖国的危难，而自己则准备以死相殉。

阿夫坦季儿带着涅丝丹的回信回到印度，向塔里爱尔报告了这激动人心的好消息。他们二人马上去找佛里登，三个朋友共同商量攻打卡吉国的办法。他们各自率部队从三个方向杀进了卡吉国，终于救出了涅丝丹公主。历尽磨难的塔里爱尔和涅丝丹终于幸福地结合。

沉浸在幸福中的塔里爱尔没有忘记朋友的恩情，他前去阿拉伯恳请老国王将女儿嫁给阿夫坦季儿。罗斯杰万不仅同意他们的婚事，而且还册立阿夫坦季儿为国君。

当知道印度老王已去世、契丹人入侵的消息后，三位好朋友迅速赶往印度，消灭了敌人。印度王后让女儿涅丝丹和塔里爱尔"坐在印度的王位上"，"获得了印度的七个宝座和全部领土"。于是两个朋友告别了塔里爱尔，返回了自己的国家。从此三位强大的兄弟都忠于自己的友谊：

他们经常相会，协力战胜顽敌。
他们做的好事像纷纷的瑞雪四处飘飞，
他们抚养孤儿和寡妇、老弱和残疾。
境内的坏人不敢为非作歹，都来归顺。
草地上的狼和山羊也言归于好，永不相争。

46. 日本古代文化与文学神韵

rì běn gǔ dài wén huà yǔ wén xuéshén yùn

坐落于富士山下的日本列岛，原是与亚洲大陆山水相连的土地。大约一万年前，由于地球的一次剧烈运动，日本列岛与大陆分离，成为一个岛国，从此日本进入了独立创造自己历史的时代。最早产生的日本文学，其实也经过了鲁迅先生所说的“杭育杭育派”时期，但由于当时的日本没有自己的文字，所以大多被湮没了。现存最早的用文字记载的文学，是从用汉字记载日语开始的，时间大约在公元5世纪中叶。

有关日本文学的分期，历来文学史家众说不一，有所谓“三分法”、“四分法”、“五分法”之说。明治时期（1867年始）之前的日本古代文学，在各个历史时期都有重要的文学形式和文学作品出现。如大和、奈良时期的《古事记》和《万叶集》，平安时期的汉诗文、日记文学和《源氏物语》，镰仓、室町时期的《平家物语》和谣曲、狂言，江户时期松尾芭蕉、井原西鹤、近松门左卫门的创作等。这些创作各具风采、摇曳多姿，共同构成了日本古代文学缤纷的画卷。

日本古代文学是在吸收外民族文化的过程中发展起来的。古代日本人民非常善于学习外民族的优秀文化成果，特别体现在对汉文化的学习吸收上。中日两国同居亚洲东方，一衣带水，而中国又是世界著名的文明古国，中日之间的文化交流在古代几乎是单向地“输入”日本。在公元3世纪前，日本只有语言而没有文字，许多口耳相传的文学就这样失佚了，据说直到公元4世纪后半叶，日本才向朝鲜半岛古国之一的百济学会了汉字，经过漫长岁月的摸索，终于形成了日本民族自己的文字——“假名”文字。古代日本不仅从中国输入了丝绸、茶叶、家具器皿等物产，更输入了政治体制和文化成就。特别是在中国的唐代时期，中日两国的文化交流更呈现出双向流动的繁盛局面。从公元630年到公元894年，日本进行了持续二百六十余年的遣唐使团活动。

遣唐使在《古事记》和《日本书纪》中被称为“西海使”，在《万叶集》中被称为“入唐使”。遣唐使团要越过波涛汹涌的大海，历尽艰辛，才能到达唐土。但当时的许多知识分子，包括贵族和僧侣，怀着对中国文化的炽热憧憬，冒险航行。许多当时著名的日本文学家和僧侣学者，都曾参与其中，架起了中日文化交流的桥梁，如著名诗人山上忆良、阿倍仲麻吕、小野篁和僧侣学者道慈、空海、圆仁等。

特别是阿倍仲麻吕，二十岁（公元717）时随日本第九次遣唐使团抵达中国，起汉名为晁衡，先后在中国生活了53年，从一介书生升擢至镇南节度使，为唐朝封疆大吏。晁衡与中国学者，特别是唐代诗人们的关系甚为密切，经常以诗文唱和。公元753年，晁衡东归，诗人王维作《送秘书晁监还日本国并序》赠别，后传来海船遇难的消息，大诗人李白作《哭晁衡》七绝一首，表达了唐代诗人对日本文学家的深沉感情。而晁衡幸免于难，几经艰难返回长安，后终老于中国。李白的“悼诗”便成为中日文人交流的佳话。

在古代日本，由于皇室和贵族得风气之先，推崇中国文化，所以上至高爵大夫，下至普通百姓，都很熟悉中国文学，熟悉中国古代著名作家和作品，他们甚至能随口吟诵汉诗，如白居易的诗在当时的日本流传甚广，仅《白氏文集》就有多种版本刊行，从如此深厚的汉文学基础，可以想见中国文学对日本文学影响之深。可以说，日本古代文学就是在学习吸收中国古代文学的基础上起步的。日本第一部文学作品《古事记》就是用汉字标音或训音创作的，日本的第一部和歌总集《万叶集》也有中国文化的深深烙印。此后，日本的任何一部古代文学名著，如《源氏物语》、《古今和歌集》等，都离不开中国文学的影响。

此外，发端于古印度的佛教也对日本文化和文学产生了极深刻的影响。佛教也是经中国传入日本的。日本对佛教进行了本土化的改造，创制了以向往西天净土为特征的“净土教”（“净土宗”）。这种宗教思想对古代日本人民特别是妇女影响至深。因为古代日本盛行“多妻制”，广大妇女难以在婚姻生活中找到爱情寄托，只好将自己的感情寄托于虚无缥缈的

“净土”。了解了这一点，我们才能理解《源氏物语》中为什么会有那么多厌世出家的女性形象。

虽然受到多种外来文化的影响，日本文化却并未因此失掉自己的本土文化特征。在对外来文化兼收并蓄的同时，日本文化和文学也确立了自己鲜明的特征，并最终建立起了自己全新的民族文化和文学。

众所周知，汉文化中儒学的核心是“仁”，它是儒家伦理的中心范畴，是涵盖一切的最高美德。而日本文化的道德理想却是“忠”。这种“忠”建立在森严的等级制基础上，是一种单向的伦理关系，它要求效忠者具备无条件的绝对的献身精神，因而带有浓厚的非理性色彩。位于“忠”的金字塔顶端的，是天皇和他体现的神道精神。

“忠”也是传统中国伦理的一个命题，但在中国文化中，“忠”从来不是单向的伦理关系，更不是无条件地绝对服从，“忠”必须以“仁”为前提，一味地忠君，被孟子批评为“妾妇之道”。在此，中日伦理道德文化的差异判然可辨。日本文化中的忠君思想在其历史和文学中的脉络清晰可见。从12世纪中期开始，日本的武士阶级逐渐壮大，12世纪末开始实行幕府制，此后便开始了约四百年的武士阶级统治时期，也便是日本以“忠”统一全国思想的高涨期。从文学来看，日本最早的文学作品《古事记》将日本皇族的祖先推至天照大神，也有巩固天皇制国家基础的目的。镰仓、室町时期的历史说话物语、军记物语都反映了这种以“忠”为中心的道德理想。

日本古代文化由于没有传统的固有信仰的束缚，所以显示出了极大的包容性，但这并没有导致日本文化的儒家化或西方化。如日本深受中国儒家文化的影响，但他们并不主张理学的“存天理，灭人欲”，从传统到现代，在日本人的人生哲学中，“肉体并非邪恶，享受合理的肉体快乐也不是罪恶。精神与肉体并不是宇宙间相互对立的两大势力”。正因如此，在日本文学中，有关男女性交往的描写从无罪恶、污浊之感，这是日本性文化的一个重要特征。不了解这一点，就无法深刻理解紫氏部的《源氏物语》，也无法真正读懂其后川端康成、村上春树等文学大家的作品。

日本文学还有一个重要的特征，那就是较为注重文学的审美品格，同时呈现出较严重的脱离政治的倾向。中国知识分子历来秉持“文以载道”的文学观，主流文艺思想是强调“格调”，认为好的文学应该是不回避政治的，但日本的文学观注重的是愉悦性、审美感和“无常”感。日本文学的核心是所谓“日本的哀婉”，它由本宣居长提出，但早在《源氏物语》中就出现过。所谓“日本的哀婉”是指自然的、人性的、根据不同的对象表示的哀叹。它是优美的，同时又是无目的性的，它的最大主题是爱恋和无常，艺术特征是倾向于言外有余韵或余情。

除此之外，日本古代文学还根据日本语言文字的特点创制了一些独有的文学体裁。如和歌中的长歌、短歌、旋头歌等，都是由五音与七音的不同变化反复组成，而著名的俳句则更具日本特色。此外，“能”与“狂言”等戏剧形式也富有日本文化的独特意韵。

古代日本文学作品丰富，风采独具，是东方文学史上的一枝奇葩。了解日本文化和文学的特征，可以使我们更加深入地理解具体的作家和作品。行走在这美不胜收的山阴道上，定可采撷到众多的艺术珍品，以装点我们心灵的花园。

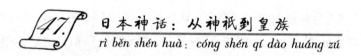

47. 日本神话：从神祇到皇族
rì běn shén huà: cóng shén qí dào huáng zú

世界各民族最早的文学形式几乎无不起源于神话，日本也不例外。日本文学中现存最早的用文字记载的作品，也是记载下日本神话的作品，是《古事记》和《日本书纪》。它们成书于8世纪初的奈良时期。《古事记》和《日本书纪》既是史书，也是两部文学作品，内容大致相同，后人将它们合称为“记纪”，所谓“记纪文学”也指的是这两部书。其中《古事记》偏重于文学，而《日本书纪》偏重于历史。

关于《古事记》的作者太安万侣，后人对其所知甚少。我们只知他是奈良初期人，曾在文武、元明、元正三代天皇治下任官，除编写《古事记》外，他还参加了《日本书纪》的编撰工作。据太安万侣说，天武天皇有感于此前的帝纪本辞多有不实之处，欲将其作为国家统治根本的“正说”传之后世，命一个聪明的舍人卑田阿礼日夜诵习，但却不曾记录下来。直到元明天皇时，天皇为继承这项遗业，于是命汉文修养高深的太安万侣编写此书。也由此可知，《古事记》的编写，秉承的是皇家意旨，有着明显的政治意图。

《古事记》全书共分三卷，上卷为神话故事，中卷为英雄传说，下卷则是帝王本纪。

《古事记》上卷中所记载的日本神话，是日本民族童年幻想时代的产物，反映了日本古代人民对世界的认识，也具有日本民族文化的鲜明特征。这些神话中有许多有趣的内容。日本神话中的诸神，据说都居住在“高天原”上，最初诞生的三尊神，都是“独神”，即没有男女两性区别的神。而且“当时国土幼稚，如同漂浮在水面上的油脂，像海蜇那样浮游”。随后诞生了神世七代，最前面的两尊是独神，其余五代是成双的，每二神合为一代。神话接着讲述了国土的形成。据说第七代神是伊邪那岐命与其妹伊邪那美命，二神站在天浮桥上，把矛头探入海中搅动海水，提起矛头，滴下的海水积聚成岛，二神降到岛上，树起“天之御柱”。伊邪那岐命问妹妹：“你的身体是怎样长成的?”妹妹回答说：“我的身体已经完全长成了，只有一处没有合在一起。”哥哥说：“我的身体也都长成了，但有一处多余。我想把我的多余处塞进你的未合处，生产国土，你看怎样?”妹妹回答：“这样很好。”二人约定，哥哥从右边，妹妹从左边，绕着天之御柱走，在相遇的地方结合。当绕着柱子走时，妹妹先说：“哎呀！真是个好男子！”哥哥说：“哎呀！真是个好女子！”二人结合后却生了个发育不全的胎儿。后来二人去向天神请教，才知女人先说话不好。二神回来，重新绕着天之御柱走，哥哥先说话，结果生下了先八岛和后六岛，这就是最早的日本国土。接着二神又生了三十五个神。其后又以各种方式诞生了难以计数的神，如伊邪那岐命曾杀死他的一个儿子，溅到各处的血化成了各个不同的神，而被杀的儿子身体的各个部位又化成了八尊神。伊邪那岐命洗左眼，化成太阳女神天照大御神，此神后来成为日本正统神话的主神；伊邪那岐命洗右眼，化成月神月读命；伊邪那岐命洗鼻子，化成了日后的英雄神和风暴神速须佐之男命。

《古事记》神话中写的最有个性、血肉丰满的人物，是速须佐之男命（即《日本书纪》中的素戋鸣尊）。速须佐之男命本是伊邪那岐命所生，是天照大神的弟弟，因父亲分配姐姐天照大神去治理高天原，分配他去治理海洋，他嫌地方不好，哭闹着不去，并大闹高天原。他毁坏了天照大神所造的田埂，填平了沟渠，在圣殿上拉屎，拆毁纺织机房，杀死织女。天照大神很害怕，关上天门，藏在里面，于是高天原一片漆黑，变成了漫漫长夜。后来还是众神相助，才制止了这场骚乱。后来速须佐之男命被派遣到出云国（日本古代地名），当他得知此地有一只八头八尾的大蛇，每年都要吃一个女子，就决心为民除害。他机智地在篱笆墙上开了八个门，每个门前设一个酒槽，里面装满烈酒，八头八尾大蛇果然中计，在每个酒槽中伸进一个脑袋喝酒，速须佐之男命待它喝醉，用宝剑将大蛇砍成一段段，当砍到蛇尾时，剑刃崩了，速须佐之男命用剑尖划开一看，里面原来是一把锋利的大刀，他将这把宝刀献给天照大神，此刀后来成为日本的所谓三件“镇国之宝”之一。后来速须佐之男命就在这里建立宫殿，娶妻生子。

速须佐之男命是日本神话中的第一个英雄，他作为一个桀骜不驯的神灵，敢于站在天照大神的对立面，显示了他强悍有力的神话英雄性格。他与大蛇斗争的故事，反映了在久远的历史年代里，人们不愿屈服于自然威力，不再听凭天命，而是根据自己的意志，开天辟地，勇往直前，积极斗争。当然，速须佐之男命的形象，在长期的历史演进中，与远古神话相比，已有了许多改变。如献宝刀的速须佐之男命，与起初那个叛逆的英雄相比，几乎判若两人，从中可以看到神话被历史化的痕迹。

《古事记》的中卷，从神武天皇到应神天皇，备数其间十五代天皇的行止，包括他们的即位、征战、治理国家，甚至详尽的婚配、生育、丧葬等情况，俨然是洋洋洒洒的一大篇“天皇行状录”。然而细究其里，却多未能与事实吻合，所以只能做传说看。其中值得注意的是，书中称第一代天皇神武天皇为天照大神的御子，他奉天照大神的意旨来统治下土。这实际上是将皇族的血统巧妙地接续到神的家族中，为日后日本的尊君传统埋下了伏笔。中卷里塑造的最感人的形象是倭建命的形象。倭建命本是景行天皇的儿子，因生性残忍，父亲派他出征外部族，其实是意在把他放逐出去，而倭建命却担当起这个使命，智勇双全地完成了任务，胜利归来。父亲又派他去东征更多的部族，结果他在回程中因疲劳不堪而死去，死前还怀念着故乡。如果将倭建命与速须佐之男命相比较的话，那么速须佐之男命就是神界中一个蛮干的英雄，是一个能够掌握自己命运的胜利者，而倭建命则是人世间一个征伐的勇士，他的命运充满了悲剧色彩。

《古事记》的下卷是帝王家的史书，其中有明显的美化帝王的色彩。如写仁德天皇登高山而望四方，见炊烟稀少，就下令免征全国的赋税，国家因而兴旺。这个故事被许多日本的文学史家指斥为美化天皇。

纵观《古事记》全书，可以明显看出，此书是秉承帝王意旨，将日本皇室与神族拉到一起，有明显的将神话历史化的痕迹。其用意都不外是为巩固帝王的家族地位。在日本文化中，之所以有着顽固的“忠君”观念及所谓“万世一表”的神道思想，与此大有关联。

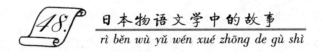

48. 日本物语文学中的故事
rì běn wù yǔ wén xué zhōng de gù shì

物语文学是日本特有的一种文学体裁，它大约出现于9世纪末或10世纪初的日本平安朝时期。所谓“物语”，在日语中有将发生的事向人们仔细讲说的意思。物语文学最早是故事、传说、传奇之类文学作品的概括性总称，后演变为小说。小说这一文学体裁，日本在不同的时期有不同的名称：古代叫“物语”；近代叫“草子”，或“草纸”、“双纸”等；明治以后，才改称“小说”。

《落洼物语》是一个中篇物语，对它的成书年代和作者都没有定论。一般认为它可能出现在10世纪末，是物语文学处于发展阶段的作品。作者据推测是一个身份不太高的男子。这部物语描写中纳言源中赖的女儿，受到继母冷落，被迫住在一间低洼的屋子里，因而被称作“落洼”。落洼姑娘在家中备受虐待，只有侍女阿漕同情她。在阿漕和阿漕丈夫——左近卫少将道赖的仆人带刀的帮助下，落洼认识了少将。少将真诚地爱落洼，并娶她为妻，过上了美满的生活。为此继母怀恨在心，对阿漕和带刀加以打击。另一方面，道赖少将对中纳言一家进行了种种无情的报复。源中赖故去之后，继母被彻底整垮，少将见继母略有悔悟，特别是加上落洼小姐对继母不计前嫌，于是便宽恕了继母一家，并对他们加以庇护。继母羞愧难当，彻底悔悟，于是结束了这一场家庭冲突。

《落洼物语》的故事围绕着贵族家庭的生活而展开。中心思想是劝善惩恶和对一夫一妻制的向往。比如落洼、阿漕、带刀以及少将的扬善避恶，都带有警世意味，具有一定的哲理。作品中的许多情节，如少将对落洼感情的专心一意，落洼与少将结婚后的荣华富贵；继母想捉弄落洼，结果自己却被少将捉弄，将四女儿嫁给了一个呆子白面驹等等，目的都是为了宣扬善有善报，恶有恶报的因果报应思想。在当时的日本社会，这是一个很受欢迎的题材。日本古代实行的是一夫多妻制的婚姻制度，落洼姑娘之所以在父亲家中受尽折磨，主要是因为一夫多妻制产生的继母与继子女的关系问题；而少将对落洼、带刀对阿漕专一的爱情，也透露出作品在提倡一种新的家庭伦理道德规范，那就是对于夫妻感情专一的赞美，对一夫一妻制的向往。从这一点上说，作品具有了超越时代的意义。

《伊势物语》和《落洼物语》等作品，相对于此后物语文学的辉煌来说，还很不成熟，它们显示了物语文学在发展过程中趔趄的脚步，但物语文学就是从这里起步，然后一步一步走向成熟，走向辉煌的。物语文学真正的辉煌，要等到物语文学的高峰《源氏物语》和《平家物语》的出现。这两部作品如双峰并峙，为日本小说的发展史写下了最浓墨重彩的篇章。

《竹取物语》是古代日本最早的一部物语文学作品，它同《伊势物语》一起被称为平安朝物语文学的先驱。

《竹取物语》，“竹取”就是伐竹的意思。故事的梗概如下：

从前有一位以伐竹为生的老翁（竹取翁），他常到山中去伐竹，靠编织竹器过活。有一天他发现一棵发光的竹子里坐着一个只有三寸长的女孩，就把她带回家中抚养。从此这老翁再伐竹时就常常发现竹节中有许多黄金，老翁便自然地变成了富翁。女孩三个月后已变成了一个大姑娘，容貌异常美丽，因此取名为“赫映姬”（也译为“辉映姬”或“辉夜姬”），意思是美貌的光芒，映得人眼花缭乱。姑娘的美貌传出后，求婚者不分高低贵贱纷至沓来，其中尤以石作皇子、车持皇子、右大臣阿部御主人、大纳言大伴御行、中纳言石上麻吕五人的求婚最为热烈。赫映姬在竹取翁的请求下，答应从中选婿，但她对这五人每人各提出一项任务，答应谁能圆满完成就嫁给谁。这五项任务是分别要他们取回天竺国如来佛的石钵、蓬莱山的玉树枝、唐土的火鼠裘、龙头上的五色玉、燕子的子安贝五件罕见的宝物。实际上这五件事是不可能办到的。这五个求婚者有的去冒险求宝，有的采用欺骗的手法弄虚作假，结果被赫映姬识破，没有一个人能完成任务，只好晦气退阵。这时好色的天皇也想凭借权势宣召赫映姬入宫，赫映姬不答应，于是在一个仲秋之夜，天皇亲自带领两千大军，包围了竹取翁家，要捉拿赫映姬。此时，赫映姬已对竹取翁说出，自己本是月宫中的仙女，因与老人有一段缘分，暂留世间，现在俗缘已满，将要回归月宫。果然此时天兵天将到来，接走了赫映姬。赫映姬在千军万马的包围之中，留下了不死之药，穿上羽衣升天，回归了月宫。天皇无奈，令人将不死灵药放在最接近天的骏河国的山顶上，连同自己的赠诗“不能再见赫映姬，安用不死之灵药”一起烧毁。从此这座山被称为不死山，即富士山（日语中不死与富士发音相似），山顶上吐出的烟，至今不灭。

日本古代文学的顶峰之作，同时又是物语文学的最辉煌的创作，应该首推紫式部创作的长篇小说《源氏物语》。

《源氏物语》篇幅浩瀚，用字百万，描写了七十余年间皇家贵族三代人的生活故事，出场人物有四百四十多人，长达五十四回（也称五十四帖）。

前三十三回为第一部分。这部分的主题是光源氏爱情和荣华的升沉，反映后宫和贵族阶级错综复杂的爱情与政治关系，而荣华富贵是这部分的核心。

紫式部塑像

小说主人公光君本是桐壶天皇与一位身份低微的更衣所生。由于这位更衣风姿绰约，深受天皇宠爱，引起后宫妃嫔的妒恨，以致忧郁成疾，在光君三岁时就去世了。天皇考虑到光君没有有权势的外戚做后援，为保护他不受众人嫉恨，便将他降为臣籍，赐姓源氏，这就是光源氏。光源氏十二岁时行冠礼，娶左大臣的女儿葵姬为妻，但他不喜欢过于端庄而缺少柔情的葵姬，到处偷香窃玉。他由私恋貌似母亲的后妃藤壶进而与其发生乱伦关系，生下一子，即后来的冷泉帝。光源氏既为自己乱伦的恋情恐惧不安，又为这种恋情的难以满足而苦恼。

后来，他偶然发现了藤壶母后的侄女——年仅十岁的紫姬，因为她的长相酷似藤壶，因而将其收养在家中。四年后，葵姬生下一男孩，名夕雾，葵姬也在生产后不久死去，源氏便将紫姬立为正室。在变幻莫测的政治风云中，由于父皇桐壶帝的去世，敌对的右大臣一派掌握了实权，源氏和左大臣等便失势了。这时，藤壶母后为摆脱源氏的纠缠和保护冷泉的太子地位，毅然削发为尼。右大臣一派为彻底打击源氏的势力，借口源氏曾与准备进宫做妃子的胧月夜（右大臣的女儿）私通，将源氏流放须磨。在须磨时，源氏在明石道人的撮合下，与其女儿明石姬结合，并生下一个女儿。两年后冷泉帝（其实是源氏之子）即位，右大臣失势，源氏获释还京，重掌大权。冷泉帝得知自己的身世之谜后，曾想将帝位让给源氏，但源氏更喜欢过享乐自在的贵族生活，他修起豪宅六条院，将以前与他有过来往的女子都召入其中，过起了享乐的生活。后来源氏官至准太上皇，女儿也被送入后宫做了太子妃（日后成为皇后），源氏一家的荣华达到了极点。

从第三十四回到第四十四回为第二部分。这部分主要写了源氏一家的衰落过程。如果说第一部分是前因，那么第二部分就是后果。

朱雀帝（桐壶帝之子，源氏之兄）去世前，将他最喜爱的女儿三公主托付给源氏，源氏娶她为妻，由此引起紫姬的不满。后三公主与大臣柏木私通，生下了薰君。柏木在此事暴露后，忧惧成疾，不久病死；三公主羞愧之余，遁入空门；源氏对此事大感愧疚，认为是自己私通藤壶的报应。不久紫姬在忧郁中病死。源氏看到自己曾钟爱的女人们或死去，或落发空门，深感世事不可测，终于也落发出家，五十二岁时死去。

《源氏物语》的主要舞台京都

第三部分是第四十五回至第五十四回，由于这部分内容在结构上与源氏无直接关系，事情又多发生在宇治地方，故又称“宇治十贴”。“宇治十贴”以长大后的薰君和源氏外孙匂亲王为主人公。薰君自幼就对自己的出身抱有深刻的怀疑，他消极厌世，求道读经，后与匈亲王为一个贵族的庶生女儿浮舟发生感情纠葛，浮舟夹在两个贵公子间痛苦万分，投水自尽，被救活后出家为尼。这部分内容与第一、二部分似乎是游离的，但作者自有她的良苦用心。三部分实际上按照荣华富贵、富贵报应、报应信佛的线索结构全篇，反映了作者所信奉的佛教思想。

《源氏物语》中的女性不仅各有其独特的外貌美，而且各有着细腻丰富的内心世界，她们是美的化身。光源氏极口称赞“世间女子个个可爱”。然而，就是这些女性，上至皇后，下至贵族家的庶出女儿，她们可能地位不同，性格各异，经历有别，但她们的人生境遇却是惊人的相似，那就是她们都是被贵族男子玩弄的对象，都不能幸免于悲剧的结局。

《源氏物语》中有一批中等贵族出身的女性，她们的遭遇都很令人同情。在贵族公子眼里，上等贵族妇女可以用来提高他们的身份，但不可亵玩；而下等贵族妇女的地位又过于低微，“不足污耳”；只有中等贵族妇女既在个性、品貌上足以满足贵族男子的猎奇心理和贪欲，又可且玩且扔，作为逢场作戏的渔色对象。这些中等贵族出身的女性，在男尊女卑的社会环境熏陶下，一般都比较柔弱怯懦，这也是造成她们悲剧命运的一个内在原因。小说中这类女性人物主要有夕颜、空蝉、明石、末摘花等。

夕颜是《源氏物语》中最苦命、最令人痛心的一个女性形象。夕颜的父亲只是个三位中将，地位低微，而且她父母都过早去世了。在一个偶然的机会，她被右大臣的女婿头中将发现，成了头中将的秘密夫人。三年后，被头中将的妻子发现，对她百般恫吓，胆怯又柔弱的她四处躲藏，最后藏身于一所平民的破烂小屋中。然而，夕颜的悲剧命运并没有到此结束，旧壁残垣也挡不住贵族公子的色情目光，夕颜又被猎艳归来偶然经过的光源氏发现。在一个中秋之夜，光源氏粗暴地将她掠到一个阴森幽暗的荒凉之所，欲行非礼，哪知惊恐的夕颜未来得及说一句话，便气绝身亡。事后得知，这是光源氏的另一个情人六条妃子遥知光源氏欲宠幸其他女人，气妒之极，“生魂”出壳，将夕颜的灵魂掠走致其死亡。可怜红颜薄命的夕颜，从一个贵族公子之手落入另一个贵族公子之手，躲开了一个女人的追踪，却躲不开另一个女人的迫害，终于像一朵夕颜花一样，生命转瞬即逝。多年之后，她留在世间的小女儿玉又落入光源氏和髭黑大将等人手中，开始了新一轮的悲剧故事。

如果说夕颜等女性的悲剧，是因为她们没有得到贵族家庭中正室的地位，那么，光源氏的正室们是否就一定有幸福的人生呢？答案是否定的。在《源氏物语》中，光源氏的正室夫人有紫姬和三公主两位，她们的命运同样是可嗟可叹的。

紫姬本是藤壶妃之兄兵部卿亲王与人私通所生，从小随作尼姑的外婆住在山中。在她十岁时，被四处偷香窃玉的光源氏偶然发现。因为紫姬的相貌酷似光源氏所钟情的藤壶皇妃，于是光源氏就把她收养到自己家中，设想她“将来长大起来一定是个绝色美人”。紫姬在光源氏的严格监护下长大，几乎没有见到过其他男子。后光源氏将她娶为正室妻子，紫姬对光源氏的爱可谓忠贞不渝，无论光源氏做高官或是遭流放，她都依恋和支持着光源氏。然而，虽然光源氏与紫姬一直感情甚笃，紫姬的一生并不能称为幸福。因为她一开始就是作为爱情的替代品出现的，此后，她与光源氏的爱也是建立在极不平等的基础上的。其中一方是高高在上的恩赐者，一方是俯首帖耳的受惠者。光源氏积习难改，不断制造风流韵事，这样，紫姬对他爱得越深，内心就越痛苦。到了生命的后期，她终于向光源氏发出了自己内心的不平：“难道你叫我终身怀抱着人所难堪的忧愁苦闷死去吗？啊，太乏味了！”她终于看透了自己的人生，多次坚决要求出家，然而，她的要求还没来得及实现，便含恨去世了。

三公主刚满十四岁就嫁给了年届四十官运亨通的光源氏。她本是下台天皇朱雀帝之女，光源氏的侄女，光源氏与她的婚姻不过是政治生活的附加物，并无真正的爱情可言，从年少三公主的孤独郁闷可知。就在这时，同样年少的柏木走进了她的人生，两人有了私情，并生下了小公子薰君。此事被光源氏察觉后，柏木惊吓卧病而死，三公主羞愧难当，不得不在妙龄弃世出家。

《平家物语》是一部日本封建时期的英雄史诗，它从保元元年（1156）

平家一门在朝野得享荣华开始，到平家被斩绝（1185）为止，描写了近三十年的日本历史。

《平家物语》中的英雄既有平家一方的忠盛、维盛、重衡、忠度、教经、知盛等，也有源家一方的义仲、义经、俊宽、文觉、嗣信等，更有许多下级武士。如平忠盛最初受到上皇喜爱，遭到殿上同僚的嫉恨，计划在五节晚会时将他害死。平忠盛得知后，做了准备："于是当他进宫时，便预备了一把短刀，在朝服腰带之下随随便便地挂着。到了殿堂里，在火光微弱的地方，缓缓地拔出刀来，举到鬓边，宛如冰霜一般发出一片寒光。公卿们注目而视，不禁栗然。"公卿贵族们没敢下手，但又因此诬告平忠度要谋害上皇。当上皇询问忠盛时，忠盛已经将短刀交主殿司收存。经验看，原来刀鞘表面涂黑，里面却是木刀，上贴银箔。这样，谋害的罪名就不能成立。由这件事可以看出，当年的平忠盛确实是智勇双全。在宇治川一役中，源氏大军方面的佐佐木四郎与江原争头功的场面给读者留下了深刻的印象。平氏家族在战争后期虽然大势已去，但平军中的许多大将死得都很英勇。著名的能登守平教经眼看平家的命运已不可挽回，"心想这是最后一战了，便把腰刀和长刀扔到海里，头盔也摘掉，把铠甲下的护腰也扔掉，只穿着铠甲，披散着刘海发，伸开大手准备接战。那威风凛凛的劲儿难以用言语形容，简直令人不敢向迩"。教经最后的一个镜头是，他左右两腋下各挟着一个敌人，"紧紧地用力一夹，说道：'我让你们结伴儿到望乡台去！'"说罢纵身跳入滔滔的大海，与敌人同归于尽。另一位平军将领平知盛为能沉入海底，跳海前穿上了两套铠甲，表现了他赴死的决心，他周围的武士二十余人，"见此情景，个个争先恐后，手牵着手，一起纵身跃入大海"。

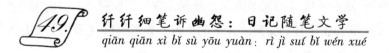

49. 纤纤细笔诉幽怨：日记随笔文学
qiān qiān xì bǐ sù yōu yuàn：rì jì suí bǐ wén xué

日本平安王朝时期（约797—1180），不仅物语文学取得了极大的成就，出现了像《源氏物语》这样享誉世界的伟大作品，而且散文创作也成长起来。特别是以女性作者为主体的日记、随笔文学，也进入了繁荣时期。

日记或备忘录的写作，早在奈良时期就已有之，但那些大都是贵族官僚男子用汉文所写的，只是一种实用的、事务性质的笔记。只有到了平安时期，特别是在女性作家的笔下，才出现了真正文学意义上的日记作品。在古代日本，汉文是官方语言，但它只掌握在少数人，主要是官僚贵族手中。而日记这种文体，表达的是人们日常接触的现实生活，它要求有更多的真实性，更能直接表达个人感情。因此，平安贵族妇女创制了假名文字，开始用它记录自己心中的无限幽怨。

古代日本的婚姻形式最早流行的是男性到女家的妻问婚，后来由贵族倡导演化为一夫多妻制。一夫多妻制下的家庭生活，埋葬了多少女性的幸福，汇集了多少女性的泪水。即使是那些有才华的女性，她们最好的出路也只是到宫中去做女官，陪伴皇后或皇妃读书。而翻云覆雨的政治生活、重男轻女的社会偏见，使得这些女性的人生之路同样充满坎坷。于是，这些内心满怀幽怨的女性们拿起笔来，将自己的不幸、自己的感受记录下来。日记之所以成为文学，必须具备一种品格，那就是必须展现作者鲜明的个性。而身居内室的女作者们，心中有无限的苦恼和郁闷需要倾诉，写作对于她们来说，是一种自由的抒发，在这一方小天地中，她们可以尽情地展示自己的个性，于是，她们在日本文学这一新的领域——散文世界中，成了主角。

古代日本妇女的社会地位十分低下，即使是出身于贵族，她们往往也留不下自己的名字。日本古代的女作家都没有留下自己的名字，对她们的称呼，或以其父亲、丈夫的官职为名，如紫式部（因父亲藤原为官时任式部丞而得名）、清少纳言（因父亲清原元辅官任少纳言而得名）；或用“××女”、“××母”表示其与父亲、儿子的关系，如道纲母（因儿子为右大将藤原道纲而得名）、孝标之女（菅原孝标之女）等。

日本的第一部日记文学作品，同时也是日本历史上第一部用假名写成的文学作品，是纪贯之的《土佐日记》。纪贯之（872—945）是平安前期的和歌诗人，《古今和歌集》的重要编撰者。《土佐日记》记录了纪贯之公元934年从土佐辞任回归京都时一路上的旅途经历。

这次旅行历时五十五天，日记记录了旅途的艰辛、对海盗的恐惧、对病死在土佐的爱女的怀念等内容，也有对沿途风光的描写、回到京城后的喜悦和对世态炎凉的感叹等。作者本为男性，却假托是女子，在日记的开头说："通常是男人们所写的日记，现在作为女性的我，也想写起来了。"这既是对男性汉文日记的揶揄，也说明当时假名文字主要还是由女性使用的。

继《土佐日记》之后，日本第一部女性日记文学作品，是道纲母所作的《蜻蛉日记》（又称《蜉蝣日记》）。这也是日本第一部自传性文学作品，是日记文学的典范之作。作者道纲母，出身于中等贵族家庭，她年轻时貌美且有才华，由父母做主，嫁给了贵公子藤原兼家。但当时兼家已经有二妻二妾，后来他官至大纳言，前后共娶了九房妻子。道纲母在生下儿子道纲后，就遭到丈夫的冷落。作为一个渴望爱情忠贞、婚姻幸福的女性，道纲母在日记中记录了与丈夫在感情生活上的冲突，表达了她的愤怒、嫉妒、孤独、不安与失望之情。她用自然活泼的内心语言、不拘一格的散文文体，发出了一夫多妻制度下一个不幸女性的愤怒呼喊。作者在上卷末尾写道："岁月渐更，此身百不如意。虽年更岁易，不复欢欣，想尘世之无常，感此生之虚幻。因名之曰《蜻蛉日记》。"日文的"蜻蛉"即"蜉蝣虫"，作者以此象征人生如昙花一现，命运渺茫无常。《蜻蛉日记》中的内容完全是作者的亲身经历和感受，完全没有凿空之处和浪漫色彩，是读者了解日本平安时代社会生活的一部很好的素材。

与不能主宰自己命运的道纲母相比，《和泉式部日记》的作者和泉式部则要求自己安排自己的婚姻。和泉式部（生卒年不详）是平安中期的诗人，世代书香家庭出身。她曾与任和泉守的橘道真结婚，故称为和泉式部。橘道真的家庭同样是一个一夫多妻的家庭。丈夫到和泉任职时，和泉式部没有追随丈夫而去，而是留在了京城。她曾与冷泉天皇的第三子为尊亲王相爱，并为此与橘道真离婚，不幸的是为尊亲王不久即染病去世。后来为尊亲王的弟弟帅宫敦道亲王又向她求爱，二人顶着世俗的压力，真诚相爱，一起生活了五年。《和泉式部日记》就记载了她与帅宫敦道亲王最初相爱的约十个月中所发生的事情。其中既有才貌双全的两个青年男女赠诗答歌的感情交流，也有女作者对前途的不安和恐惧。紫式部曾在《紫式部日记》中称和泉式部是“不好的女人”，以此非难其自由恋爱。实际上，和泉式部是对女性隶属于男性的命运深感不满，希望在恋爱生活中展现自己的个性。《和泉式部日记》中就充满了这种强烈的主观精神。

除了以上两部日记文学作品外，比较重要的日记文学还有《更级日记》和《紫式部日记》。《更级日记》的作者是孝标之女，日记中充满了脱离现实的幻想。《紫式部日记》的作者即《源氏物语》的作者紫式部。紫式部在丈夫去世后，经当时的“关白”藤原道长介绍，入宫任皇后彰子（道长之女）的女官。这部日记就记述了她入宫后的所见所闻，如围绕着皇后彰子的临产，藤原道长合家上下拜佛诵经，祈望生下一个皇子，这样藤原道长就可以成为未来天皇的外祖父。紫式部用批判的眼光记录了皇宫贵族的生活，同时对同时代的几位著名的女文学家，如清少纳言、和泉式部都给予了尖锐的批评。日记中还透露了紫式部对人生深深的苦闷。

除日记文学之外，平安时期另外一种散文形式——随笔文学也取得了极高的成就。日本古典文学中，最著名的随笔作品有三部，即平安时代的《枕草子》(作者清少纳言，生卒年不详)、镰仓时代的《方丈记》(作者鸭长明，1155—1216）和《徒然草》(作者吉田兼好，1283？—1350?)。

清少纳言出身于一个三代书香的中等贵族家庭。她聪明而有才华，从小受家庭熏陶，在文学上有极好的修养。公元 991 年左右，她入宫做了一条天皇的皇后定子的女官。她以深厚的汉文学修养和敏捷的才思，获得了定子的爱护。《枕草子》应是作者在宫中生活时开始执笔写作的。“草子”在日文中有“书”、“册子”等义，后演变为“小说”；“枕草子”大致可以理解为“枕边的册子”。《枕草子》的内容包括对宫廷生活的记述、自然风光的描绘、人物的评论和对身边事物的感怀等。形式大致有三种：一种是当时流行的用列举方式写成的类纂，如“山”、“原”、“树木的花”、“愉快的事”等；一种是生活随笔，如“女人独居的地方”等；一种是回忆录，如“初晋宫时”等。《枕草子》文笔简练，文辞优美，有着极高的艺术性。如其中的第一段“四时的情趣”中有这样的句子：

春天是破晓的时候最好。渐渐发白的山顶，有点亮了起来，紫色的云彩细微地飘横在那里，这是很有意思的。夏天是夜里最好。有月亮的时候，不必说了，就是暗夜里，许多萤火虫到处飞着，或只有一两个发出微光点点，也是很有趣味的。飞着流萤的夜晚连下雨也有意思。秋天是傍晚最好。夕阳辉煌地照着，到了很接近了山边的时候，乌鸦都要归巢去了，三四只一起，两三只一起急匆匆地飞去，这也是很有意思的。……冬天是早晨最好。……

清少纳言就是这样善于捕捉事物刹那间的美，给人以鲜明的、意想不到的美感。清少纳言对美的感受力是惊人的，类似纂的内容许多也写的很优美，如《高雅的东西》：

高雅的东西是：穿着淡紫色的里衣，外面又套了白袭的汗衫的人；鸭蛋；刨冰里放上甘葛，盛在新的金里；水晶的数珠；藤花；梅花上积满了雪；长得非常美丽的小孩子在吃着草莓。这些都是高雅的。

作为女性文学的杰作，人们总喜欢将紫式部的《源氏物语》与清少纳言的《枕草子》对举。这两位杰出的女性作家，生活于同一时代，出身于同一阶层，并先后出任两位皇后的女官，由于她们生活态度和个性的差异，紫式部在小说创作上引领风骚，而清少纳言则在随笔文学上独占鳌头，但在她们创作的共同领域——散文上，她们的创作如两朵争奇斗艳的奇葩，共同装点着散文的花园。

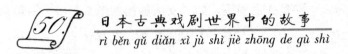

50. 日本古典戏剧世界中的故事
rì běn gǔ diǎn xì jù shì jiè zhōng de gù shì

日本最古老的同时也是最具有民族特色的剧种，是能乐和狂言。

能乐和狂言是两种具有强大生命力的古典戏剧形式，它们诞生于14世纪末，经过不断改革完善，于15世纪末臻于成熟。它们在戏剧舞台上已经经历了五百多年的沧桑岁月，到今天仍为日本人民所喜闻乐见，成为日本民族文化的“长青树”。

能乐是日本的一种歌舞剧，它最初的名称叫“猿乐”，据说是从中国引进的。中国从秦汉时就流行一种叫“百戏”的表演艺术，这是一种融音乐、舞蹈和杂技为一体的戏剧。汉代时称百戏为“角抵戏”，到南北朝时称“散乐”，在隋、唐、宋、元各朝代都很盛行。公元7世纪是中日文化交流的高峰期，百戏在奈良时期（710—794）从唐朝传入日本，当时称“散乐”，后讹音为“猿乐”，或称“猿能之乐”。直到19世纪的明治时代才改称“能乐”。“能”的词意是“艺能”，即演技或技能之意。

“能乐”是一种程式性非常强的艺术品种，它的音乐部分由乐曲和歌唱两部分组成，它的脚本（也就是文学部分）称作“谣曲”。谣曲的文体兼用韵文和散文，念白部分则都是散文。谣曲中韵文的句式有十几种，类似于中国戏曲中的曲牌。这些韵文词句古雅，语言隽永，意境深幽，耐人寻味。谣曲的内容多取材于日本的古典名著，如《古事记》、《万叶集》、《伊势物语》、《源氏物语》、《平家物语》等。与中国的京剧等剧作不同，谣曲不是长篇大论地讲述这些故事的始末，甚至也不是讲述一个主要人物的生平，它们只是采撷这些古典名著中的只鳞片羽，予以深入发挥，以情动人，感人肺腑。

能乐（谣曲）现在保留下来可供上演的剧目约有二百五十多种，其中相当一部分是由观阿弥、世阿弥父子创作的。观阿弥（1333—1384）和世阿弥（1363—1443）被称为能乐的奠基人。他们的原名分别是服部清次和服部元清，观阿弥和世阿弥是他们削发为僧后的法号。在父子二人中，世阿弥的创作才能高于其父。他不仅创作和改编了大量剧作，而且创建了能乐的有关理论。世阿弥的戏剧理论主要是“幽玄”说，意即追求剧作的优美、高尚、深奥、含蓄。能乐在发展过程中表现出了明显的贵族化倾向，世阿弥的这种理论使得能乐更加成为戏剧中的“阳春白雪”。

能乐的代表剧目有《高砂》、《鹤龟》、《熊野》、《松风》等。日本有一句俗语：“好戏是《熊野》、《松风》，好吃的是米饭。”可见这些剧目都是脍炙人口的作品。《高砂》和《鹤龟》属于祝福类的作品，这类作品往往由神明出场向观众祝福。如《高砂》中的高砂本是古播磨国的一个渡口，风光明媚，并因高砂神社的连理松而闻名。剧中先是由两个外地人旅行经过高砂，向本地的一对老夫妇询问连理松的由来，后来才知道这两位老人正是连理松幻化的精灵。最后由年轻的住吉神明出场，向观众表示祝福。这出剧中有这样的曲词：“虽然是山川阻隔万里远，有道是天涯咫尺近在身旁。心心相通情意好，夫妻恩爱何惧路途长。……我俩与老松一样共长久，同气连枝，白头偕老乐融融。”这支谣曲深为日本人民所喜爱，至今仍在举行婚礼时歌唱，用以表达对新婚夫妇的祝福。

《熊野》是能乐谣曲中最负盛名的一部，它取材于《平家物语》。剧情发生在平家的全盛时期，大臣平宗盛对歌女熊野倍加宠爱，邀她去赴赏花之宴。熊野心中挂念卧病在家的母亲，但又不得不强颜欢笑，唱歌跳舞。剧末蒙观音菩萨保佑，平宗盛终于允许熊野回乡，熊野喜出望外地回东国去了。这出剧目的内容主要表现熊野在思母之情与服从平宗盛之间的矛盾，刻画了一个心情复杂的歌女形象。它并不重在批判平宗盛的专制或涉及伦理问题。全剧的高潮出现在赏花咏歌时，熊野叹息：“果真是心有所思必形于外。”歌队伴唱：“不如意事常八九，慨叹不置百念灰。”猛然间下起了阵雨，似锦繁花眼看就要凋零，熊野触景生情，作短歌“都中之春固足惜，东国之花且凋零。”（熊野的母亲在东国）平宗盛当即准假。因为剧情发生在清水寺，那里据说是最灵验的观音道场，所以熊野认为这是观音菩萨保佑，得遂心愿。

《熊野》一剧表现了“诸行无常”，人应对现实顺从的悲哀感。熊野优美艳丽的姿态、幽怨的叹息，充分体现了能乐“幽玄”的情趣，因而被视为能乐的代表作。

能乐是一种综合了音乐、舞蹈和文学的综合性艺术。就文学成就来说，它语言洗练，文辞典雅，句子富于节奏感，并且巧妙地揉入了古诗文和双关语，隽永优雅，意味无穷，因而，人们又把它称为诗剧。

狂言最初是从属于能乐的。在能乐的歌舞表演中，科白部分逐渐扩大，形成了一种新的讽刺剧种——“能狂言”，简称为“狂言”。狂言虽以科白为主，但演出中有时也结合着能乐所固有的音乐和舞蹈。狂言剧情简单，每一剧目上演人物不过二至四人，而且时间也仅三十分钟左右。虽然如此，狂言还是以它讽刺讥诮的轻松风格，鞭辟入里的社会意义，给人以欢乐和温暖，使人在轻松的艺术欣赏中加深对生活的理解，具有独特的艺术魅力。可以说，狂言是一种民众的喜剧。

每一出狂言都有被取笑的对象或可笑的情节。其中被取笑的对象往往是那些轻狂无知的王侯大名（大名是当时的一个特殊阶层，相当于地主兼武士）、过寄生生活的僧侣、游手好闲的赌徒无赖等。作品对这些人物给予了辛辣的嘲讽，具有极强的艺术感染力。在狂言人物中，愚蠢可笑的往往是那些贵族大名；而充满才智的，则往往是下层百姓。这些形形色色的艺术人物，是人们在生活中习见的，但是当他们一旦被搬上舞台，就成为人们审视的对象，观众可以从中认识生活，区别善恶，识别美丑。因此，直到今天，狂言仍然能够历经数百年而不衰，显示出其悠久的艺术生命力。

著名的狂言剧目有《两个侯爷》、《侯爷赏花》、《木料六驮》、《忘了布施》等。其中《两个侯爷》非常有代表性。剧中的两个侯爷并非是家奴成群的王侯，而像是两个贵族破落户。他们二人相约进京闲逛，其中一个带了一把大刀，为显示自己的威风，他们逼迫一个过路人为他们拿刀。过路人本不愿给他们当临时的仆人，但也被逼不过。当这个过路的老百姓拿刀在手后，忽然想出了捉弄这两个侯爷的办法。他转而用刀威吓两个侯爷，后来又用种种方式捉弄这二人。他先是让二人学斗鸡，后又让他们脱掉身上的衣服，再让他们学狗打架等。两个侯爷平时狐假虎威，但这时露出了懦弱胆怯的本相。最后过路人让他们学不倒翁，二人盘坐在地，学着不倒翁的样子，一边打滚一边唱着小调。

两位侯爷丑态百出，结果过路人还是拿着他们的大刀衣物走了。剧终是两位侯爷喊着“别让他跑了!”退场。

这出剧目非常典型地体现了狂言的特点。狂言一般都是由人物上场自报家门，在问答中展开矛盾，当局面似乎无法收拾时，情节急转直下，进入结局。整部剧以口语对话为主，具有强烈的戏剧效果。

能乐与狂言可以说是日本古典戏剧的孪生兄弟，它们共同对后来的日本戏剧形式，如净琉璃等的形成产生了重要的作用。当然，能乐与狂言还是有许多区别的：能乐是歌舞剧，而狂言是科白剧；能乐多取材于古典文学，而狂言多取材于现实生活；能乐多表现悲剧故事，而狂言则以喜剧为主；能乐歌颂贵族英雄，而狂言专门嘲笑贵族和僧侣；能乐的文辞典雅华丽，而狂言的白话通俗晓畅；能乐中的主角都使用面具，而狂言则极少使用面具；……总之，能乐是古典戏剧中的“阳春白雪”，而狂言是古典戏剧中的“下里巴人”。应该说，能乐和狂言各自代表了日本古典戏剧中的高雅与流行两种取向，二者不可或缺，共同形成了戏剧艺术的诱人风景。

51. 近松门左卫门与净琉璃

jìn sōng mén zuǒ wèi mén yǔ jìng liú lí

日本江户时期著名的剧作家、“元禄三杰”之一的近松门左卫门，一生与净琉璃结下了不解之缘。

江户戏剧的两个基本剧种是净琉璃和歌舞伎。净琉璃即木偶戏，之所以命名为“净琉璃”，是因为在相当长的一段时间里，这种木偶戏都是以演绎净琉璃姑娘的传说为题材的。传说在平安朝末期，源平两大武士集团争夺天下的时候，源氏集团的大将源义经在投奔澳洲（即今澳大利亚）的途中，经过三河这个地方，与旅店主的女儿净琉璃发生了爱情。这净琉璃并非凡体，她乃是仙女下凡。她在危难时搭救了源义经，救活了义经的性命。当义经康复后，她又忍痛送别义经重上战场。这个悲剧故事被当时的艺人配以乐曲，广为传唱，后来又与木偶戏结合，就出现了木偶净琉璃。

将净琉璃从思想和艺术两方面加以完善，使之出现划时代发展的，是近松门左卫门。近松门左卫门（1653—1724）本姓杉森，名信盛，近松门左卫门是他的笔名。他原出身于武士家庭，曾在一个朝臣家中供职。他本可以走上宦途，也可能成为一名高雅文士，但他却选择了当时社会地位极低的戏剧事业，勇敢地献身于艺术，为此投入了他一生的精力。近松门左卫门一生为净琉璃写了一百一十多部剧本，为歌舞伎（日本的另一种传统戏剧）写了二十八部剧本，在戏剧艺术上创造出了辉煌的成就，被称为“日本的莎士比亚”。

近松门左卫门的创作，主要有历史剧和现实剧两类。其中历史剧的代表作品，是写于1686年的《景清》。《景清》取材于《平家物语》，它的大致情节是这样的：在源平两家的争斗中，平家被源氏消灭，平家的后代景清隐姓更名，要伺机杀死源氏首脑源赖朝。不料他的情妇阿古屋受其兄十藏的挑唆，暗将此事告发，景清身陷囹圄。景清一度逃出牢笼，又因妻子小野姬被拘拿拷问，便又投案自首。阿古屋此时也深感内疚，到狱中向景清谢罪，但未获景清宽恕，于是她先杀死了与景清所生的两个儿子，然后自己饮刃而亡。阿古屋的哥哥十藏，为此到狱中责骂景清。景清激怒之下，冲出牢门，打死了十藏。景清本可就此逃脱，但怕连累妻子，便又回到牢房。源赖朝下令斩了景清的首级，不料示众时才发现那是景清平日所供奉的观音的头。赖朝被佛灵感动，释放了景清，并给予俸禄。此时景清陷于矛盾之中：对赖朝的这份情义，景清不能不感激；但赖朝又是平家的仇敌，他有报仇的义务。他左右为难，十分痛苦，最后做出了决定，挖掉了自己的双目，断绝了杀敌报仇的念头，出家为僧，一心为平家亡故的人祈求冥福。

近松门左卫门在这部作品中，赋予了人物有血有肉的生命。主人公景清在对源赖朝的感恩和对平家的忠诚之间矛盾着，并为此而苦恼，终于他找到了挖去自己双目的解决办法。这种自我惩罚可谓惨烈，令人不禁联想到古希腊著名悲剧《俄狄浦斯王》中的俄狄浦斯，他们同样都是在内心的激烈斗争中选择了自我惩罚。剧中主人公留给观众的是一个伟岸的大丈夫形象。《景清》是一出矛盾尖锐、人物性格复杂、富有强烈戏剧效果的作品。从这部作品开始，木偶剧中的木偶已不再是被提线操纵的傀儡，而变成了活生生的人。

《景清》的成功，使近松门左卫门名声大噪。此后，他又写了多部历史剧作品。其中有同样源出于《平家物语》题材的《俊宽》（原名《平家女护岛》）、以中国郑成功父子为恢复明朝的斗争为题材的《国姓爷会战》等。

除历史剧外，近松门左卫门还注意从现实生活中提取艺术养分，及时把当时社会上发生的事件进行艺术加工，搬上舞台。在社会剧中，著名的有《曾根崎鸳鸯殉情》和《情死天网岛》等。

《曾根崎鸳鸯殉情》是净琉璃史上的第一部现实剧。长期以来，净琉璃一直表现武士和豪杰的世界，从这部剧才开始反映现实中的町人生活。这部剧的大致情节是：大阪一个酱油批发屋的伙计德兵卫与妓女阿初相恋，二人约好日后结婚。酱油屋的店主计划把自己的侄女许配给德兵卫，而且德兵卫的继母也收下了一笔数目可观的聘礼钱。德兵卫为了取消这一婚约，向继母苦苦哀求，终于讨回了那笔钱，准备退还店主。开油店的九平次，为人奸恶，用谎言骗去了这笔钱。到了还债的日子，德兵卫向九平次讨要这笔钱，九平次酒醉醺醺，拒不认账，还把德兵卫手中盖有他印章的借据抢来撕掉。还不了东家的钱，就得和东家的侄女结婚，何况又背上了伪造借据的恶名，当天夜里，德兵卫找到阿初，二人感到走投无路，便到曾根崎森林深处，双双自杀而死。

《曾根崎鸳鸯殉情》是根据当时发生的一个真实事件创作的。近松门左卫门抓住这一轰动一时的事件，仅一个月后就创作出了这部剧，揭示了当时许多重大的社会问题。一对纯洁相爱的年轻人，在封建道德、金钱、家庭、社会的压迫下，双双走向了死亡的深渊。这部剧作作为日本第一部现实悲剧，起到了抗议压迫人性自由的作用，引起了很大轰动。“情死”本来就是悲剧中的一大题材，如英国的《罗密欧和朱丽叶》、中国的《梁山伯与祝英台》等，都是著名的情死剧。近松门左卫门的这部作品具有强烈的时代感，并且从艺术上说，情节紧凑，诗句华美，情景交融，更增强了作品的艺术感染力。如“道行”一段唱词，优美哀怨，是当时百姓曲不离口的作品片段：

> 尘世恋恋难舍，今宵惜别情长。去情死，犹如无常原野路上霜，步步临近死亡，梦中之梦才凄凉。天将晓，钟声断肠；数罢六响剩一响，听罢第七响，今生便埋葬。寂灭为乐，钟声飘扬。

在井原西鹤生活的时期，日本曾发生过一桩恋爱悲剧，其中的男女主人公是清十郎与阿夏。阿夏是一个旅店店主的女儿，清十郎是这家旅店的二掌柜，二人因爱情私奔，在渡口被抓回。不巧的是，此时店里丢失了一笔钱款，于是清十郎被认作是最大的嫌疑犯，诱拐和盗窃并罪，判成死刑。阿夏痛不欲生，后来自己开茶馆度过了一生。

井原西鹤将这则社会新闻写入了《好色五人女》中，但他把阿夏和清十郎描绘成被情欲操纵的形象，违背了历史的真实。

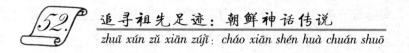

52. 追寻祖先足迹：朝鲜神话传说

zhuī xún zǔ xiān zújì：cháo xiān shén huà chuán shuō

朝鲜人民在漫长的历史岁月中，非常渴望了解自己祖先的生活情况，了解初民们的丰功伟业，追寻祖先的印迹，这种渴望鲜明地表现在众多开国神话中。如《古朝鲜建国神话》、《高句丽建国记》、《百济建国记》、《驾洛国记》、《朴赫居世》、《鱼氏的始祖》、《阿珍甫》等，这些神话不是讲述古代朝鲜一个开国君主的由来，就是讲述某个姓氏的来历，生动有趣的细节、曲折动人的情节，使我们感受到了朝鲜人民丰富的想象力和非凡的创造能力。

《古朝鲜建国神话》（又名《檀君》）是朝鲜神话中最具代表性的一篇。它的内容是：天帝桓仁的儿子桓雄总想下到人间治理天下，桓仁为此到人间视察了三危太伯等地，认为这些地方可以造福人间，于是授予桓雄三个天符印，派他去治理这些地方。桓雄率领三千人降临到太白山顶（即今朝鲜妙香山）的神檀树下，建立了“神市”，自称“桓雄大王”。桓雄在这里设立了“风伯”、“雨师”、“云师”等职位，让他们掌管农事、疫病、刑法等三百六十余事。当时，有一只熊和一只老虎同居一个洞穴，它们请求桓雄把它们变成人，桓雄给了它们一捆非常灵验的艾草和二十头蒜，对它们说：“你们把它们吃下去，然后一百天不见太阳，就可以变成人了。”熊按桓雄的要求去做，结果变成了一个女人，老虎没有按照要求去做，所以没能变成人。熊女因为没有人和她结婚，所以经常在神檀树下祈祷怀孕。后来桓雄答应了熊女的要求，和她成了亲，生下了王俭，即檀君。檀君后来当了古朝鲜的国王，于中国尧帝五十年即位，以平壤为首都，在位一千五百年，后隐居于阿斯达，变成了山神，活到一千九百零八岁。

这则神话反映了原始社会图腾崇拜的思想和原始人的社会观念。从天帝到天帝之子桓雄再到檀君，可以看出原始人类对于祖先的崇拜；称朝鲜的开国之君是神的后裔，显然是对祖先的神化和美化。

除此之外，其他朝鲜开国神话也很有特色。如《高句丽建国记》中讲到，天帝之子解慕漱自天而降，用神法变出宫殿，引诱河伯女儿柳花出水嬉戏，并与她订情。柳花因此遭到河伯的严厉惩罚，但不久她被东扶余国王金蛙王所救，成为宫女。不久后，柳花产一卵，卵破而朱蒙出。朱蒙长大后十分善射（扶余语“朱蒙”即善射之意），才能出众。为了躲避金蛙王和太子的迫害，朱蒙逃往南方的淹滞（鸭绿江北），在那里得到龟鳖的帮助，渡江到沸流水（即浑江）畔，建立了自己的国家——高句丽。

与《檀君》相比，这篇神话的情节要曲折复杂得多，而且出场人物众多，活动场景开阔。它与檀君的神话一样，也把高句丽的开国之君朱蒙描绘为来历不凡的天帝后裔。但其中有很多引人注目的细节。如柳花生下一个大卵后，金蛙王认为是不祥之兆，令人把大卵扔到马群中，但马却不践踏这个大卵；又将大卵抛入深山，百兽都来卫护它。金蛙王无奈才允许柳花养护它，后朱蒙破卵而出。朱蒙为躲避金蛙王的迫害，逃到江边，却无舟不能渡河，是大群的鱼鳖浮出水面，搭成一座桥，朱蒙才得渡。而且天上飞来一对斑鸠，口含麦子，为朱蒙送来了种子。所有这些，都是为了说明朱蒙非同凡人，是真正的天神后裔，体现出高句丽人对本国历史的自豪感。

如果说檀君和朱蒙的神话是有关北方的建国神话，那么，《朴赫居世》和《驾洛国记》则是南方的建国神话。《朴赫居世》讲三国中的新罗位于朝鲜半岛南部，传说其祖先来自天上，分居在六个村中。大约在公元前69年，六个村的村长率众百姓寻求有资格为王的人。他们发现南方有一匹马下跪长嘶，跟踪而去，没发现马，却看到一个青紫色的蛋，把蛋打破后，一个俊美的童子从中而出。沐浴之后，童子全身光彩照人，鸟兽为之起舞，日月分外明亮，起名为赫居世。因为蛋的模样和瓢相似，赫居世就以“朴”（瓢）为姓。与此同时，在一个水井边，有鸡龙出现。这个鸡龙从胁下生出一个美丽的女孩。女孩嘴唇很长，有如鸡喙，经过洗浴，长唇脱落，长大后德貌双全，朴赫居世就娶她为妻，夫妻二人后来成为新罗的王和王后。

这则神话隐隐约约地反映出血缘相近的氏族公社结合为部落的过程，而且六个氏族的结合是以和平方式完成的。所谓祖先来自天上的说法，与古朝鲜和高句丽的建国神话相同。在《驾洛国记》中，驾洛国的王“首露”也是从天上垂至地下的卵中出生的。

除建国神话外，古代朝鲜还有大量的传说。其中比较著名的有《延乌郎和细乌女》、《射琴匣》、《鼻荆郎》、《金庾信》、等。如《延乌郎和细乌女》这一传说就反映了新罗和日本交往中朝鲜人民的爱国思想。传说居住在东海之滨的新罗夫妇延乌郎和细乌女靠捕捞为生。一天，延乌去采海带，忽然海上漂起一块岩石，将他载负到日本。日本人说这定不是一个寻常的人，于是拥立他做了国王。细乌很久不见丈夫归来，就跑到海边找丈夫。她看见海面的一块岩石上有丈夫的鞋子，就跳上那块岩石，岩石也把细乌女载到了日本。于是夫妇相会，细乌被封为贵妃。此时新罗本国天昏地暗，日月无光，天文官向新罗王奏道："日月精灵本来降生在我国，现在他们去了日本，使得新罗日月无光。"新罗王于是派遣使者到日本请延乌夫妇回国。延乌对使者说："我到这里是上天的旨意，怎么能回去呢？现在贵妃织成了一些彩绸，你们拿回去祭天就行了。"使者回国后，国王用绸子祭了天，果然日月恢复了光明。于是这块彩绸被举国上下视为国宝，收藏于国库中，国库也因此命名为"贵妃库"，祭天的地方也改名为"迎日县"，又名"都祈野"。

这则传说表现了古代朝鲜人民的爱情和爱国思想。其中延乌夫妇的形象十分生动。妻子怀着对丈夫的思念和爱情，越过茫茫大海找到了丈夫。祖国人民怀念他们，他们也思念祖国。将彩绸带回祖国就体现了他们对祖国的情意。

古代朝鲜的神话和传说虽然没有形成神的系列，情节结构也往往是简约的、单线条的，但它也有自己的特点。古朝鲜神话大多是建国神话，而且一般都宣扬开国之君是天帝后裔，这体现了古代朝鲜人民对于祖先的崇拜，客观上也有助于民族观念的形成。朝鲜的神话传说也表现了古代朝鲜人民高度的智慧和才能。它们是朝鲜文化宝库中不可或缺的瑰宝。

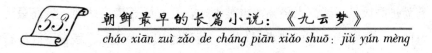

53. 朝鲜最早的长篇小说：《九云梦》

cháo xiān zuì zǎo de cháng piān xiǎo shuō：jiǔ yún mèng

古代朝鲜有很悠久的文学创作历史，但受宫廷文学的导向影响，只注重汉文文学，朝鲜的国语文学却一直不入文学的主流。国语诗歌尚且被认为是汉文诗歌创作的一点"余兴"，更遑论长篇小说。从这个意义上说，金万重的国语长篇小说创作在朝鲜文学史上具有特殊贡献。

金万重（1637—1692）出身于一个具有爱国传统的书香门第家庭。他的曾祖父是一代名儒，父亲在二十三岁的英年牺牲于抗击满人入侵的战场，叔父是具有进步思想的著名学者。这样的家庭背景，对金万重的为人和为文都产生了重大影响。金万重学识渊博，曾官至大提学；他对西方近代科学思想也有浓厚的兴趣，曾绘制了最早的朝鲜地图。但就是这样一个正直博学的文人，仍被卷入李朝的党争之祸，晚年被罢官流配，最终死于谪所，令人扼腕。

金万重在文学史上的最大贡献，还是他的两部国语长篇小说《谢氏南征记》和《九云梦》。

《谢氏南征记》和《九云梦》都以中国为故事发生的背景和舞台，两部作品都用朝鲜语写成，问世后不久，又由作者的堂孙金春泽（1670—1717）译为汉文。从此，朝汉两种文本并行于世，在朝鲜广为流传，享有盛名。祖孙两代人共同倾情于两部作品，用他们的智慧和才华共同浇灌了这两朵并蒂鲜花，这也可以说是世界文学史上的一段佳话吧。

《谢氏南征记》写的是一个贵族家庭内部因嫡庶矛盾引起的纠纷。故事发生在中国的京城北京。名门大家之子刘延寿娶妻谢玉，婚后十年无子。在谢氏的劝告下，刘延寿娶妾乔氏。乔氏生性邪恶，用各种阴谋手段离间刘谢夫妇二人的关系，并与刘的书士董清私通，共同陷害谢氏。谢氏受到刘延寿的怀疑，被逐出家门。乔氏为斩草除根，进一步谋害谢氏。谢氏受刘家祖宗灵魂的启示，逃往南方的长沙。几经波折，九死一生，栖身于尼姑庵中凄凉度日。这时，刘延寿因写诗讽喻皇上西苑祈祷的铺张迷信行为被乔氏及董清二人陷害，也被流放，几乎死于瘴疠之地。幸而最终董清的靠山丞相严崇（即严嵩）倒台，董清也因贪污渎职、残害百姓等行为被处死，刘延寿才官复原职。谢氏的沉冤也得到昭雪，与刘延寿破镜重圆。刘延寿抓获乔氏并将她处死。

《谢氏南征记》中贯穿的基本思想是“善有善报，恶有恶报”。作者的主观意图是揭露邪恶奸佞，给以严惩，以维护封建社会和王朝的正统秩序。实际上，它在读者面前展示了一幅封建社会的“百丑图”。上至皇帝、丞相，下至乔氏、董清这样的奸恶小人，他们共同构成了封建社会王朝及贵族家庭内部的丑恶与矛盾。这部作品的成功之处，不在于它美化了正面人物谢氏等人，而在于它生动、细致地塑造了一系列反面人物，如乔氏、董清、严崇等。特别是作者通过一系列具体行动，塑造了乔氏狡诈、阴险、狠毒的性格，引起了读者的极大憎恶。

作者还将正面人物谢氏描绘成一个最合乎儒家规范的女性形象，对她的善良、宽厚、谦逊、忍让给予了较多的描写，但由于这个人物过于理想化，因而缺乏真实感，难于引起读者的共鸣。

如果说《谢氏南征记》是金万重写现实生活的杰作，那么，《九云梦》就是金万重写理想社会的佳篇。

《九云梦》以中国唐朝为背景和舞台，写才艺绝佳的年轻书生杨少游宦途得意，成就了莫大的功名事业，以及他与八个女子恋爱结合的过程。小说具有十分离奇的色彩。

小说主人公杨少游前世是来中国传道的西域天竺国高僧六观大师的弟子，名唤性真，八女子的前身则是神仙南岳卫真君娘娘的八位侍女。性真和八侍女在奉命办事的途中邂逅，相互答话笑谑，违背了佛门神界的清规戒律，于是受到惩罚，被谪降人间，投生于不同的家庭。性真投生于唐朝淮南道秀州县杨处士家，取名杨少游。八女子则分别投生，成为后来的秦御史之女秦彩凤，韶州驿丞之女、洛阳名妓桂蟾月，播州良家之女、河北名妓狄惊鸿，郑司徒之女郑琼贝，丞相府胥吏贾某之女、琼贝之婢贾春云，唐皇之妹、兰阳公主箫和，扬州良民之女、吐蕃刺客沈袅烟，洞庭水府龙王之女白凌波。八女子各个因不同的奇妙经历与杨少游巧遇，继而相识、定情。杨少游也在与她们先后相逢、交往的过程中，不断以自己的文治武功为国建立功勋，“上得君心，下协人望”，位极人臣。八女子先后成为他的妻妾，结成了一个一夫八妻的九人家庭。在充分享受了人间美满幸福的贵族生活后，感于世事的无常变化，荣华富贵无非是一场春梦，九人顿悟本性，看破红尘，痛悔前非，皈依佛门，“大得寂灭之道”，皆归于“极乐世界”。

在《九云梦》中，杨少游与八女子恋爱、结合的过程占了极大的篇幅。那么，一个出身于清寒文人家庭的书生，如何能获得八个绝色女子（其中不乏公主、龙女）的爱慕呢？他们又如何能顺利地建立起和睦幸福的家庭呢？答案只能从作品中去寻求。作品中的八位女子虽然出身不同，她们与杨少游结识、定情的具体情形也各个不同，但却有一个共同点，那就是她们都认定杨少游是必将当大官、享厚禄、前途无量的人物。如洛阳名妓桂蟾月在与杨少游的定情之夜，向杨少游说出了自己爱他的动机："当今天下之才，无出于郎君之右者。新榜状元固不足论也，丞相印绶，大将节钺，非又当归于郎君手中？天下美女孰不愿从于郎君乎?"这番话的指向非常明显。杨少游其后果然中状元、当翰林、任尚书、作御史大夫、为大元帅，直至直升为宰相。而上至公主、下至婢女的众多女子也真心爱慕其才华，以不同方式与之结合。可见，杨少游的情场得意，正是他政治上飞黄腾达的结果，也是他以文治武功效忠于君王的报酬。

杨少游的前身性真在萌动尘世之念时，曾表白了自己的理想："男儿在世，幼而读孔孟之书，壮而逢尧舜之君，出则作三军之帅，入则为百撰之长，着锦袍于身，结紫绶于腰……功名垂于后世"。杨少游的一生，正是为实现这一理想而奋斗的。他之所以能从一个贫秀才而位极人臣，享尽封建社会中封建贵族所能享受的一切荣华富贵，美女妻妾成群，也是他沿这条功名之路攀升的结果。

作品结尾，杨少游和八女子在荣华之极时遁入空门，这实际上是作者由理想归于现实的体现。杨少游正逢"尧舜之世"，他因而能建立起封建君主制下理想的生活秩序，但这一切终究不过是文学家的一种理想。而李朝激烈、残酷的党争灾难才是作者所面临的现实。遁入空门，是作家为贵族们提供的一条避祸趋福、免灾得安的途径，也是作者自己对佞人当道的现实不满的一种发泄。

《九云梦》的艺术成就，在同时代的文学作品中，只有《谢氏南征记》可以与之媲美。在人物形象的塑造上，主人公杨少游多情而不轻佻，风流倜傥而又充满真情实意；八女子个性分明，刻画细腻。作品结构巧妙，富于传奇性。如杨少游与郑司徒（相当于宰相）之女郑琼贝相识、定情的过程就是一波三折，充满情趣。杨少游闻知郑家小姐美貌过人，就央人作伐，但媒人认为郑家门第太高，要等杨少游中了新科状元才有望。杨少游本来视中状元如探囊取物，但他禁不住好奇之心，就扮作女道士设法到郑宅献艺，以偷窥郑琼贝。杨少游琴艺出众，先后弹奏了《霓裳羽衣》、《后庭花》、《广陵散》等数支名曲，郑小姐都一一评点，二人彼此欣赏，但却因杨少游最后弹奏《凤求凰》而被识破是男子。郑琼贝认为自己受到了欺侮，伺机报复。不久杨少游果然中了状元，郑司徒也应许了他与女儿的婚事。郑琼贝却将贴身丫环春云扮作女鬼，诱惑杨少游，杨少游果然上当。于是郑琼贝反过来捉弄了杨少游，而且又成就了杨少游与春云之间的情缘。小说中这种奇妙的构思有多处体现。

关于《九云梦》的由来，有传说是金万重的母亲喜爱中国小说，但金万重在出使中国时，竟忘记为母亲捎回小说，为弥补自己的过失，他在回国途中，在轿子里构思成此书，所以，此书又有《轿中记》的别称。

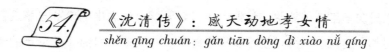

54. 《沈清传》：感天动地孝女情

shěn qīng chuán：gǎn tiān dòng dì xiào nǚ qíng

孝行作为一种美德，历来在民间受到广泛的赞扬。广大人民所颂扬的亲子之孝，与统治阶级所宣扬的“孝道”有本质的不同。前者是一种家庭伦理道德，是东方民族的一种美德，而后者是统治阶级为维护本阶级的利益而制定的道德规范。朝鲜民间文学的优秀作品《沈清传》，就歌颂了一个感天动地的孝女之情。

孝女沈清的故事，在古代朝鲜三国时期的传说中就有流传，这个脍炙人口的民间传说，经历了不断的补充、删削和综合，到17世纪逐渐具备了小说的形式，沈清的故事也就发展成为完整的小说《沈清传》。18世纪，《沈清传》进一步发展为“清唱”。“清唱”是盛行于18世纪朝鲜的一种艺术形式，它由一名歌手和一名鼓手进行，歌手以歌唱、道白和象征的动作进行表演，鼓手和着拍子打鼓喝彩为歌手助兴。由此可知，在18世纪及之前，《沈清传》是朝鲜人民集体创作的结晶，它体现了人民的共同心声。19 世纪前半期，朝鲜杰出的艺术家申在孝（1812—1884），以非凡的艺术才能整理并革新了“六部清唱”，其中包括《沈清传》。

申在孝的贡献，在于他在原来清唱脚本的基础上，增添了更丰富的戏剧性细节，发展了它的音乐性，并用不同的角色扮演不同的人物。申在孝的这些功劳，为“清唱”发展为“唱剧”奠定了牢固的基础。从此以后，唱剧因素不断成长，后来发展成为真正的朝鲜民族歌剧。《沈清传》就是其中优秀的一部。

《沈清传》的故事可谓感人至深。少女沈清生下来七天就失去了母亲，她的父亲沈学圭（又作沈鹤圭或沈学奎）双目失明，靠乞人家的奶养大了女儿，父女俩相依为命。沈清不到十五岁，就给人家干零活，至诚地奉养失明的父亲，邻人们都啧啧称赞她的孝行。有一天，邻村的张丞相夫人派人将沈清找去，沈学圭见女儿迟迟不归，就摸索着去找沈清。由于他眼睛看不见，失足掉进了河沟。正巧路过此地的一个梦云寺的化缘和尚将他救出，和尚见沈学圭急于复明，就告诉他，如果能为寺庙中的佛爷布施三百石米，再加上虔诚的祈祷，就可以睁眼复明。在黑暗中煎熬了四十年的沈学圭相信了和尚的话，竟一口答应下月十五日前拿出三百石供佛米。

沈学圭回到家中才想起，家里穷得连三升米都没有，何况三百石呢？正在他失望苦闷时，沈清从张丞相家归来。她告诉父亲，好心的丞相夫人要她当干女儿，学习女红和书礼，享受荣华富贵，但自己回答家里有失明的老父，不敢遵命。沈学圭将自己答应梦云寺和尚的话告诉了女儿，表示后悔，但沈清却安慰父亲，她要想法捐献三百石米给寺庙，以求盲父重见光明。这时，有南京船商来到村中，他们为了用活人生祭水神，保证行船安全，要用重金买一个处女。为了使父亲能睁开眼重见光明，沈清以三百石米为身价，将自己卖给了船商。她不忍心将这件事告诉自己的父亲，只说她已答应了张丞相夫人，做老太太的干女儿，得到了三百石米。沈学圭相信了这话，想到女儿享福，自己又可以重见光明，非常高兴。

离别的时辰到来了。沈清给父亲做完最后一件衣服。虽然已经下了必死的决心，但一想到要离开父亲，沈清心如刀割。天刚刚亮，船商们来找沈清，当沈学圭得知真相，顿足痛哭，死也不肯放沈清走，但沈清终于还是被船商们给带走了。在茫茫江水上，沈清走上船首，为父亲作了最后的祷告，纵身投入江水中。

玉皇大帝感于沈清的孝行，命龙王把沈清接到南海龙宫，用歌舞款待她。在那里，沈清意外地见到了日夜想念的母亲，母亲此时已成为神界的玉真夫人。母女相逢，分外喜悦。然后，玉皇大帝命龙王把沈清送还人世。沈清变成了一朵美丽的降仙花，开放在王宫的花苑里。深夜，沈清从花中走出，她仍在惦念孤单的父亲。国王与沈清相遇，了解了事情的来龙去脉后，感于沈清的孝行，把她娶为王后。

沈清当了王后，仍在日夜思念父亲。为了寻找盲父，她在宫中设宴，邀请全国的盲人来赴宴。到了百日宴的最后一天，流落四方的沈学圭才赶到。沈清上前与盲父相认，沈学圭不相信已经死去的女儿成了王后，虽然听到了女儿的声音，他还要看到女儿的容貌。他在大喜之下睁开双眼，终于重见光明。沈清父女相认，喜不自禁。参加大宴的所有盲人也都一下子睁开了双眼，更是喜上加喜，锦上添花。作品在大团圆的喜庆气氛中结束。

在朝鲜民族中，沈清的名字家喻户晓，早已成了“孝女”的代名词。沈清这一形象得到朝鲜人民的普遍尊敬和喜爱，显示了朝鲜民族悠久的敬老传统。沈清出身于贫家，而“家贫出孝子”，她很小就懂得替父分忧。唱剧《沈清传》的第一幕有一个场景，在大好的春光里，农人们在忙着春耕，沈清却在惦念着父亲：

山上野外春色浓，
大家惟恐春耕晚，
起早贪黑地里忙。
只有父亲一个人，
独卧阴沉沉空房，

不见江山春光美，
不知欢乐心自伤。

然后她折了一枝桃花献给父亲，让父亲一起感受春色。从这个细节可以看出，沈清一出场，就显示出她的孝女本色。沈清的美德还体现在她对待荣华富贵的态度上。在她窘迫的生活中，意外地得到张丞相夫人的赏识和怜惜，她不愿独自享受锦衣玉食，竟谢绝了张夫人收她为义女的要求，甘愿和盲父在一起过贫困的生活。这充分显示了劳动者人穷志不短，甘愿为亲人自我牺牲的崇高精神。

沈清舍身赴水是作品的高潮。面对风起浪涌、雷雨瓢泼的江水，为了父亲能早一天睁开双眼，沈清义无反顾地走上船头，向苍天祷告：

悠悠苍天啊！
为了可怜的父亲，
牺牲小女的性命，
伏愿下察怜悯之，
使我父亲睁开眼。
父亲望你保重，
望你万寿无疆。

然后他纵身跳进水里，完成了自己的孝行。沈清的这一义举，真可以说是惊天地，泣鬼神。它将父女之爱、孝女之情发挥到了极致，也是作品中最能触动人心的一个壮举。

55. 朝鲜文学的宝贵遗产：《春香传》
cháo xiān wén xué de bǎo guì yí chǎn：chūn xiāng chuán

18 世纪的朝鲜，出现了一批长期流传于民间的优秀古典文学作品，如《沈清传》、《兴夫传》、《春香传》等，这些作品在 19 世纪经过著名艺术家申在孝的整理编定，具有了高度的艺术性和鲜明的民主倾向，成为朝鲜文学中最宝贵的遗产。《春香传》就是其中最脍炙人口的一部。

《春香传》是一部歌颂真挚爱情、谴责封建暴政的作品。

《春香传》分为上、下两卷，讲述的是春香和李梦龙爱情婚姻的悲欢离合的故事。春香是退籍艺妓月梅和员外成参判的女儿，她生活在朝鲜全罗道南原府，美貌多姿，文采出众，但却时时为母亲的出身而苦闷。李梦龙是高官南原府使李翰林的儿子，他不愿受身份束缚，追求自由自在的生活。在春暖花开的五月，按照当地游春的习俗，春香带侍女香丹到广寒楼游玩，在那里与李梦龙相遇。两人一见钟情。李梦龙热情地向春香求婚，春香也与他订下百年之约，二人瞒过李梦龙的父母，结为夫妻。不久，李翰林升迁，赴京任职，要儿子李梦龙同行。李梦龙不敢违抗父命，迫于门第关系，也不能带春香同行，二人只好依依惜别。临别时，春香没有怨恨李梦龙，只是表达了她对于社会的不满，她说："恨哉！恨哉！尊卑贵贱，委实可恨！"

《春香传》剧照

新到任的南原府使卞学道，是一个贪赃枉法的好色之徒。他刚一到南原，就点传艺妓，想挑选美女为妾，但都不中意，于是传唤春香。春香不是艺妓，且已成婚，因此誓死不从。卞学道以侮辱长官的罪名，对春香严刑拷打，并将她投入狱中。

李梦龙随父进京后，努力读书，考中状元，被钦任为全罗道御使。他思念春香心切，就化装成乞丐，到南原微服私访，同时访察民情。在南原，他得知春香因坚贞不屈而受尽种种折磨，卞学道还决定在他做寿那天处死春香。

到了卞学道做寿那天，李梦龙化装成一个穷困潦倒的书生，在卞学道的宴会上坐了一个末席。席间，卞学道想以对诗来嘲笑李梦龙，李梦龙挥毫题诗一首：

金樽美酒千人血，玉盘佳肴万姓膏。
烛落泪时民落泪，歌声高处怨声高。

然后扬长而去。这时，李御使的部下飞快地闯进大厅，捉住贪官卞学道，将其革职查办。李梦龙与春香终于团聚。后来，春香随李梦龙入京，做了御使夫人，夫妻百年偕老。

在《春香传》中，女主人公春香的形象十分鲜明。她是一个心地纯洁、感情真挚、忠于爱情、敢于反抗恶势力的女性形象。她容颜出众，知书达理、仪态大方，但却因为母亲当过艺妓，受到官僚贵族社会不公正的歧视。她虽地位卑下，但人品高尚，“自幼刚强有志，气量过人”，从不阿谀奉承权贵。对自己的“终身大事”，她也早有主张，“从不喜那儇薄之辈”，而梦想着“共结同心”的爱情。广寒楼巧遇李梦龙，她看重的不是李梦龙的身份地位，而是李梦龙对她的真挚感情。于是她不顾与这位翰林公子之间悬殊的身份地位之别，满怀纯真的感情与李梦龙结合了。虽然被迫与李梦龙离别，她仍然深爱着自己的爱人。最能体现春香忠于爱情，不以身份贵贱取人的高尚品格的，是她对于处于“逆境”中的李梦龙的态度。当李梦龙化装成乞丐，来狱中探望她时，她没有因李梦龙地位的逆转而改变自己的爱情。因为她的爱本身就不是建立在攀附权贵的基础上的，她爱李梦龙，爱的是他本人的人品和才华，是他对自己的一片真挚情意。她不顾自己所面临的死亡的危险，嘱咐母亲今后要好好看顾李梦龙。

一片真情，令人感动。

小说中最能体现春香性格之处，是她与卞学道的斗争。她面对卞学道的残酷迫害，敢于反抗，凛然不屈。当卞学道污蔑她“辱骂长官，叛逆不道”，并说她犯下“万剐凌迟之罪”时，她针锋相对地反问：“那劫夺有夫之妇的人，为何无罪?”她义正辞严地揭露卞学道“不知四十八方南原百姓的苦，但知枉法去徇私。”并质问卞学道：“你是临此治民还是专用酷刑来把人折磨?”在遭受严刑拷打后，她仍高呼：“愿得七尺剑，刺杀贼谗奸!”到此时，春香已不仅仅是一个为个人不幸命运而奋争的女性，而成为代表百姓意志、反映民生疾苦的代言人。

李梦龙的形象也很真实。李梦龙与一般的贵族子弟不同，他对春香的爱是非常真挚的。但作品也表现了他性格上的软弱性。当母亲责备他娶春香是“败坏门庭”，威胁他“如被朝廷知晓，一定断送前程，一世不能为官”时，他曾有过短暂的动摇，只身离开了春香。但他最终克服了这种软弱和动摇，而且再度出现的李梦龙，更加成熟，对春香的爱也是矢志不移，初衷不改。在他乔装乞丐微服私访的过程中，他了解到了人民的疾苦和贪官污吏的罪恶，最终他运用自己手中的权力，除恶扶弱，实现了人民的愿望。李梦龙的后期形象，是民间文学创作者和改编者呼唤“青天”式官吏的要求的体现。

李梦龙初次见到春香后，就强烈地爱上了她。作品从人物的心理活动方面鲜明、生动地描绘了李梦龙的相思之情。李梦龙回到书房，一心只想春香，精神恍惚，似乎春香无处不在。打开《诗经》，读到《关雎》中的“窈窕淑女，君子好逑”，就更添愁绪，简直读不下去了。读《大学》，竟念成“大学之道，在明德，在亲民，在春香”；读《周易》，又读成“元，为亨，为贞，为春香”；读《孟子》，读成“孟子见梁惠王，王曰：‘叟!不远千里而来见春香。’”……简直无可救药。作品把一个多情公子的单相思生动地展现在读者面前，令人忍俊不禁。

景福宫

作品中的卞学道是一个有名的贪官污吏。这个人物一出场，作者就对他作了一番描绘，说他是“文采有余而道德不足，刁钻古怪，阴险刻毒”，“原是个失德的小人，常断些无情的冤案”。他到任后的第一件事，就是点传艺妓，对春香的迫害更是阴险毒辣。他在百姓面前大耍威风，在上司面前，却胆小如鼠。当听说御使到来，他吓得屁滚尿流，丑态百出。作品借百姓之口表达了人民对这个狗官的痛恨。当春香被拷打的消息传出，南原府的老少百姓纷纷议论，对春香的不幸深表同情；当李梦龙化装成乞丐来到南原，百姓们又向他讲述卞学道的暴行，表达他们的痛恨。

初读《春香传》，中国读者会感觉它很像一部朝鲜版的才子佳人故事；实际上，这部作品的意义远远超出了一般意义上的才子佳人故事。在描写爱情的文学作品中，只有那些能提出一定社会问题的作品才最有意义，《春香传》就是如此。《春香传》这部来自于人民又为人民所喜爱的作品，讴歌了坚贞不渝的爱情，鞭挞了封建官僚的黑暗统治，否定了不合理的封建等级制度，表达了人民的心声。正因为如此，它在朝鲜文学史上占有崇高的地位，成为朝鲜国语文学中一块熠熠生辉的瑰宝。

56. 绚丽多彩的印尼马来神话
xuàn lì duō cǎi de yìn ní mǎ lái shén huà

古代印尼马来文化圈主要包括现在的印尼、马来西亚、新加坡和文莱四个国家。这一文化圈在古代并没有形成一个统一的国家，而且各民族间文化的相互渗透性很强，因而他们的文化具有许多相同或相似之处。印尼马来地区历史悠久，共有几百个民族成分。这种民族众多，文化共同性与差异性共存的文化格局，使得印尼马来地区文化遗产丰富，特别是印尼马来的古代神话传说，不仅数量惊人，而且内容和形式也姿态万千，绚丽多彩。因此，印尼马来地区素有“神话王国”的美誉。

与世界其他民族的神话一样，印尼马来神话也以解释远古的具有起源性质的内容为主。我们大致可以把印尼马来神话分为宇宙起源神话、人类起源神话和文化起源神话三大类。

印尼马来地区的“宇宙起源神话”一般都很简短，其内容往往是关于某创世神通过某种途径创造宇宙的事迹。如印尼加里曼丹地区的创世神话《玛哈塔拉创世》，就记载了加里曼丹的雅米人有关宇宙生成的神话。

相传最初瀛海中有一座金山和一座金刚石山，这两座山相撞生成了宇宙，随即出现了造物主玛哈塔拉。那时的宇宙十分空旷，只分为上下两界，即天界和水下世界。造物主玛哈塔拉是天界之神，水下世界则由女神贾塔统辖。造物主居住在天界山峦之巅，那里与下界相隔有四十二层云。伟大的玛哈塔拉长生不老，因为他拥有一种神秘的生命水，这种生命水可以使人青春永驻。

一天，玛哈塔拉与贾塔相约来到上界，两神同心协力造了一株金刚石宇宙树。不料，一对犀鸟落在树枝上，雄鸟来自上界，雌鸟来自下界，两鸟互不相让，争斗起来。经过一番鏖战，两鸟双双身亡，宇宙树也随之破碎。宇宙树的碎片落到下界，变成了山川、景物。两只鸟则变成一对男女，这就是初人。他们两人乘坐一条用金子与金刚石制成的船在海洋中四处漂流。玛哈塔拉见了，就用太阳和月亮的碎片造了一把土，扔到海洋中，转瞬间这把土变成了陆地。从此，这对男女结束了海上流浪生活，开始在陆地上繁衍生息。从此，宇宙不止分为上下两界，又多了中界，那就是大地。

这则《玛哈塔拉创世》神话，是印尼马来地区众多创世神话中最具代表性的一部。它的情节与环境很简单，因而也就更具原始性。这则神话表现了印尼马来地区先民们的原始宇宙观和朴素的唯物主义思想。

印尼马来地区的“人类起源神话”也非常普遍，大致可以分为天神造人型、动植物生人型、感应生人型和综合型几种。天神造人的神话在世界许多民族的神话中都有流传，印尼马来地区的不少民族也有类似说法。天神造人的材料多种多样，但使用最多的还是泥土。如印尼加里曼丹地区的神话《造物主和天花神》就是如此。

《造物主和天花神》的内容是造物主金哈林甘和妻子蒙苏蒙多克决心共同创造天地。但是他们怎么也找不到创世所需的泥土。这可愁坏了二神。听说，只有天花病之神比萨吉特家中才有这种泥土。于是，二神在水中一座岛屿上显身，涉水前去向比萨吉特求助。比萨吉特答应了他们两位的要求，但却提出一个交换条件，即所创人类的一半都要归她管辖。金哈林甘夫妇为了实现理想，只得答应。

金哈林甘在妻子的协助下，创造了大地、天空和日月星辰。为了使大地不致过于空旷寂寥，他们杀死了自己的一个儿子，将儿子的尸骨埋入土中，从那里长出了各种植物和飞禽走兽。从此，大地上有了勃勃生机。接着，他们又创造了人类。然而好景不长，比萨吉特很快就来兑现诺言，天花神降临人间，人类遭受到了天花病的折磨，许多人不治而亡。如今，在加里曼丹的人们依然相信，每隔四十年，天花之神比萨吉特就会拜访人间。

这则神话是泥土造人的代表类型。有关天花神的传说体现了古代先民对疾病的恐惧心理。其他类型的创世神话在这一地区仍有很多。如东印尼群岛地区流传着阿拉哈塔拉创世的故事。

《阿拉哈塔拉创世》是根据东印尼的马努塞拉人传说，天上有座奥哈山，太阳和月亮住在奥哈山的低层，信奉造物主的善灵们总是和日月在一起。而造物主阿拉哈塔拉则居住在奥哈山巅。他身形无比巨大，周身放射着耀眼美丽的霞光。他用唾液创造了世上的万物，其中当然也包括人类。

阿拉哈塔拉用唾液造完初人后，还赋予每人两个灵体：一个称做埃法纳阿，另一个叫做阿卡拉。埃法纳阿灵体长有羽翼，而且是透明的，人活着时，总是藏在人体内。而阿卡拉灵体则掌握在造物主阿拉哈塔拉手里。据说，阿拉哈塔拉还严格规定，人在生前要遵守六戒，即戒淫欲、戒偷盗、戒杀生、戒妄语、戒食言、戒违拗父母。据说每个人死后，体内的灵体埃法纳阿将立即飞出躯壳，去往奥哈山巅的造物主阿拉哈塔拉那里。在前往归宿的途中，埃法纳阿灵体将遇到重重险阻，通过险阻的难易程度要根据死者生前遵守戒律的情况而定。这期间，阿卡拉灵体一直为埃法纳阿灵体做向导和辩护者。所以，人在生前必须严格遵守六戒，多行善事，死后才能顺利见到至高神阿拉哈塔拉。

《阿拉哈塔拉创世》的内容有很多值得注意的地方。在这里，造物主造人不再用泥土，而是用唾液。这种自身取之不竭的材料，使得造物主避免了如《造物主和天花神》那样须向他人去借的尴尬。造物主不仅赋予人以肉体，而且赋予人以灵魂，人成为灵与肉的结合体。除此之外，造物主还制定了多项道德戒律，这表明人类已经向着道德自律的方向迈出了一大步。

植物生人型神话在古代印尼马来神话中也不乏其例。其中最著名的是“榕树神话”，它对印尼马来人的文化和生活影响极为深远。如流传于苏门答腊地区的《生命树》就是其中的一例。

安邦神是印尼巴塔克人至高无上的神。巴塔克人相信，安邦神无处不在，无所不能。传说在宇宙刚刚诞生的时候，有一天，安邦神背靠着一棵大榕树歇息，忽听“咔嚓”一声，一个残枝从树上掉下，落入大海之中。随即从这个树枝上生出了鱼类和海洋里的各种生物。接着，另一个枯枝掉到地上，从中生出毛虫、蟋蟀、蝎子等各种昆虫。不久，第三个树枝从树上折断下来，变出了狮子、老虎、猴子、鹿、野猪、鸟儿等各种野生动物。尔后，第四个树枝摔落在地上，裂成碎块，变成了马、牛、羊等家畜和家禽。

从第三个树枝生出的鸟儿中，有一只雄鸟叫巴蒂拉贾，还有一只雌鸟叫曼都旺曼杜英。它们交配后产下一窝蛋。一天，刚刚诞生的地球地动山摇，震破了鸟蛋，于是生出世界上最早的先民。

《生命树》可以说是“榕树神话”中最典型的一篇。印尼马来的许多民族所流传的有关榕树的神话和传说，其核心意思都是，榕树是神树，是生命树。至今在这一地区，榕树仍被看成是平安和吉祥的象征。

印尼马来神话中的“文化起源神话”以动物和谷物起源神话为最多。其中仅谷物起源神话就有多种类型。如爪哇、巴厘地区的《神鸟送稻种》，说稻子中的黑稻、白稻和旱稻是神派鸽子、极乐鸟和斑鸠给人类送来的。苏拉威西地区的《巧偷稻种》则说稻种是一个男孩从天上偷来的。加里曼丹地区的《稻谷女神卢英》则讲述了一个感人的故事。有一年，加里曼丹地区天气大旱，原来是这里有人违反了祖先的戒律，因此遭受惩罚。族长号召有罪的人站出来，但没有一个人承认自己有罪。这时，族长的女儿、纯洁的卢英为涤除族人的罪恶，主动要求献身。卢英死后，大地恢复了生机，在卢英鲜血渗透的地方长出了一株植物，上面结有金黄的穗状物，这就是稻子。从此，卢英便被尊崇为“稻谷女神”。

谷物起源神话是原始农业社会生活的反映，它们为后人研究古代的原始农业经济提供了活化石。在古代印尼马来地区的数千个岛屿上，无论是宇宙起源神话，还是人类起源神话、文化起源神话，它们都在随风流传，为后人讲述着一个个绚丽多彩的故事。

57. “唯一地道的马来故事”《杭·杜亚传》

wéi yī dì dào de mǎ lái gù shìháng · dù yà chuán

在马来长篇传奇小说中最受欢迎的是《杭·杜亚传》，它被誉为“马来文学的《奥德赛》”。虽然这是一部以历史人物为中心的传奇小说，描写了14、15世纪马来民族英雄杭·杜亚一生的丰功伟绩，但在马来民族历史上究竟有无其人，仍然没定论。

马来传奇小说一般都不署名，《杭·杜亚传》也不例外，我们现在也就无法知晓关于作者的情况。有关杭·杜亚的传奇故事早已在民间流传，后来经过某个封建文人整理，成书的时间估计不会早于17世纪。书中记述了这一段历史。

西方殖民者的入侵给马来民族带来了空前的灾难，国破家亡的命运使他们格外怀念往昔光荣的历史，希望救民于水火的伟大英雄横空出世，唤醒民族的自豪感和自信心，担负起恢复民族独立与尊严的重任。杭·杜亚就是这样被当做一位理想的民族英雄而创造出来的，他肩负着时代的使命，代表着马来的民族精神。

婆罗浮屠

杭·杜亚出身贫寒，父母在民丹岛开小饭铺。他自幼在家劳动，帮助父母劈柴烧火。他和杭·直巴等五人结拜为兄弟，都学得一身好武艺，杭·杜亚的武艺尤为出众。十岁时他和结义兄弟一起奋力击退受麻喏巴歇王唆使前来骚扰的海盗，同时还平息了一起暴乱，为宰相解围。大显身手的杭·杜亚兄弟因此入宫做了马六甲国王的侍从。杭·杜亚智勇双全，人品高尚，国王非常器重他。国王派杭·杜亚去向称雄东南亚的麻喏巴歇求亲。宰相卡查·玛达企图利用这次求亲的机会，迫使马六甲臣服于麻喏巴歇王朝，实现其吞并的野心。他发现使者杭·杜亚武艺非凡，恐日后成为心腹隐患。于是他先后十几次设计陷害杭·杜亚，然而每次都被杭·杜亚的大智大勇所挫败，结果落得个赔了公主又折兵将的下场。卡查·玛达与杭·杜亚之间惊心动魄的较量，实质上反映了麻喏巴歇与马六甲两个王朝之间的征服与被征服的斗争。

杭·杜亚的胜利意味着维护了马六甲的独立和尊严，提高了马六甲王朝在东南亚的地位。杭·杜亚也因功提升为海军大都督，掌管全国军权，成为国王最宠信的大臣。这不免引起了宫廷贵族和佞臣的嫉妒，他们合谋陷害杭·杜亚。国王听信谗言，把杭·杜亚驱逐出境。杭·杜亚为表白对国王的忠心，设法把国王爱慕的因陀罗布拉宰相之女敦·德佳拐来献给国王，因此重获国王的恩宠。

随后杭·杜亚南征北战，屡建奇功，名扬四海。贵族大臣对他更加嫉妒，屡次进行陷害。国王又听信谗言，竟下令处死杭·杜亚。幸亏宰相把他藏匿起来了，保全了性命。后来义弟杭·直巴接替杭·杜亚的职务，他对国王杀害义兄的做法耿耿于怀，起来造反。国王被迫逃到宰相府避难，他后悔杀了杭·杜亚，无人可以对抗。宰相乘机把杭·杜亚的情况奏明。国王大喜，立即召见杭·杜亚并命令他去杀死杭·直巴。杭·杜亚为效忠国王，挥泪杀了为他鸣不平的义弟。

小说接着用较长的篇幅详述杭·杜亚远涉重洋，出使中国、印度、阿拉伯、埃及、罗马诸国的情景和种种冒险经历，反映了马六甲王朝全盛时期的国际交往。当时人们认为印度、中国和罗马是世界最强大的国家，三国对杭·杜亚的破格接待，表明了马六甲王朝的稳定的国际地位。其中出使中国的一段描写颇为生动，尤其是对杭·杜亚设法一睹中国皇帝“龙颜”的描写更为引人入胜。这一情节虽属虚构，但也反映了马中两国由来已久的友好关系。

此外小说还着重描述杭·杜亚与葡萄牙殖民主义者的英勇斗争。在出使中国期间，杭·杜亚第一次遇到了葡萄牙殖民者的挑衅，在海战中狠狠地教训了他们。葡萄牙殖民主义者不甘心失败，从本国调遣庞大舰队卷土重来，直犯马六甲。这时的杭·杜亚已年老体弱，但他仍抱病迎敌，奋勇拼杀，击毙敌帅，自己也身负重伤。打退敌人后杭·杜亚便告老引退，从此遁入山林，不知所终。后来葡萄牙人再次进犯，由于没有了国家的支柱杭·杜亚，马六甲终于被葡军用狡诈的计谋攻陷，显赫一时的马六甲王朝遂告灭亡。

小说通过杭·杜亚精忠报国、叱咤风云的一生，生动地表现了马来民族的爱国主义精神，而他取得的辉煌业绩则代表着马来民族历史上最光辉的一页。他既是勇猛善战的武将，又是治国安邦的谋臣，他与民族的存亡息息相关：有杭·杜亚，则国泰民安；没有杭·杜亚，则国破家亡。杭·杜亚是马来民族的保护神，在他身上寄托着民族的一切期望，也集中了马来民族优秀的品德。

马来西亚风光

当然杭·杜亚毕竟是个忠臣的形象，有时忠得近愚：当他被诬陷而被国王处死时，仍抱着“君要臣死，臣不得不死”的封建伦常意识而引颈就戮；他为了效忠国王甚至不惜杀死为自己的结义兄弟。但如果仅把《杭·杜亚传》看做一部忠君的传记，把杭·杜亚视为国王的忠实奴仆，那就必然损害了作品的价值和鼓舞民族斗志的作用。实际上《杭·杜亚传》对马六甲国王并无褒扬之词，他只关心王冠和美女，听信谗言，滥用生杀予夺的大权，在进犯的侵略者面前毫无作为，是个典型的昏君、暴君。尽管如此，他毕竟是马来民族独立、统一的最高象征，作为封建王朝的臣子，杭·杜亚只有通过效忠才能完成报国的宏愿。在当时的历史条件下，忠君和爱国是相融在一起且无法分割的价值取向，特别是在民族矛盾激化时更是如此，所以杭·杜亚的“忠”必然包含忠君的成分，这是所有封建社会的民族英雄不可超越的时代局限。而杭·杜亚之所以为人们所喜爱，在于他为捍卫民族尊严的不屈不挠的献身精神，在于他为民族振兴立下的汗马功劳，而不在于他为一个君王的鞠躬尽瘁、死而后已、他是作为一个伟大的民族英雄，而不是一个国王的忠仆而流芳千古。

从艺术的角度看，杭·杜亚也是相当成功的形象。小说里出场的人物不少于一百六十人，但绝大部分笔墨都集中在刻画杭·杜亚一人身上。作者集中从“忠”、“勇”两个方面塑造英雄，忠君爱国是他行动的指南，智勇双全是他成功的保证。卡查·玛达几次欲置他于死地，他随机应变，化险为夷。面对葡萄牙人的猖狂进攻，他沉着应战，克敌制胜。忠勇兼备的品性在民族遭到异族蹂躏之际更需要发扬光大，小说就是通过对一次次关系到民族存亡的生死考验，使杭·杜亚高大丰满的形象屹立于天地之间，达到尽善尽美的程度。

文武全才的国家栋梁杭·杜亚是马来民族精神的象征，几百年来他一直被当做最完美的民族英雄而受到崇拜歌颂。久传不衰的《杭·杜亚传》在马来人的心目中也同样占据重要的地位，至今不仅仍是学者们研究的重点，也是家喻户晓、妇孺皆知的读本。如果现在有人问及《杭·杜亚传》，马来印尼人一定会自豪地告诉你它是“唯一地道的马来故事”、“最马来的马来传奇”。

58. 跨越千年的叩问：越南神话
kuà yuè qiān nián de kòu wèn：yuè nán shén huà

在美丽富饶的红河两岸，从公元前4世纪开始，就有越南人的祖先定居。越南古称“交趾”或“交州”。与世界其他各民族一样，越南最早的文学也是神话传说。在中国的汉代，就有人写了一本记载越南神话的书《交州记》，可惜这本书后来失传了。即使如此，大量的神话传说仍然在越南人民的口耳相传中保存下来，使后人得以一窥祖先的背影。

流传至今的越南神话，内容十分丰富。遍览越南神话，读者会发现，越南神话有一个突出的特点，那就是越南神话几乎都是“解释神话”。我们可以推想，在两千多年以前，古代越南人民对于自己周围的万事万物，都有着极为强烈的探求欲望，他们希望能够知道为什么会有天地？自己的祖先是谁？飞禽走兽是怎么来的？高山上、大海里都住着谁？……在生产力水平低下、知识水平不足以了解自然现象的时期，古代越南人民发挥自己的想象力，创造出了神。于是，最早的神话诞生了。也可以说，越南神话就是古代越南人民对于自然和祖先的最早的叩问。

古代越南神话，流传至今的有《天柱神创世》、《山精和水精》、《太阳女神和月亮女神》、《十二神婆创造人类》、《为飞禽走兽修补肢体》、《稻子的来历》、《织女和牛郎》、《貉龙君的故事》、《越南民族的起源》、《少数民族的来历》、《各种语言的来历》、《人类的起源》、《开天辟地》等多种，从这些神话的名字可以看出，它们基本上都属于“解释神话”。

《天柱神创世》是讲在很久很久以前，天地不分，也没有万物和人类，到处是浑浊和黑暗，十分冷清。有一天，出现了一位巨人，他高大得无法形容。在这一片浑浊黑暗的世界中，巨人站立起来，用头把天顶起，然后开始挖土掘石，砌起一根撑天石柱，把天顶住。石柱越砌越高，天就像一块巨大的帷幕，一点点向上升高。从此，天和地被分了开来。大地很平坦，像一只巨大的方形的盘子，天则像一只倒扣着的碗。天地相接的地方是天涯海角。后来，不知为什么，巨人又将撑天柱推倒，并把倒塌下来的泥土和石块向四处抛洒，一块块巨石落下来变成了一座座山峰和一个个海岛，一块块泥土落下来，变成一座座山丘和一片片平原。从此，大地由平坦变得高低不平。巨人挖土掘石后形成的大坑就是今天的大海。古代越南的人们认为，海阳地区的石门山就是当年撑天柱的遗迹，因此，人们又称其为“天柱山”。而那位巨人成为掌管天地间一切事物的天神，人们称他为“玉皇大帝”。

《太阳女神和月亮女神》是讲天柱神把天和地分开后，大地依然又潮湿又黑暗，不久，玉皇娘娘派太阳和月亮两位女神来照亮大地，用她们的热量来驱散大地上的潮气。太阳女神和月亮女神是姐妹俩，她们都是玉皇娘娘的女儿。她们每天的任务是轮流查看尘世间的民情。太阳白天出行，月亮晚上接班。太阳女神出巡时坐轿子，抬轿的轿夫分为两班，一班年老，一班年轻。年轻的轿夫抬轿时精力不集中，东张西望，走走停停，行进的速度慢，使太阳回去得很晚，人世间的天就长；相反，老年轿夫抬轿时专心致志，太阳回家很早，人世间的天就变短。

那时，太阳和月亮都非常亮，也很热。特别是月亮妹妹，她拼命把自身的热量洒向大地，使得大地上河流干枯，气候炎热，人们痛苦不堪，怨声载道，但月亮女神却对此一无所知。玉皇娘娘了解到人间的苦难，就在月亮女神的脸上抹了一层灰，从此月亮女神变得又温柔又善良，下界人们对月亮的态度也由憎恨变为喜爱了。人们说，月亮女神转过脸来俯视人间时，就是阴历十五；而当她背过脸去，就是阴历三十或初一；月亮女神面向右边是上弦月，面向左边是下弦月；而出现月晕，是由于月亮女神脸上的灰浮现出来的缘故。据说太阳女神和月亮女神共有一个丈夫，是一头熊。当熊有享受夫妻生活的欲望时，就来找太阳姐姐或月亮妹妹，这时，人世间就会出现日食或月食。出现日食或月食时，人们要敲锣打鼓或敲打舂米臼，把熊吓跑，否则会影响当年的收成。人们这样做也是为了提醒太阳和月亮两位女神，不要忘记自己应尽的职责。

《十二神婆创造人类》的内容是，天柱神（玉皇）开辟出宇宙后，开始考虑如何创造世间万物。他先用开辟天地时剩下的泥土捏出动物，大到象、犀牛和老虎，小到蚂蚁、蟑螂、萤火虫等。最后，他挑选最纯的土料，准备捏制人类。

玉皇将捏制人类的使命交给了他的助手十二位女神。这十二位女神的手都很巧，人们称她们为十二神婆。她们每人负责捏制人体的一个部分，有的专捏耳朵，有的专捏眼睛，有的捏四肢，有的捏生殖器，有的负责创造人的言语表情。因为用料经过了精选，女神们的手又巧，因此人类比其他动物都要聪明。但女神们干活也有走神的时候，这时就出现了不合格产品。因此有的人生来身体就有某些缺陷。如有的人生来就不会说话，有的天生就呆傻，这就是由负责造语言和感情的女神错误所致。

《越南民族的起源》是讲很久以前，洪水淹没了大地，大地变成了一片汪洋，房屋、森林和高山都被大水淹没了，只剩下几座最高的山峰像小岛一样地露出水面。人类也被大水冲走，只剩下姐弟二人侥幸活下来。姐姐叫阿梅，弟弟叫阿乌。两人抱着一只大鼓，随水漂浮。后来，他们见到一座小岛，岛上树木葱茏，果实累累，百鸟争鸣。姐弟二人爬上岛，采摘熟透的果子充饥。吃饱后，姐姐对弟弟说："姐姐是女人，你是男人，不能住在一起。咱们每人盖一个住处，早晨太阳出来时咱们一起去采野果，太阳落山后我们就各自睡觉。"

于是，姐弟二人各自盖了一个小房子，一个在山这边，一个在山那边。天黑后，二人各自回到自己的房子里。第二天早上，姐姐阿梅醒来，发现弟弟阿乌躺在她的身边，她气愤地推醒弟弟，说："小弟呀小弟，男孩子大了就不能和姐姐同宿一处了，否则雷会劈死我们俩的。"弟弟很委屈，说："昨天夜里我睡在山那边，我并没有动，怎么竟躺到这儿来了？我不是成心的，请姐姐相信我。"阿梅仍然很生弟弟的气。次日天明，阿乌发现自己又睡到了姐姐身边。这次，阿梅在很隐蔽的地方重新搭了一座小屋，让弟弟找不到她。然而奇怪的是，次日清晨，阿梅醒来，又发现弟弟躺在身边。阿梅斥责弟弟："你简直不是人，是一头野兽。干脆我跳到河里淹死算了！"于是她跑出门去，没想到一位鹤发银须的老人就站在门外。老人对姐弟二人说："按照人类的规矩，同胞姐弟不能成亲。但如今人类已经死光，只剩下你们二人。我不希望人类绝种，所以才把阿乌弄到姐姐身边。你们要听我的话。地球上没有了人类，飞禽走兽和山林大海就失去了主人。我不愿意看到这种景象出现，所以你们姐弟二人，应该成亲。"

从此，山顶上有了一对相亲相爱的夫妻。神仙老人施法供给他们水果和稻种。一年一年过去，阿梅生了一大群孩子，这些孩子有的叫巴那，有的叫色当，还有的叫赫耶、莫侬、京、占等。当大水渐渐退下去时，孩子们已经长大成人。后来这些孩子们都选择了自己的居住地。从此，人类又在广阔的大地上生息繁衍。阿梅和阿乌的每个孩子的后代都组成了一个民族，如巴那族、色当族、赫耶族、京族、占族等。各民族同胞都是兄弟姐妹，他们世代友好相处，直到今天。

古代越南神话表现出一些共同的特点。如在"解释神话"中，我们会发现，越南神话中的解释神话非常系统而全面。仅在以上所举的几个神话中，我们就可以看到，它们既有解释宇宙形成的创世神话，也有解释自然现象的神话，还有对人类起源的探讨。而在单个的神话里，也有对自然现象的详尽解释。如在《太阳女神和月亮女神》中，涉及到了太阳和月亮的由来；为什么有时天长，有时天短；为什么会有月圆、月缺、上弦月、下弦月、日食、月食等现象？越南人们都运用原始的神话思维作了想象丰富的解释。

在越南神话中还有一些神话令我们有似曾相识之感。如《各种语言的来历》是一篇越南苗族神话。它说本来人类都是大洪水后一对夫妇所繁衍的后代，只讲一种语言，由于大家向往天堂的生活，就商量建一座非常高大的宝塔，这样就可以顺着宝塔到天上去。诸神娄知道了这件事，就将人类分散开，让人们讲多种不同的语言，人们语言不通，不能互相交往，对天堂的威胁也就消失了。这个神话故事与《圣经》中"巴比塔"的故事简直如出一辙，只不过"巴比塔"中淆乱人类语言的是上帝，不是诸神娄。

从很多越南神话中还可以看出越南与中国渊远流长的文化渊源。如记述越南人祖先的《貉龙君的故事》，就称貉龙君的祖先是中国的炎帝神农氏，貉龙君是炎帝的第五代孙，他后来成为一个著名的开明国君。从这类神话中，我们可以感受的越南文化与中国文化千丝万缕的联系。

59.《金云翘传》：越南古典文学丰碑

jīn yún qiào chuán：yuè nán gǔ diǎn wén xué fēng bēi

阮攸的《金云翘传》通过女主人公翠翘坎坷的经历，反映了广大妇女的悲惨命运，同时也生动地描绘出了一幅封建社会的罪恶图。全诗充满人道主义精神，歌颂纯洁的爱情和高尚的品德，抨击贪婪残暴、奸诈无信，它的基本倾向是进步的。长诗分为十二卷，共3252行。故事讲到，一个没落的士大夫王员外有三个儿女：长女翠翘，次女翠云，幼子王观。清明踏青时分，翠翘祭吊歌女淡仙的荒冢，鬼魂显形，向她道谢。归途遇见书生金重，在王观的引见下相识，两人私订终身。随后金重奔丧，忍痛与翠翘分别。至此引出了题目："金云翘"分别是金重、翠云、翠翘三人名字的缩写。王员外被奸商、官府敲诈勒索，父子入狱。翠翘卖身赎父，又被流氓马监生欺骗，堕入青楼，受尽了鸨母秀婆和二流子楚卿的凌辱虐待，过着非人的生活。翠翘不甘沉沦，立志从良，但不幸嫁给了一个怯懦无能的纨绔子弟——束生做妾。束生之父是一个礼教等级观念非常浓厚的人，看不起翠翘。束生之妻又是出身官宦之家妒忌凶狠的妇人。翠翘刚出火坑，又入狼穴，受尽了折磨。虽然得到女管

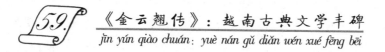

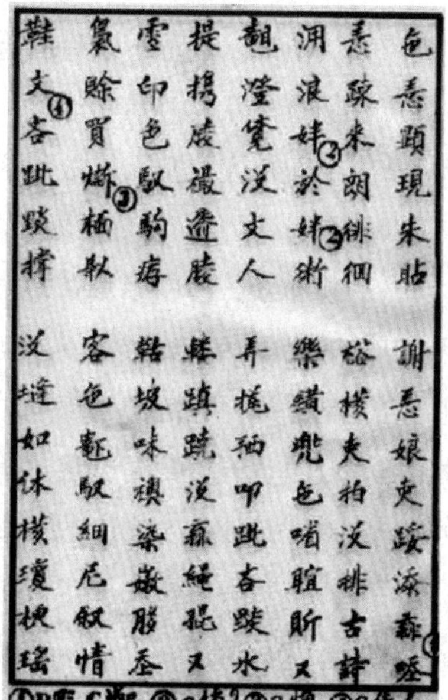

阮攸手迹

家和女尼觉缘的保护，但并不能改善处境。后来翠翘从束家私逃出来，暂住尼庵。结果还是不能安身，被迫再入娼门，饱受蹂躏。此时翠翘十分清醒地认识到，改变自己命运的人须是负有正义感、孔武有力的男儿。终于，救她出苦海的英雄徐海出现了。这位称霸南天的海上英雄，不但救出翠翘，而且为她主持公道、报仇雪恨：恶棍、流氓、毒妇、淫夫，由翠翘一一发落，大快人心；善良的人，也都一一得到了报答。徐海热爱翠翘、尊重翠翘，处处为她着想，和玩弄女性的恶人迥然不同。翠翘也把自己美好的理想和纯洁的爱情全部寄托在疼爱自己的丈夫身上。不幸的是，徐海听从翠翘的劝告，屈服于“忠孝功名”的封建道德，向官军投降。以胡宗宪为首的“一批酒囊饭袋”在战场上无法取胜，只好搞阴谋诡计，利用翠翘“夫荣妻贵”的思想，骗取了胜利。徐海的高尚、勇敢、坦诚与官军的恶毒、卑鄙、怯懦形成了鲜明的对照。而“立功”的翠翘，不但没得到官军的尊敬，反而被他们欺辱，她终于绝望地投江自尽。结尾为故事的余波，照应开头。补述金重、王观“会试高中”，得官上任。他们沿途查访翠翘的下落，得知其死讯，江边祭奠。最后经觉缘指引与得救的翠翘相见，全家共庆团圆。这里不仅写出金重忠贞不渝的爱情，尤其可贵的是在涉及到自己切身利益的时候，他能冲破苛求女子贞操的道德陈规，娶妓女为妻。一个封建社会的文人能做到这样一点，已是相当不易。

王翠翘是封建社会受侮辱损害的妇女形象。这位出身于“书香门第”的才女，品貌出众，善良多情，敢于大胆追求幸福，富有自我牺牲精神。清明佳节巧遇金重后，她趁家人外出贺寿之机，主动自带“时珍佳果”，一日数会金重；面对家庭突遭横祸，父亲无辜被诬陷的严酷现实，她冷静地做出正确判断，省悟到衙役滥施毒刑，“无非志在金钱”，于是她毅然卖身救父。这对于正处于热恋中的翠翘来说，不仅要远离亲人，而且会失去情人。此后她被辗转骗卖，难以自拔，一生中三次出嫁，三次出家，三次入青楼，又三次自杀未遂。不仅如此，她还屡遭毒打，不是被老鸨折磨得“横飞血肉”，就是被贵妇人诬为“逃婢”用竹棍“打得皮肉绽开，心惊胆颤”，真可谓历尽艰险，九死一生。

但是惨遭迫害的翠翘又是一个富有反抗精神的女性。官府、流氓、鸨母、妒妇，乃至身居高位的总督虽然步步紧逼，但她始终没有屈服，仍然执著地追求幸福，向往自由。为了结束卖笑生涯，她甘愿嫁给束生为妾。与徐海结合后，翠翘忠于爱情，坚守诺言。在兵荒马乱时她不顾个人安危，真诚地静候丈夫出征归来。胡宗宪设计诈降，徐海被害，她追悔莫及，悲愤中以死报答丈夫的恩情。当然，翠翘不能脱离她的时代，她既是封建制度无辜的受害者，同时又是不自觉的维护者。她相信命运，认为自己遭受的种种不幸，只是因为“前世善因未种，今生宿债应偿”，只有按天意“捱尽风霜”才有所归宿；在“夫贵妻荣”、“尽忠尽孝”的封建意识支配下，她力劝徐海投降：“黄巢气运岂能长？怎能比高官厚禄，功名快捷非常。”然而就是她的“忠告”断送了徐海的功业和生命，她对于徐海的死负有不可推卸的责任。

《金云翘传》插图

作家把徐海当做伟大的英雄来歌颂，他在生灵惨遭涂炭之际，揭竿而起，锄强济弱，为民请命，把斗争矛头直指统治阶级，体现了反抗压迫的思想。同时也寄托了人民摆脱奴役枷锁，追求自由的美好愿望。徐海的形象高大完美，他是一名仪表堂堂、豪爽豁达、武艺高强的伟岸男子。

从这些诗句里，我们根本看不到那个勾结倭寇、为害一方的徐海原型的影子，作家一反正统观念，称之为“徐公”，把他描写成一位抵抗官府，顶天立地的英雄。他为翠翘复仇，体现了为民除害的思想。像翠翘这样的弱女子，若不是依靠徐海的力量，翻身解放、复仇雪恨的可能性很小。从这个意义上讲，徐海就是为民请命的英雄。他既刚烈又柔情。他和翠翘真诚相爱，一个怜美人，一个识英雄，互吐衷肠，肝胆相照。他先以百金身价，赎翠翘出火海；然后又以凤辇鸾仪的盛大礼仪，迎娶被人作践的妓女，还她做人的尊严。他非常尊重信赖翠翘，在归降的大问题上也同意她的决定。他被官军杀害后僵立不倒，待翠翘赶来泣诉后才轰然倒地。这位伸张正义的理想化的民间英雄悲壮的死，让人扼腕叹息。

《金云翘传》中的人物，不管是正面人物还是反而人物，都是来自现实生活中的典型：有善良纯真、如花似玉的翠翘，外表俊秀、内心狠毒的名门闺秀宦姐；有豪放粗犷、扶弱锄强的英雄好汉徐海，昏庸无能、寡廉鲜耻的朝廷大臣胡宗宪，见钱眼开的官吏，有对爱情忠贞不渝的达官舍人金重，逼良为娼的流氓骗子马监生、楚卿……个个栩栩如生，跃然纸上。

60. 往返于宗教和想象间的泰国神话

wǎng fǎn yú zōng jiào hé xiǎng xiàng jiān de tài guó shén huà

在历史上，东南亚各国曾长期受印度的婆罗门教、印度教和佛教的影响，而在泰国等国家，佛教文化又是其文化的基本形态。因此，在泰国的神话传说中，有些已经很难分出哪些是本民族的内容，哪些来自印度文化。可以说，泰国神话既是本民族人们想象力的产物，也是吸收印度文化、进行二度创作的成果。泰国神话就是这样，在异国的宗教文化和本民族人民的创造力之间自由往还，形成了泰国神话风格独具的面貌。

著名的泰国神话包括《创世记》、《地震神话》、《月中老人》、《人类的祖先》、《雷电的产生》等。

《创世记》的内容是据传在很古的时候，世界遭火、水、风三劫后毁灭，最后才得以复生。这是因为世人忘记了佛陀的教导，犯了不可饶恕的罪孽。但是，除了色界初禅三天外，其他天和无色界四天都不会遭三劫而毁灭。

所谓“三劫”，是指火劫、水劫和风劫。火劫到来时，天空出现了两个太阳。一个在西方刚刚落山，另一个就在东方冉冉升起。世上只有白天，没有黑夜。炽热的太阳把各处的鱼、龟、鳄鱼都统统晒死，幸存的人抱在一起呼叫哀号。沼泽、小溪、井和湖泊都干涸了。不久天空出现了第三个太阳，炽热的太阳把五大河晒得滴水不见。天空出现了第四个太阳，炽热的太阳把七大湖晒得湖底干裂。第五个太阳把大海晒成一片焦土。第六个太阳把整个宇宙晒得滚烫。第七个太阳把四方咸海中的七条大鱼晒流了油，大地燃烧了，烧毁了世人生息的四大部洲。熊熊大火往下烧，烧毁了阿鼻地狱、四恶生地界和阿修罗城。熊熊大火往上烧，烧毁了持地山及山上的仙宫。漫天大火向色界烧去，烧毁了初禅三天，即梵众天、梵辅天和大梵天。最后，漫天大火烧到大梵天后就止息了。

当漫天大火烧毁了欲界六天、色界三天及其仙宫宝殿后，众神、天神、梵天都相继逃到大火烧不到的更高的天界去了。漫天大火不知烧了多久，天空开始下雨。起初雨点像尘埃那样细碎，扑不灭大火。而后，雨点逐渐变大，像菜籽、豆子、油柑、柠檬、水牛、大象，甚至屋殿那样大。接着，雨点不断地加大，形成浩瀚的大水。最后，泱泱洪水到处泛滥。不久，洪水淹没了大地，扑灭了大火。之后，洪水席卷了四天王天、忉利天、夜摩天、兜率天、乐化天、他化自在天等，还席卷了梵众天、梵辅天、大梵天。最后，大火扑灭了，雨停了，洪水也平息了。

洪水席卷了初禅三天后，不知时间过了多久，天空刮起四种狂风。狂风呼啸怒吼，使大水变成米汤和粥，接着凝结成烂泥，最后变成原先那样黄金般的土地，到处立起过去那样金碧辉煌的宫殿，这就是大梵天。于是众梵天纷纷下来像以往那样居住。洪水退了。四风狂刮，使大水不断地变成米汤、粥、泥浆、土地……梵辅天、梵众天也像过去那样恢复了原貌。洪水继续下退。四风仍狂刮不止，使大水不断地变成米汤……他化自在天、乐化天、兜率天、夜摩天、忉利天、须弥山、四天王天等也像过去那样恢复了原貌。洪水继续下退。四风仍猛力地刮，使大水变成米汤……最后，人类生息的南赡部洲等四大洲、四方咸海、七大湖、五大河、阿鼻地狱、四恶生地界、阿修罗城等也恢复了原貌。

洪水退完后，土地的香味像可口的乳糜一样向天空飘散。梵天界的天数已尽的众梵天，闻到香味，纷纷下凡来到大地变成人。但他们那时还没有性别之分。他们能发光，有法术，会腾云驾雾，每天品尝土地。由于众梵天有三不善界的戒律，故使他们身上的光泽消失。于是黑暗笼罩大地，互不能对面相见。后来，由于他们的功德和祈祷，出现了太阳、黑夜，也有了月亮，还出现了二十七星宿。最后，大地诞生了各种生物，还有稻谷。他们吃了稻谷之后，便有了男女之别，于是开始繁衍生息。

从以上内容可以看出，古代泰国的创世神话带有浓厚的佛教色彩。其中世界遭火、水、风三劫的情节明显是宗教的惩恶劝善思想的体现。而其中具体的景象，又显示了泰国人民丰富的想象力。如在“水劫”中，天空所下雨点初始像菜籽、豆子，继而像油柑、柠檬，最后竟然像水牛、大象、房子，出人意表的想象力让人惊叹。

有关人类祖先的来源，神话《人类的祖先》中说，人类最早的一对初民，是由婆罗门教主神婆罗贺摩创造的。婆罗贺摩用泥土捏出一对男女情种，男的叫布桑西，女的叫雅桑赛。不料，主神捏制初民时，泥土的香气飘向了天界众梵天。天神、天王、众神闻到后，纷纷下界，来到另一个全新的世界里。那泥土的清新、芬芳和甜美使他们流连忘返，以致最后都不愿再回到天界去了。后来，他们的子孙和布桑西、雅桑赛的子孙婚配，诞生了第一批人类，即今天人类最早的祖先。

有关人类的祖先的神话，就像是一首泥土的颂歌。天界的众神竟然因为禁不住泥土香味的诱惑，来到下界为人，体现了古代泰国人民对大地的深情。而从这个神话故事来看，人类与神有血缘关系，是神的后裔，这又体现了古代人的祖先崇拜思想。在这一点上，世界各民族在的思想和感情都是相通的。

除了神话之外，泰国古代文化遗存中还有许多传说故事。

《乌通王》记述的是泰国阿瑜陀耶王朝开国皇帝不同凡响的出生。据说在很久以前，有一位国王统治了泰国，建立了德拉德伦国。当王位传至第四世时，国王无子，只有一个女儿，公主貌美如花，深受父王喜爱。一天，天仙点化公主想吃茄子，宫女便四处寻找。结果哪里的茄子都不如一位贫穷青年的茄子好。这青年名叫讪蓬，意为“满身疙瘩的人”。讪蓬种了很多茄子，并且他天天在那里小便，肥料充足，所以他的茄子长得特别好。讪蓬得知公主爱吃茄子，便经常送又大又好的茄子给公主吃。不久，公主怀孕了，生下一子，但不知父亲是谁。这件事使得德拉德伦王很不愉快，为确定孙儿的父亲是谁，他动员全国的官员、百姓来宫中参加卜卦。他命令来占卜的人都要带一样食物来，并乞求上天，谁是孙儿的父亲，便指点孙儿接受他手中的食物。

讪蓬得知消息后，也和别人一样来到宫中。因为家境贫穷，他没带什么可口的食物，只顺手拿了一团米饭来。占卜时，国王的孙儿没接受任何人进献的食物，唯独接受了讪蓬的饭团。国王见讪蓬贫穷，相貌丑陋，使人厌恶，自己高贵的血统已被贱民混杂，勃然大怒，命士兵将讪蓬、公主和小王孙都赶出城去。讪蓬不得不带着公主和孩子到处流浪。他的遭遇感动了上天因陀罗，因陀罗派帝释天下凡，送给讪蓬一只鼓，这只鼓可以满足他的三个愿望。讪蓬敲第一次鼓时，希望自己身上的疙瘩全部消失，成为一个美男子；敲第二次鼓时，愿有座新城；敲第三次鼓时，愿孩子有个金摇篮，并在今后名声四传。神鼓满足了讪蓬的每一个愿望。

于是，讪蓬自立为王，统治着新城。孩子睡在金摇篮里，所以起名乌通王，就是“金摇篮王”的意思。乌通王就是泰国阿瑜陀耶王朝伟大的开国皇帝，号称“颂迪帕拉玛铁菩萨第一”。

与世界许多民族关于自己祖先的神话传说一样，泰国的开国传说同样充满传奇色彩。乌通王既有王族血统，又得到神的庇护，兼有双重的荣耀，成为泰国人民的骄傲。泰国的神话传说，在来自印度的宗教观念和源于本国人民文化传统的双重基础上取得了平衡，形成了具有独特魅力的神话系统。同时，这些神话传说又汇入了文化之流，成为泰国文化传统的一部分。

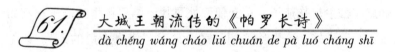

61. 大城王朝流传的《帕罗长诗》
dà chéng wáng cháo liú chuán de pà luó cháng shī

14 世纪中叶，泰国南部的罗斛国攻灭暹国素可泰王朝，建都于阿尤塔亚（又译阿瑜陀耶，意为“不可战胜之城”），称大城王朝或阿尤塔亚王朝。

大城王朝时期有一部流传较广、影响较大、深受广大人民喜爱的长篇叙事诗《帕罗长诗》，《帕罗长诗》叙述的是两个敌对的国家的国王帕罗与公主帕芬、帕萍姐妹相爱，经历了无数坎坷，最后双双殉情的爱情悲剧。蒙双、蒙松两个邻国长期不和，积怨很深。蒙双国国王绵双和王后文勒生下了漂亮王子帕罗。蒙松国国王皮姆皮沙昆有个儿子叫涛皮猜皮沙奴薛，王子妃达拉瓦迪为他生了两位郡主帕芬、帕萍。后来蒙松国王被蒙双国王杀死于象颈，涛皮猜皮沙奴薛王子继承了王位，他的女儿也就成了公主。蒙松王子将父亲的尸首运回国中，紧闭城门不去迎战，蒙双王只得班师回朝。

时光如梭，转眼间许多年过去了。蒙双国王子帕罗已长大成人，继承了王位，娶娘拉沙娜瓦迪为皇后。帕罗超凡的俊美、高尚的道德被歌手到处传唱，蒙松国两公主帕芬、帕萍虽然并未亲眼见过帕罗，但听到赞美他的歌词，就失魂落魄地做了爱的俘虏。公主们的两个贴身使女娘仑、娘瑞了解到公主的心病，决心帮助公主梦想成真。于是她们派遣心腹之人到邻国，在帕罗面前卖力地歌颂帕芬、帕萍公主的魅力。接着她们又让巫师用法咒迷惑帕罗，请求树林的精灵使他自动前来蒙松国会公主。巫师沙明波莱掐指一算，知道三人前世有一桩风流债，所以答应助她们一臂之力。他的第一次做法被蒙双国巫师识破，第二次做得更加缜密，使对方巫师无法破除。变成情痴的帕罗神情恍惚，无法自持，于是辞别母亲，奔赴蒙松国。

帕罗带兵到了蒙松国国境，便将士兵遣回。身边只留一百名亲兵。帕罗和仆人乃告、乃宽来到加隆河，因为已到敌国，所以格外小心警觉。他们观看了水相，知道危难将至，但帕罗无法控制内心的感情，不愿返回自己的国家。于是他派乃告、乃宽潜入城中，秘密打探实情，自己躲于原处，等待消息。

巫师沙明波莱知帕罗已经中邪，并且进入了国境，于是就放出公鸡诱他上钩。帕罗与乃告、乃宽被诱至帕芬、帕萍居住的花园附近。帕罗化装成一婆罗门，名昭西凯；乃告、乃宽扮成来自国外的游客，改名为乃拉、乃腊。乃告、乃宽给了宫中下人一些好处，帕罗得到了许多方便，于是潜入帕芬、帕萍的花园。娘仑、娘瑞在花园里遇见乃告、乃宽，两对情人一见钟情，于是引导帕罗见到帕芬、帕萍。帕罗从此藏在两位公主的宫中。

三人甜甜蜜蜜、恩恩爱爱地过了半个月，夜夜欢聚，倾心相爱。不久偷情的事暴露出来。国王涛皮猜皮沙奴薛大怒，但见到帕罗俊美的仪表后，随即转怒为喜，宽恕之余还决定选个吉日良辰，为他们完婚。太后闻之，很不悦，自己的丈夫就是被帕罗的父亲在战场上杀死的，今番定要报仇雪恨，更何况敌人已自投罗网！于是她派兵包围了宫殿。帕罗等七人虽奋勇抵抗，但终究寡不敌众，最后统统战死。蒙松国王得知这一消息，便将不是他生母的太后斩首，把帕罗、帕芬、帕萍公主厚葬，又派使节通报蒙双国。长诗的结尾描写了殡葬仪式，恋人们的爱的热血和生命，终于使两个敌对的国家从此化干戈为玉帛。这部诗作与莎士比亚的《罗密欧与朱丽叶》有异曲同工之妙，宣扬邻邦之间的友善，消除封建纷争，为后代缔造幸福。

《帕罗长诗》故事性强，情节比较曲折。爱情虽是两情相悦，但也逃脱不掉政治思想、社会文化的制约。帕罗和帕芬、帕萍的爱越是炽热，他们的命运就越快地走向了悲剧。不可调和的理想与现实的矛盾，构成了悲剧的基础，男女主人公的殉情，迸发出来的是震撼人心的悲剧力量。作品中主要人物的性格特征十分鲜明，我们可以这样概括他们：帕罗是美的象征，帕芬、帕萍是情的化身，乃告、乃宽和娘仑、娘瑞是忠的典型。这部长诗文辞优美，感情浓烈，凄婉动人，是律律体诗中的上品，为历代诗人所推崇。

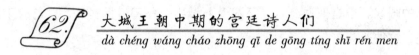

62. 大城王朝中期的宫廷诗人们
dà chéng wáng cháo zhōng qī de gōng tíng shī rén men

所谓大城王朝中期的文学主要是指帕纳莱大帝执政（1656—1688）的三十二年中的兴盛期文学。帕纳莱大帝经常和宫廷诗人唱和，在他的鼓励提携下，出现了一批较著名的宫廷诗人。其中著名的有玛哈拉查克鲁、西巴拉、西玛霍索等。

玛哈拉查克鲁并不是作者的真名，而是太傅官名，指教太子读书、为国王起草诏书、陪国王做文字游戏的人。在泰国，玛哈拉查克鲁是第一位以禅体写故事诗的人，他的代表作是《舍阔堪禅》和《沙姆阔堪禅》。

《舍阔堪禅》又译《老虎和牛犊》，“舍”为虎，“阔”为牛，“堪禅”是禅体诗，题目告诉读者这是一部用拟人化的手法写成的禅体故事诗：虎崽与牛犊是一对好朋友，虎崽为兄，名叫帕凤维猜，牛犊为弟，名称卡维，因为他们很善良，有正义感，仙人就想辅佐他俩做国王，他们得到双锋双刃神奇飞剑护身。

一天卡维降服了道玛昆城妖魔，得到美女苏拉苏达，因为自己为弟，便将她献给兄长为妻。卡维来到荒芜的空城洛马因昆，制服了几乎吃光了城里所有人的老鹰，并与占吞公主结了婚。公主生了一头香发，每逢沐浴时，香发漂在水上，香气袭人，令统治帕堤皮塞的老王尤沙普神魂颠倒。于是尤沙普便派遣一个诡计多端的女人扮成使女入宫，探到卡维的法术来自于双锋双刃飞剑。她就用计骗得飞剑，投入火中焚烧。卡维的心脏埋藏于剑中，因此毙命。公主悲痛欲绝，昏死过去。这个女人趁机将占吞公主献给老王。但是真挚纯洁的爱情保护着公主，使她的身上好像有万丈烈焰，使老王接近不得。

牛弟遇难，虎兄闻讯赶到，使用仙术使卡维还魂，弟兄俩去了道尤沙普国。卡维在那里返老还童，年龄与占吞公主相仿。虎兄扮成道士杀死了尤沙普国王。卡维和占吞统治着帕堤皮塞国。后来曼谷王朝二世王曾将这个故事改编成舞剧《卡维》。

《沙姆阔堪禅》（又译《萨姆塔柯》）出自于三位作者之手。玛哈拉查克鲁是第一位作者。帕纳莱国王二十五岁生辰之时，很想将这段《本生经》中的故事改成供皮影演出的配音诗。玛哈拉查克鲁遵从王命，孜孜不倦地创作，但未完成便撒手西归。帕纳莱国王亲自动手续写，也没完成。曼谷王朝三世王时期的波拉玛奴期期诺洛亲王不无遗憾地说："莫非暹罗已没有了诗人?!"于是动手续锦。经过三轮、二百年的接力终于到达终点，这就是我们看到的《沙姆阔堪禅》。

沙姆阔是帕罗姆武里国王道平图坦的儿子，母后名为苏拉苏达。一天沙姆阔去林中套象，觉得身子疲乏，在一棵大菩提树下睡熟了。守护菩提树的仙人将熟睡中的沙姆阔托起，潜入宫中，让他与罗姆因昆国王喜浑拉库的女儿萍图迪结为夫妻。然后仙人又将他抱回原处。沙姆阔醒来，想起梦中之事，便派人四处寻找公主。后来一个去罗姆因昆国学艺归来的婆罗门教士献上萍图迪的画像，并且告诉王子近期萍图迪公主将选驸马。

萍图迪公主醒来后也思念意中人，把心事告诉了贴身使女塔丽。塔丽拿来许多天神和王子的画像请公主辨认。公主认出了沙姆阔，于是命人把他请到王宫，二人山盟海誓，互诉衷肠。随后沙姆阔战胜了所有的对手，与萍图迪公主成了婚。失败的求婚者出于嫉妒，联合起来与沙姆阔作战。沙姆阔命执明神拉纳皮穆、皮林吞和仑纳行为将击败了他们。

沙姆阔从执明神拉纳皮穆那里得到一把双锋双刃飞剑，便带着萍图迪到处游玩。一次睡觉的时候，双锋双刃剑被另一个执明神偷去。夫妻二人只好步行回乡，当他们用一段木头泅渡过江时，大浪把木头打成两截，夫妻被冲散。萍图迪奋力爬上岸，艰难跋涉来到玛塔腊市，寄宿在一个老婆婆家。她把仅有的戒指卖给了一个富翁，用得到的金子建了一座楼亭，上贴自己与沙姆阔的榜文。沙姆阔也死里逃生，到处寻找公主。娘梅卡和天帝释帮助他找回了双锋双刃飞剑。沙姆阔装成婆罗门教士，化缘九个月，来到萍图迪建亭的地方，夫妻终于团聚。作品表现了青年男女坚贞不渝的爱情，情节曲折，充满悬念，很吸引人，是泰国古典文学的一部重要作品。

泰国古代大诗人西巴拉（约1658—1693）是玛哈拉查克鲁的儿子，他的成就高于父亲。他从小就表现出非凡的诗才，九岁就能对上帕纳莱国王的御诗，国王赐赠给他西巴拉（意为“大智”）的称号，并让他入宫当侍从。西巴拉生性耿直，不畏权贵，又极为多情，敢恨敢爱。在京都他爱上了城防长官的女儿娘巴朗。不幸的是娘巴朗被选作妃子。他写诗讽刺国王，因而被流放到南方的洛坤城。后来娘巴朗又被国王赐给洛坤城城主帕耶纳坤为妾。西巴拉和娘巴朗异地相逢，相爱弥笃，后被城主发现，处死了他。临刑前，西巴拉用脚趾在沙地上写下了一首绝命诗：

大地神灵作证见，
太傅之子受屈冤。
有罪受诛当无怨，
无辜害命此剑还。

国王欲召其回宫，却得知西巴拉已被处死，震怒之余又把擅作主张的洛坤城城主杀掉。

西巴拉的诗歌明丽、优美。叙事诗《阿尼律陀堪禅》中的主角是特瓦拉瓦迪国王帕格沙纳的孙子阿尼律陀。一天，阿尼律陀到林中狩猎，躺在大榕树下睡着了。神仙降临，把他驮到了索尼纳空国王恭班女儿乌莎的闺房中，二人结为夫妻后神仙又把阿尼律陀驮走了。乌莎公主不知来者是何人，贴身宫女把三界中的神都画出来让公主辨认。公主终于认出了阿尼律陀，宫女便把他请入宫中。国王得知阿尼律陀占有了女儿，派兵将他包围，双方展开格斗，恭班国王放出神箭将王子捆住。此时，经过这里的婆罗门教士纳拉塔把事情报告了王子的爷爷帕格沙纳国王。国王随之发兵战胜了恭班，王子和乌莎公主这对有情人终成眷属。

63.《伊瑙》：来自爪哇的班基故事
yī nǎo：lái zì zhǎo wā de bān jī gù shì

泰国古典文学名著《伊瑙》，是可供宫廷演出的诗剧，分为十七段，共计两万行。内容讲王子伊瑙与达哈国王的公主布莎芭的坎坷婚姻，最终有情人终成眷属。第一段，满雅国发生内乱，堤宛国四王古雷班、达哈、达朗和兴哈沙里前来相助。得胜后满雅王把四位公主许配四王，并将国土一分为四交给他们治理。日月如梭，四王的子女长大成人，古雷班之子伊瑙与达哈王之女布莎芭订婚，但二人未曾谋面。第二段，伊瑙去满雅国，帮助料理安雅吉王的丧事，遇见金达拉公主，彼此相爱。当伊瑙回国时，向金达拉索要了斜披肩作纪念。第三段，伊瑙归来，妹妹维雅达降生。达哈王请求让布莎芭的弟弟西亚德拉与维雅达订婚。古雷班王让达哈国准备伊瑙与布莎芭的婚礼。伊瑙对这门婚事不满，设计逃脱，浪迹森林，婚礼流产。第四段，伊瑙装成山里人，改名米沙拉班伊。他帮助巴玛安王和他的两个弟弟打了胜仗，得到了两位女子作为报偿，认了桑卡玛拉达做弟弟。第五段，伊瑙再往满雅国，娶金达拉为妻。古雷班国王派人去见伊瑙，让他回国，但他却执意不肯。伊瑙与布莎芭解除婚约。达哈王气愤之余宣布，只要前来礼聘，布莎芭嫁给谁都可以。第六段，面目丑陋的加拉卡，却要找一位美丽的王后，所以便命画师画下天下美女子的肖像。画师画出两幅布莎芭的真容，送画的途中天神做法让他丢失一幅。加拉卡一见布莎芭画像，神魂颠倒，前去求亲。达哈王竟允婚。第七段，画师遗失的布莎芭另一幅画像，被王子维亚沙甘拾到，他心醉神迷，求父王前去说亲，因为女儿已有与加拉卡的婚约，达哈王拒绝了。父子两人发兵攻打达哈。堤宛家族的三位国王举兵援助，伊瑙也在其中，维亚沙甘王子被诛杀。当未婚女婿加拉卡援兵赶到时，战事已经平息。第八段，伊瑙见到绝色佳人布莎芭，顿生爱意，后悔自己匆忙退婚的鲁莽决定。加拉卡催促成婚，伊瑙心急病倒。伊瑙病愈，达哈王筹备布莎芭与加拉卡的婚礼。伊瑙绞尽脑汁想拐走布莎芭。第九段，婚礼前举行了盛大的庆祝游艺活动，伊瑙装扮后进行抢劫，将布莎芭带走，藏匿在山洞里。第十段，伊瑙怕众人怀疑，又回到城里，假意自告奋勇去找公主，并且还把妹妹维雅达也带了去，但布莎芭已不在洞里，被大风裹走。伊瑙扮作山民，改叫班基，妹妹维雅达改名更隆。他们找遍了整个爪哇岛也没找到布莎芭，于是伊瑙出家当了道士。第十一段，天神把被风卷走了的布莎芭变成了假男人，取名乌纳甘，做了巴莫丹国王的义子。在伊瑙出家的那一天乌纳甘魂不守舍，请求义父允许“他”外出寻找意中人伊瑙。一路上许多诸侯国都臣服于“他”，还得娶妻结婚，但乌纳甘谎称自己许了愿，在三年之内不能与女人同房。第十二段，乌纳甘寻找伊瑙，加朗国国王又将“他”收为义子。班基认为乌纳甘可能是布莎芭，于是还俗，一直跟踪到了加朗国。乌纳甘怕班基知道自己是女儿身，便辞别了义父，继续寻找伊瑙。第十三段，乌纳甘辞别班基，处理好军中事务之后，与管家一起削发为尼。第十四段，伊瑙的堂兄弟改名亚兰，出外寻找伊瑙、布莎芭和维雅达。第十五段，班伊见到削发为尼的布莎芭，以为她是乌纳甘的王后。第十六段，布莎芭看到由自己和伊瑙故事编成的皮影戏时潸然泪下，伊瑙与布莎芭团聚。第十七段，在加朗城为所有有婚约的人举行盛大的婚礼。

《伊瑙》是一个传统的英雄美人故事，是泰国古代叙事文学中常见的模式。但它的高明之处在于好事多磨，男女主人公结合之前波折不断，障碍横生，悬念迭起，使观众读者如痴如醉，欲罢不能。在泰国所有的古典文学作品中很少有哪一部作品超过或能像《伊瑙》那样打动人心并使人们牢记的。古代的泰国人欣赏的是故事情节、人物命运和团圆的结局。《伊瑙》的构思和表达正符合了他们的欣赏习惯。伊瑙故事虽然源出于爪哇，但是除了保留了一个原来的故事框架外，已是地道的泰国本地“土产”。它所表现的已不是爪哇王朝的历史故事，而是曼谷王朝初期的社会生活和风俗习惯，伊瑙、布莎芭、加拉卡等人物都已经是正宗的泰国人。

《伊瑙》歌颂了真诚的爱情，较广泛地描写了泰国宫廷和社会的生活以及民情风俗，依据当时道德观和价值观塑造了生动的人物。伊瑙首先是位勇武善战、所向披靡的英雄，同时他还是一位多情的风流种子，与金达拉一见钟情，便把从未谋面的未婚妻布莎芭抛诸脑后；但见到美艳惊人的布莎芭后又不惜扮山民，装强盗，烧城池，抢新娘，只是天神从中作梗，使他在追求布莎芭的过程中历尽磨难，最后如愿以偿。布莎芭天生丽质、贤淑沉静，女人的身份使她不能像男子那样我行我素。她可以多情似水，却不可追逐男人，只能为男人所追逐，而且还必须用情专一、从一而终、守身如玉。布莎芭有文才武略，在战场上与男子较量也能取得胜利。她为人宽厚，同情忍让，对伊瑙毁约另娶并无怨言，没有丝毫的嫉妒之心，与顺吞蒲长篇叙事诗《帕阿派玛尼》中的素婉玛丽公主有着天壤之别。顺吞蒲是有个性解放思想的文人，他笔下的女主人公我行我素，敢于坦诚地表达自己的真实情感，并不想做贤妻良母的典范。而布莎芭毕竟是国王“御作”中的女主人公，在她身上所表现的浓厚的封建价值观念，正是封建君主要极力保留和大力提倡的。总之在她身上集中体现了封建道德规范，是典型的父权文化所肯定的理想女性。

从艺术上来看，在泰国古典舞剧剧本中，二世王的《伊瑙》版本是精品之作。它故事完整、内容紧凑，诗句优美，与舞蹈节奏结合得天衣无缝。泰国权威的文学俱乐部于 1916 年将它评为舞剧剧本的典范，泰国政府也把它列为文科的必读教科书。

64. 塞帕文学顶峰：《昆昌昆平唱词》
sāi pà wén xué dǐng fēng: kūn chāng kūn píng chàng cí

早在大城王朝时期，人们最喜欢的说唱故事就已是《昆昌昆平》。但这个故事太长，不可能在一个晚上演唱完，所以就有了一段段不连贯的唱词，类似于我国戏剧中的折子戏。这样唱词段子的作者就很多，写哪段、说哪段，听凭兴致所致。为了生计，怕别人把看家的本领学去，说书艺人也知道“保护知识产权”，往往互相保密，所以大城王朝留下的关于昆昌昆平的说唱段子不多。曼谷王朝二世王和三世王时期（1809—1851），说唱艺术风行，有人想写成连贯的昆昌昆平故事，但没能如愿。后来丹隆亲王和素巴里查亲王搜集整理并创作了一些说唱诗，将前人的大约四十三个段子联结起来，定名为《昆昌昆平唱词》（瓦奇拉奄皇家图书馆版），并于1917年出版。

来自于民间的《昆昌昆平唱词》中的三位主人公昆昌、昆平和娘婉通在泰国历史上都确有其人，均为素攀人，所以故事流传的中心也在素攀和北碧一带。昆昌和昆平的故事应该发生于1491年到1529年之间。

故事讲的是：在大城王朝初期、帕潘瓦萨国王执政的年代，素攀城有毗邻的三个大户人家：昆格莱蓬拉派和娘通巴喜的男孩叫帕莱构（意为宝石），长大做官以后改称昆平。富豪昆西威猜和娘贴通的儿子叫昆昌，其貌不扬，天生的秃头。潘顺尤达和娘西巴占经商，他们有美丽的女儿娘萍碧拉莱，后为了避邪改名为婉通。孩子们从小一起玩耍，昆昌与娘萍常扮夫妻，帕莱构扮强盗，把娘萍抢走。

一次帕潘瓦萨国王猎牛，惊牛以角伤人，帕莱构父亲见状将牛砍死，国王大怒处死了他。娘通巴喜只好带着幼小的帕莱构逃难，来到北碧城，帕莱构在寺院当了小沙弥。另两家也大难临头：昆昌家被抢，父亲被强盗所杀；娘萍的父亲因患重疾，不治而终。帕莱构的母亲思乡心切，带着儿子又回到素攀城。此时昆昌和娘锦昊结了婚，可不到一年病魔便夺去了娘锦昊的生命。

在庙会上帕莱构常和娘萍见面，彼此渐生爱意。巴雷莱寺举行盛大讲经会，帕莱构为娘萍的母亲讲解《曼陀利》一段，听到他激动人心的演说，娘萍当场把自己的围胸解下祭拜佛祖。昆昌也把自己的衣服压在上面，然后祈祷道："佛祖显灵，让我得到娘萍！"帕莱构请娘萍的使女赛通做红娘，约娘萍在棉花地里幽会，晚上又潜入她家，共结百年之好。随后帕莱构回到寺院继续当他的沙弥。

昆昌央求母亲去向娘萍求亲，但母亲觉得儿子丑陋不堪，根本无望就没有动身。昆昌亲自去求亲，被娘萍大骂了一顿，只好悻悻而归。长老听说帕莱构有艳事便将他赶出僧舍。帕莱构又拜在空师父门下，学到了发神兵、解锁链、催眠术、钻天入地、刀枪不入的本领。昆昌再次到娘萍家求亲，娘萍的妈妈因昆昌有钱而允婚。娘萍心急如焚，让娘赛通安排她与帕莱构见面。帕莱构马上还俗去找娘萍，也让自己的母亲也到娘萍家说亲。此时帕莱构却和娘赛通已经有了私情。

力尽周折后帕莱构和娘萍终于举行婚礼，昆昌借酒寻衅，对新郎说："新娘现在归你，将来归我。"蜜月刚过了三天，清迈国进犯，攻下大城王朝清通城。身为官员的昆昌暗喜，他启奏国王力荐帕莱构带兵御敌。帕莱构只好惜别新娘，临行之前夫妻各种一棵菩提树，希望将来一旦一方有难，菩提树能够显灵报信。帕莱构打了胜仗，收复清通城。他追击敌兵来到班宗通，爱护百姓，秋毫无犯。这里的首领念其恩德，将女儿劳通许配给他。娘萍在家思夫心切，一病不起。巫师预言此女命定会嫁二夫，而且名与命相克，需改名消灾，于是娘萍改名为婉通。昆昌拿来骨灰，证明帕莱构已经阵亡。并且吓唬婉通的母亲说：婉通即将沦为"官家寡妇"。母亲只好答应将女儿嫁给他。婉通不信，请巫师占卜，证明丈夫没死。婉通把占卜结果告诉了母亲，母亲也不信，她们就去看报信的菩提树，但树早已被昆昌弄死，可婉通仍不愿和昆昌结婚。婉通的母亲让人将女儿的新房拆掉献给寺里做功德，然后让昆昌在原处再建一座新房。帕莱构母亲前来阻止无效。婉通在母亲的软硬兼施下，不得不和昆昌结婚，但要求七天后才入洞房。

帕莱构凯旋归来，官任昆平，成为北碧地方长官。他知道了所发生的事，欲杀昆昌。劳通醋意大发出来劝阻。婉通伤心气急，历数昆平的不是，昆平愤然带劳通去了北碧。婉通怅惘无奈地与昆昌圆房。两天后昆平又回来，把昆昌和婉通脸对脸紧紧地绑在了一起，以泄怒火。

后昆昌、昆平都被派到京城实习政务。一天昆平当值，恰逢劳通生病，请昆昌代班。昆昌趁机诬陷昆平擅离职守。国王听信其言，将昆平贬去戍边，劳通也被幽禁。一天昆平来到门汉的匪窟，见门汉之女普克莉天姿国色，两情合欢。昆平对门汉有救命之恩，门汉将女儿嫁与昆平为妾。但又见昆平法力高强，便嘱女儿投毒。昆平的防身鬼事先告知昆平。入夜昆平请求普克莉将腹内之子给他，她同意了。昆平趁普克莉熟睡之机，切腹将婴儿取出，举行“金童”仪式。（“金童”是泰国迷信说法，认为将婴儿赋予法力，主人可以随意驱使。）昆平得好铁铸剑，试剑之时电闪雷鸣，于是将此剑命名为“天醒”。昆平又得一好马“雾色”。如虎添翼的昆平，夜里偷偷潜入昆昌家，用催眠术让人沉睡，但误入被父亲送来抵债的巧基里雅的房间。昆平得到了巧基里雅，留下一些钱为她赎身，就带着婉通一起跑掉。

昆昌得知消息，立刻追赶，但无法战胜昆平，扫兴而归。他在国王面前谎奏昆平谋反、强夺人妻。国王发兵追赶，昆平刀劈领兵头目后继续逃难。早已怀孕的婉通行动不便，昆平怜恤她，便向皮集城首领乍门西自首。乍门西将其解往首都，在国王面前为他求情，国王赦免了昆平，并让乍门西的儿子审理昆昌昆平的案子，昆昌败诉，昆平重新拥有婉通。昆昌获死罪，昆平不愿追究，所以仅被罚款了事。

昆平和婉通、巧基里雅住在皮集城，思念被幽禁的劳通，便请求国王赦免。陛下生气反将昆平拘禁。巧基里雅前往牢狱服侍。当婉通探监时，又被昆昌劫持。婉通生一男孩，取名帕莱安。昆昌知道他不是自己的儿子，在帕莱安十岁时，将其诱至森林谋害，昆平的护身鬼将其救起。帕莱安将此事告诉了母亲，婉通讲明他的身世，让他到北碧找奶奶娘通巴喜，奶奶又把他领到狱中见到了父亲。他学习父亲的功夫，十三岁时进宫当了侍卫。

后来因澜沧王将公主帅通献给帕潘瓦萨王，可中途却被清迈王劫去，大城王朝和清迈王朝发生了战事。帕莱安主动请战，并恳求赦免父亲，国王允奏。昆平又要求释放劳通，并且让同狱的三十五名囚徒一起参战。于是昆平父子在猜亚春蓬寺起兵，此时巧基里雅亦生一子，起名帕莱春蓬。昆平带兵来到皮集城，取出“天醒”剑，牵回了“雾色”马。帕莱安与皮集城主乍门西之女娘西玛拉暗地私通，昆平为子求亲，决定得胜回师时成婚。昆平父子凯旋，带回帅通献给国王，押解清迈王、王后与公主帅华来到殿前。昆平晋升了官位，镇守北碧城。帕莱安也得官职“乍门怀瓦拉纳”，并得帅华为妻。当国王得知乍门怀（即帕莱安）已有姻缘，便下令二女同时与其成婚。乍门怀结婚之日，醉酒的昆昌和乍门怀吵了起来，还向国王告状。乍门怀提起昆昌谋害自己的往事，昆昌犯了死罪，但婉通为他求情：希望乍门怀宽恕他。乍门怀偷偷潜入昆昌家，把母亲带走与自己住在一起。昆昌又状告乍门怀，国王下诏：问婉通到底想与谁生活在一起，婉通回答道：“全凭陛下决断！”国王以为她一心二用，盛怒之下令斩首。乍门怀请求国王赦免了母亲，然后举起白旗骑马奔向刑场。但刽子手却误认为让他快些行刑，便立刻挥起屠刀，杀死了婉通。

昆昌、昆平的续集故事还很长。父辈人物已去世，帕潘瓦萨国王亦驾崩，新国王即位，讲述的是昆昌、昆平儿孙辈爱情和征战的故事。

昆平是极力美化的正面人物。他“自幼听话聪慧，面目清秀身材美”；长大后成为武艺高强，精通魔法的勇武将军。在战场上他无往而不胜，在情场上风流倜傥，是“猎艳”的能手，先后有五个女子做了他的妻妾。其中有真挚爱情，也有追求享乐。如果说他与娘萍最初的爱情，还给人以美感，那么他后来的“艳遇”，就有纵欲占有的倾向，流露出封建意识和低级趣味。唱词尽管对昆平偏爱有加，但也写了他固执褊狭、刚愎自用、对女子的随心所欲。所以泰国的读者，特别是现代的知识女性对他常常持批判态度。

反面人物昆昌由地狱中的畜生托生为人，面目丑陋无比，灵魂肮脏龌龊。为了占有娘萍，他使用了一切卑鄙手段，玩弄阴谋诡计。他心胸狭窄，谋害幼儿。由于他的富有，国王的昏庸，小人常能得逞于一时。但是尽管昆昌厚颜无耻，奸佞狠毒，但他并没有三妻四妾，而是专一地爱着娘萍。这一点远比昆平的“泛爱”可爱。

婉通（娘萍）是最值得同情的悲剧人物。她娇艳美丽，温顺善良，但不能把握自己的命运，一直是昆昌、昆平追逐的猎物。她性情懦弱，优柔寡断，缺乏主见，依赖性强。她事事靠比她大六岁的丫环赛通做主。她讨厌昆昌，深爱昆平，但她却识别不了昆昌的诡计，在市侩母亲的威逼下，她让步了。她因嫉妒劳通，谴责昆平另娶，一气之下和昆昌同房，铸成了大错。她内心一直充满了矛盾：当昆平来抢她时，她既愿意跟昆平走，但也同情留恋昆昌，还给他留下字条，最后酿成昆平十五年的牢狱之灾；当她重被昆昌抢回，也能泰然处之。甚至当她的亲生儿子险遭昆昌的毒手，也没有愤怒抗争。当帕莱安长大，逼迫母亲离开昆昌时，她又举棋不定。最后国王让她在昆昌、昆平和儿子之间做出选择时，她难下决心。

弱女子婉通夹在有钱的昆昌、有权的昆平之间，这场旷日持久的三角婚恋的关键是两个有权势的男人在争夺一只孤独无助的猎物、一个美丽可人的尤物。男人可以为所欲为，三房六妾；女人只能守身如玉，从一而终。婉通身事二夫，不符合私有制对女人贞操的要求，无法判断嫡系的财产继承人。昏君在宣判婉通死刑判决时，说了一句明白话：“出了这家进那家，扰乱纲常坏家法！”这才是婉通悲剧的真正根源。

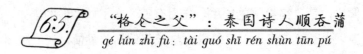

65. “格仑之父”：泰国诗人顺吞蒲

gé lún zhī fù: tài guó shī rén shùn tūn pú

在泰国文学史上有一名优秀的丰产诗人，他就是顺吞蒲（1786—1855）。

顺吞蒲创作过记行诗九部，故事诗五部，剧本一部。他的代表作长篇格仑叙事诗《帕阿派玛尼》是泰国古典文学名著之一，共计24500行。故事是这样的：拉达纳国国王素坦有两个儿子，大儿子帕阿派玛尼，二儿子西素旺。父王让长大成人的儿子去寻求知识。他们长途跋涉到了一个村子，遇见一个会使棒的师父，武艺高强；另一个会吹笛的师父，笛音美妙。哥哥学吹笛，弟弟学舞棒。学成之后回国，国王认为他们学的技艺无用，恼怒地将他们赶出国土。两兄弟流落到海边，遇见三个能力非凡的年轻婆罗门教士，他们是可以把碎草变成帆船的莫拉，可以呼风唤雨地沙诺，能骑善射的维谦，他们结成了莫逆之交。

水鬼海蝴蝶见面目清秀的帕阿派玛尼独自吹笛，心生爱慕，把他掳入洞穴，自己变成一个美貌的女人与他成亲。西素旺等人不见帕阿派玛尼，到处寻找，发现妖怪脚印，沙诺知道是被水鬼掳去。莫拉用草变一帆船，寻找帕阿派玛尼。四人来到隆加国，该国公主凯莎拉非常美丽。爪哇国王子曾来下聘，国王嫌其为异教徒未允婚，爪哇国王要发兵来夺公主。西素旺假扮婆罗门教士，御侍认为他年轻漂亮，可与公主结婚，便假造罪名将四人囚于宫中。西素旺与凯莎拉相遇产生了爱情，在打败来抢亲的爪哇国王后，西素旺和公主凯莎拉成亲。

帕阿派玛尼与水鬼生一子信沙姆，他与母亲一样长着獠牙。帕阿派玛尼在美人鱼夫妇的帮助下带着八岁的儿子一起逃脱。水鬼立即追来，吃掉了美人鱼夫妇，但帕阿派玛尼由于有道士的保护，水鬼未能伤害。帕阿派玛尼在一岛国娶娘娥为妻。

帕惹国公主素婉玛丽是锡兰王子武沙林的未婚妻。她做一噩梦，需出国游玩才能消灾。公主海上泛舟时不幸遇到风浪，船被吹到帕阿派玛尼居住的告皮沙坦岛。帕阿派玛尼父子觉得是离开的好机会，于是搭上船，抛下了已怀孕三个月的妻子娘娥，留下一个戒指和簪子作为孩子的表证。

帕阿派玛尼与素婉玛丽一见钟情。水鬼得知丈夫正在公主的船上，妒火中烧，兴风作浪，吹翻了大船。帕阿派玛尼抓住木板漂到岸上，水鬼追来央求复婚。帕阿派玛尼不理，吹起仙笛，水鬼耳裂而死。信沙姆扶着素婉玛丽漂到强盗把持的岛屿。匪首见素婉玛丽艳丽无比，用酒把信沙姆灌醉，企图强占公主为妻。公主用计拖延，信沙姆醒后大怒，杀掉匪首，降服群匪。他们坐船来到隆加国，西素旺和信沙姆叔侄互不相识打在一处。真相大白后，又继续寻找帕阿派玛尼。

锡兰王子武沙林在海上到处寻找素婉玛丽，遇帕阿派玛尼，才知沉船的事，心情悲痛。帕阿派玛尼搭乘他的船，中途正好与西素旺的船相遇。武沙林追问素婉玛丽的下落，但信沙姆不肯交出公主，两人在船上搏斗，武沙林就擒。帕阿派玛尼说情将其放走，但武沙林怀恨在心，重整旗鼓与信沙姆水战，又被打得惨败而回。

帕阿派玛尼来到帕惹国做了国王，素婉玛丽因为帕阿派玛尼曾允诺把她送还给武沙林而生气，遂削发为尼。帕阿派玛尼不思茶饭，在聪明的丑女瓦莉的帮助下终于和素婉玛丽结合。

帕阿派玛尼很想念阔别十年的父母，遂派西素旺和信沙姆去探望，父王和王后喜出望外。

娘娥在帕阿派玛尼走后，生一子，名树沙昆。道士教其法术，骑一匹黑龙马，可以在水面奔驰。他知道自己的身世后，便辞别母亲去寻找父亲。他骑着黑龙马来到一个裸体僧主宰的帕侬岛，裸体僧欲夺树沙昆的魔杖和黑龙马，将他推下山崖并用魔杖驱赶黑龙马来到卡拉维国。裸体僧一下马，马便跃入水中去找旧主。裸体僧谎称能医百病，国王收他为御医。

树沙昆跌入山涧，道士闻讯搭救了他。他找到裸体僧，夺回了魔杖。国王得知裸体僧的行为，将他鞭笞放逐。树沙昆很受国王宠爱，暂住卡拉维国，后找到了父亲。

帕阿派玛尼和素婉玛丽生育了八个女儿，武沙林又发兵侵入帕惹国。在丑女瓦莉的帮助下，又将他擒获。帕阿派玛尼欲放武沙林，但瓦莉用计嘲讽他，武沙林当场吐血而死，但附魂在瓦莉身上，她也随之死去。武沙林的尸体运回锡兰国，国王悲痛而死。容貌非凡的公主拉薇继承王位，她发誓要为父兄报仇，请各国君主助战，并许下诺言，谁能战胜帕阿派玛尼，她就立即和他成婚。九路大军围困了帕惹国，拉薇施展魔法，树沙昆用魔杖破了魔法，拉薇的大军败北。帕阿派玛尼随即发兵攻打锡兰国，西素旺和信沙姆的两支部队受阻，帕阿派玛尼用魔笛相救，但拉薇得以逃脱。

拉薇不甘失败，又想出新的计谋：用女兵作战。帕阿派玛尼的军队一见女兵，不战而败；帕阿派玛尼也和拉薇结合。素婉玛丽得知，醋意大发，又派女兵打败拉薇。道士赶来调停，双方罢兵，拉薇公主也嫁给帕阿派玛尼，共享太平。

帕阿派玛尼和拉薇所生的儿子回锡兰国继承王位，以后和父亲发生战事，结果失败。外界战争停息，但妻妾纷争不休，帕阿派玛尼不堪忍受，削发为僧，素婉玛丽和拉薇不再争风吃醋，言归于好，双双出家为尼，所在的庵堂与丈夫的寺院毗邻。

《帕阿派玛尼》大约创作于19世纪初年至中叶之间。诗人采用了流行的英雄美人历经磨难终成眷属的“加加翁翁故事”，突出了它的娱悦功能，具有民间文学的通俗性。长诗充满戏剧性的冲突和爱情纠葛，环环相扣，描写生动，以大自然作背景，气势雄伟。

泰国大型文学作品都有现成的蓝本，而《帕阿派玛尼》从内容到形式都是诗人自己的独创，这种不同凡响的做法本身就是一场诗的革命。顺吞蒲是一位吐故纳新的智者，极富有创新精神，同时也有借鉴的眼光。他创作的高峰期正值中国历史演义故事发展的高潮期，借鉴了中国文学塑造人物的方法，比如帕阿派玛尼就和泰国传统文学中的勇武善战的王子不同，他仁厚、懦弱、不谙战争，有刘备的影子；他吹箫克敌制胜，更与张良以笛声瓦解楚军相仿。光彩夺目的女主人公形象刚强自信，英勇善战，身手不凡，颇有中国古代巾帼英雄的气质，与帕阿派玛尼形成有趣的对照。她们个性鲜明，比如水鬼海蝴蝶，本是海中的一块石头，阿修罗把自己的心寄存在那里，上天去与火神作战，躯体被烧化，但心脏未损。这块石头感受天地之灵气、日月之光华，历经万年，有了生命，成了一只法力无边的海蝴蝶，她对帕阿派玛尼的爱始终不渝。素婉玛丽妩媚动人，但常感情用事，随心所欲，而且生性嫉妒，人称“母虎王后”。丑女瓦莉面貌虽丑，但眼光远大，有雄才大略，也有中国古典小说的影子。当把武沙林抓住，帕阿派玛尼主张放了他时，瓦莉却说：

打蛇要打七寸处，莫使毒蛇卷土来
鳄鱼遇水力量大，好似猛虎入山林
擒住敌帅不除掉，日后战祸必蔓延
今日俘获要处死，时日错过愈加难

顺吞蒲善于把浪漫想象与现实生活融为一体，书中人妖仙魔，应有尽有；海岛火山、陆地海底、家居战场变化莫测；轮船不但能在水中游，居然还能在陆上跑。下面是诗人大胆想象中的素朗海盗船，夸张的想象营造了农业社会的田园风光：

船板长约四百米，筑起楼房院落宽。
槟榔椰子桔树船上种，不愁水果与佳肴。
猪鸡鹅狗到处养，大象马匹水牛叫得欢。
五百船只接踵至，各种武器样样全。

66. 神奇瑰丽的缅甸神话传说

shén qí guī lì de miǎn diàn shén huà chuán shuō

缅甸古代的神话传说中以传说最为丰富，神话的分量相对较小。代表神话有《宇宙的形成与毁灭》、《人类与日月的出现》、《月食》、《创世记》等。就是分量很小的这一部分，有些离原生神话也已很远，明显可以看出后人加工的痕迹。也许正因为如此，缅甸神话传说呈现出斑斓瑰丽的色彩。

缅甸神话《宇宙的形成与毁灭》与泰国的同类神话非常相似，只不过情节比较简单，不加文饰，同时也少了些佛教色彩。据说很久很久以前，宇宙间到处下雨。人类见到下雨，欣喜万分，纷纷忙着下地耕种。一天，天空中突然发出一声巨响，其声似驴叫一般。从此，天上滴水不下，七轮烈日依次升空，烤得大地滚烫，逐渐形成火灾。到处是熊熊烈火，将大地烧成一片焦土。后来大火熄灭了，天地变得一片漆黑。

经过不知多少年后，天上又开始下起雨来。这雨被称作“创世雨”。其状如雪，纷纷扬扬，下个不停。后来小雨变成了瓢泼大雨，雨点大如卵。雨水逐渐将宇宙淹没。后来雨停了。又过了不知多少年，水位逐渐下降，大地上又出现了过去的景象，日月升空，万物复苏。

据说，宇宙将遭受六十四轮灾难，每轮灾难包括七次火灾和一次水灾。最后还要遭受一次风灾的洗劫，变成齑粉。这时宇宙便彻底毁灭了。现今的世界是经历了第一轮七次火灾、一次水灾后，又经过第二轮七次火灾中的第一次火灾后诞生的。

这则神话体现了早期人类对大自然的畏惧心理，也体现了人们对自然强烈的探求和解释欲望。它并没有像一些民族的神话那样提到为什么宇宙会降临许多灾难，如泰国神话强调“世界之所以遭受劫难，是因为人们忘记了佛陀的教导，犯下了不可饶恕的罪孽”，从这一点看，这则缅甸神话产生的时间应该更久远，它更保留了原生神话的特征，这在缅甸神话中是不多见的，因而也就十分珍贵。

相比较而言，另一则神话《月食》就带有了明显的衍生神话的特征。《月食》讲一个贫苦寡妇快要死了，她把两个孙子叫到身边，说：“孩子们，我没有黄金白银留给你们，只能留给大孙子一个臼，留给小孙子一根杵，这两样东西你们可以在厨房找到。”不久她就死了。哥哥认为臼没有用，就没有拿它，独自到另一个村里干活，不久就富裕起来。弟弟却非常相信死去的祖母，虽然不知那根杵有什么用，还是每天把它带在身边。他每天靠打柴过活，日子非常苦。

一天，他正在打柴，一条大蛇游过来，竟向他说起话来。蛇说：“我不会伤害你的，我只想借你的杵用。”弟弟不解其意，蛇告诉他，自己的丈夫刚死，不过，只要把魔杵放到它的鼻孔边，让它闻一下，它就会马上活过来。弟弟感到很惊奇，他跟着这条蛇来到森林里，亲眼看到死蛇在闻过杵后，真的马上活过来。蛇告诉他，杵的威力就在它的气味上，只要弟弟不把这秘密告诉别人，它的威力就能永远存在。

弟弟在回村的路上看到一只狗的尸体，那只狗死了已有好些日子，尸体都腐烂了。弟弟把杵放到死狗的鼻孔边，那只狗马上活了，突然跳了起来。弟弟给这只狗取名“腐烂哥儿”，这只狗成了他的忠实仆人和伴侣。不久，弟弟成了一个有名的大医生，能够起死回生，没有人知道他治病的秘诀。过了些日子，他又娶了公主，成了国王的驸马。国家到处充满欢乐。人们不知什么是悲伤痛苦。

后来，弟弟又发现神杵有长生不老之功效，于是他和公主每天都要闻一下神杵，果然他们都不再变老。可是，月亮女神看见凡人竟也要和她一样长生不老，永远保持青春，不由心生嫉妒，要寻机偷走神杵。有一天，神杵不知怎么弄湿了，长了霉，弟弟把他拿到太阳下去晾晒。本来弟弟是坐在一边看守的，后来经不住公主的一再要求，他离开了神杵，让腐烂哥儿来守卫。月亮女神抓住这个机会，从天上下来偷杵。由于这时是白天，腐烂哥儿看不见月亮女神，但它闻见了贼的气味，月亮女神捡起杵拔腿就跑，腐烂哥儿就循着神杵的气味去追。从那天起，狗就一直在追月亮女神。有时它捉住月亮，就咬住她，可是狗的喉咙很小，它又吞不下去，只好又吐出来，然后重新追赶。这样，这只狗就永远追着月亮。因此，每逢月食的时候，缅甸人就说："月亮被腐烂哥儿捉住了。"月食结束时，他们又说："月亮从腐烂哥儿的嘴里吐出来了。"

一般民族有关月食的解释都带有浓厚的原始色彩，但这则神话却颇有点类似民间故事。其中弟弟的形象也很像民间故事中"善良的兄弟"原型。估计后人对这则神话进行过加工，因此其中的内容带有了普通劳动人民的某些善良意愿，成为神话和民间故事混合的产物。

在缅甸的古代神话传说中，最多的还是传说故事。著名的传说故事有《战胜太阳的拇指哥》、《孪生兄弟》、《鹿孩》、《三个龙蛋》、《彩虹》等。这些传说大多体现了人们的某些愿望，如歌颂亲情、爱情，为民除害、善恶报应等。

《彩虹》讲的是丹宁国的王后因难产而丧生，国王悲痛之余，让人将王后运到墓地，准备火葬。遗体在墓地出人意外地生下一个女婴。国王十分喜爱这个女儿，但因为她生在墓地，很不吉利，不便抱回宫中抚养，就在墓地建造宫殿，公主在那里长大，取名为信美波。就在公主出生的同时，丹宁对岸的奥格拉巴国也生了一名小王子，名叫楠达。公主和王子长大后，听说是同时所生，就产生了感情。奥格拉巴王听说此事，十分不悦。因为王子小时算命说他将受害于水栖动物，因此，国王严禁王子渡河到对岸去。

在奥格拉巴和丹宁之间的那条河中，有一条名叫鄂莫叶的大鳄鱼。它一直想得到王子的庇护。有一天，它爬到王子身边讨好说："王子殿下，您如果想到对岸去，我送您过去，好吗?"从此，每当夜深人静时，鄂莫叶就送王子渡河，让他与公主相会，黎明时分再回来。

有一条叫米纽马的雌鳄与鄂莫叶有仇，它想，只有让王子倒霉，才能除掉鄂莫叶。于是，它化成一位美丽文雅的小姑娘，来到公主身旁。她教唆公主向楠达王子提出请求，允许自己枕着他的手臂睡觉，以此考验王子的爱情。公主听信了它的教唆，于是当晚向王子提出了请求。王子知道男人的右臂给女人作枕头后要倒霉，但经不住公主的请求，就依了她。果然，米纽马召集水族中的各种动物，要在半路袭击王子。那天早上，河面上风雨交加，形势险恶，王子十分担心。忠实的鄂莫叶说："王子殿下不要担心，我把你含在嘴里送过河去。"王子急于渡河，想不出更好的办法，只好依计而行。由于要战胜强烈的风暴和水族的进攻，鄂莫叶好不容易才到达对岸。这时，它已精疲力竭，一下子就睡着了，早把嘴里的王子忘得一干二净。

这时，奥格拉巴国王寻找失踪的儿子，来到河边。鄂莫叶被惊醒，忙把王子吐出，但王子早已断气。鄂莫叶悲痛万分，请求国王的惩罚。国王并没有迁怒鄂莫叶，只是由于儿子没有听从自己的话而十分难过。他派鄂莫叶将王子去世的消息告诉公主。公主听到这个噩耗，认为这完全是因为自己的行为造成的恶果，她一阵心痛，猝然倒地而死。

第二天日落时分，河岸这边在火化王子，对岸同时在火化公主。两岸人互相遥望，十分难过。这时，只见两岸黑烟袅袅上升，在高空相会，霎时变成一条七色彩虹。引得人们惊呼赞叹。

这则传说故事体现了缅甸传说的许多特点。从内容上说，它歌颂了真挚的爱情，这种爱情不因死亡而终止。从表现手法上说，它既有动物界的恩怨，又涉及民间禁忌，具有民俗学上的意义。情节曲折感人，是传说中的一篇佳作。

缅甸的神话传说神奇瑰丽，引人入胜，表现了缅甸人民的思想和情感。它既具有极高的文学价值，又为后人研究古代缅甸人民的生活、思想和信仰提供了宝贵的资料。